येनांगविकारः

येनांगविकारः

मीरा जायसवाल

सत्साहित्य प्रकाशन, दिल्ली

Disclaimer

यह सच है कि अकसर कहानियों का जन्म सच्चाई की कोख से होता है। लेकिन इन कहानियों के बीज जिन पौधगृहों (नर्सरियों) से लिए गए हैं उनकी मिट्टी में सच्चाई के अंश हो सकते हैं। पर इन बीजों के पल्लवन-परिवर्धन में काल्पनिक खाद-पानी का प्रयोग किया गया है। यहाँ तक कि इनके सभी पात्र भी काल्पनिक हैं।

किसी भी कहानी का कोई भी अंश या पात्र किसी से मेल खाता है तो यह संयोग मात्र है।

प्रकाशक : सत्साहित्य प्रकाशन, 205–बी चावड़ी बाजार, दिल्ली–110006
 / संस्करण : प्रथम, 2018 / मूल्य : तीन सौ पचास रुपए
मुद्रक : आर–टेक ऑफसेट प्रिंटर्स, दिल्ली ISBN 978-81-7721-359-1

YENANGVIKARH *stories* by Smt. Meera Jaiswal ₹ 350.00
Published by Satsahitya Prakashan, 205-B Chawri Bazar, Delhi-110006

'हार्ड कोर कहानी सुनक्कड़' मेरी प्रियतमा पोती सुहानी को समर्पित! ये तुम्हारे आनेवाले उन दिनों के लिए है, जब अम्माँ अपने पोपले मुँह से कहानियाँ नहीं सुना पाएँगी।

जब हितोपदेश, मंडन मिश्र का तोता, टालस्टाय, बरतन की मौत, मोपासाॅ, मुनगा और शरीफा की शादी, नल-दमयंती, बकरी शाहजादी, कालिदास, अमरुद की चोरी जैसी कहानियाँ मेरी याददाश्त की जद से बाहर हो जाएँगी। जब सेंट फ्लोरा ऑफ जॉर्जिया की आत्म-स्वीकृतियाँ, नज्जारे दरमियाँ हैं, शंकर, कृष्ण चंदर, वाजिदा तब्बसुम की दुरूह कहानियों को तुम्हारे लायक बनाकर सुनाने का मेरा सामर्थ्य क्षीण हो जाएगा, तब तुम्हें येनांगविकारः के पात्र अपनी कहानियाँ सुनाएँगे।

मेरे स्वर्गीय पति को समर्पित, जो दुनिया में आए भी सावन में और दुनिया छोड़ी भी सावन में। वे हमेशा लिखने को प्रोत्साहित करते थे और अब जब यह किताब है तो नहीं जानती कि किस पते पर कूरियर करूँ!

भूमिका

संघर्ष के कुछ ऐसे क्षण, जीवन की कुछ ऐसी विद्रूपताएँ शिलालेख की तरह दिलोदिमाग पर खुद गई हैं, जो साठ-पैंसठ की उम्र में भी धुँधला न सकीं, विस्मृत न हो पाईं। मेरे लिए ये कभी प्रेरणास्रोत बनीं तो कभी चिंतन का विषय तो कभी जमीर को झकझोरने का सबब और सबक।

इस संग्रह की कहानियों के किरदारों को मैं न सिर्फ विस्मृत नहीं कर पाई बल्कि ये मेरे अंदर हमेशा उमड़ते-घुमड़ते रहे, बेचैन करते रहे और मुझे मजबूर कर दिया कि मैं कलम उठाऊँ और इन किरदारों से आपको रूबरू करवाऊँ।

'येनांगविकारः'—कहानी की मेरी प्रिय लता बहनजी, जो मेरी आदर्श थीं, एक आम महिला का जीवन क्यों नहीं जी सकीं, क्यों उन्हें एक आम महिला की तरह जीने नहीं दिया गया? क्यों एक अंग का विकार बहिष्कृत जीवन की वजह बना? ऐसे कई सवाल वर्षों मेरे मन-मस्तिष्क पर न सिर्फ छाए रहे, बल्कि मुझे बेचैन करते रहे। इस पुस्तक की रचना कहीं-न-कहीं इन्ही रिश्तों, संघर्षों और जीवन की विद्रूपताओं का लेखा-जोखा है। किसी अपूर्ण अंगवाले को रोजी-रोटी के लिए घर-घर, दरवाजे-दरवाजे जाकर नाचना ही क्यों जरूरी बना दिया गया? उनके लिए एक अलग समाज, अलग बिरादरी क्यों?

अंग-विकार की मार झेल रहे इस तबके को समाज ने कभी स्वीकार ही नहीं किया बल्कि यह हमेशा उपहास का पात्र बना रहा। अंग-विकार से ग्रसित न केवल वह त्रिशंकु बन ताउम्र सामजिक तिरस्कार झेलता है बल्कि उनके माता-पिता भी पीड़ा के इस दंश को झेलते हैं।

कहते हैं, जीवन का सच कहानियों से भी अधिक चमत्कृत कर देनेवाला होता है, अविश्वसनीय होता है।

लता बहनजी और मोहित अगर इस पीड़ा के दंश के प्रतिबिंब हैं तो स्वर्णा बहनजी उस अविश्वसनीय, अकल्पनीय सच्चाई का हिस्सा हैं, जिसका सच कहानी

से भी अधिक चमत्कृत कर देनेवाला है और कहीं-न-कहीं उम्मीद की उस किरण की डोर थमाता है कि इनसानियत अभी जिंदा है।

'सजनवा बैरी हो गए हमार' कहानी की मुख्य किरदार नन्हीं फूआ के जीवन की त्रासदी और संघर्ष को बाल-विवाह का दुष्परिणाम कहूँ या उनकी नियति, नहीं जानती।

दीर्घायु और खिलाड़ी की कहानी 'समरथ को नहिं दोष गुसाईं', इस बात की पुष्टि करती है कि हमारे पाप-पुण्य के लेखा-जोखा को परखने के लिए स्वर्ग-नरक सिधारने की जरूरत नहीं है, स्वर्ग-नरक यही हैं और अपने हर अच्छे या बुरे कर्म का फल हमें इसी जीवन में, इसी लोक में मिल जाता है।

'जोड़ियाँ जग थोड़ियाँ' कहानी में बंसी प्रसाद, विपिन और प्रकाशवती, आयुष्मान जैसे कई किरदार रिश्तों के खोखलेपन को उजागर करते हैं। शादी जैसा पवित्र बंधन भी कई बार अपने अर्थ खो देता है। रिश्ते बिखर जाते हैं। धन-संपदा, यश, मान-सम्मान सबकुछ होने के बावजूद व्यक्तिगत जीवन में रिश्तों के बनने-बिगड़ने की एक अजीब सी दास्ताँ है इनकी कहानी। ये शादियाँ भव्य थीं लेकिन ये रिश्ते बौने।

'फ्रोसुआ' में फ्रोसुआ जैसे व्यक्ति से रूबरू होना अपने आपमें कहीं-न-कहीं इस विश्वास को भी जगाता है कि सादगी, भोलापन और इनसानियत अभी जिंदा है। आदमी दुनिया के किसी भी कोने में हो, कोई भी भाषा बोलता हो, किसी भी धर्म-संप्रदाय का आलंबन करता हो, लेकिन सुख-दुःख की एक ही भाषा होती है। सुख में मुसकुराहट और दुःख में पलकों का भीगना एक-सा होता है। अगर मानवीय मूल्यों के क्षरण के कई उदाहरण हैं, तो उन मूल्यों में आस्था रखने, उन्हें जीने और स्थापित होने के भी कई उदाहरण हमारे समाज में हैं। फ्रोसुआ मानव मूल्यों को स्थापित करनेवाला एक ऐसा ही किरदार है।

इस संग्रह में 'मेरा सिनेमाई खब्त' और 'सफरगाथा गोलगप्पों की' शायद कहानी की विधा पर खरे न उतरें, लेकिन जीवन के एक ऐसे पहलू को तो रेखांकित करते ही हैं कि खब्त, नशा, जुनून और दीवानापन किस हद तक जा सकते हैं। 'मेरा सिनेमाई खब्त' एक ऐसे ही दीवानेपन का सफर है, जिस पर न कभी बंदिशें हावी हो पाईं और न कभी उम्र बाधा बन सकी। दुरूह गर्भ-भार, प्रसूति, मौसम की मार, बड़े भैया की तरेरती आँखें इस दिवानेपन को खत्म नहीं कर पाईं।

इनमें कई कहानियों का कालखंड साठ के दशक का है और इनका परिवेश उत्तर प्रदेश के कस्बाई और ग्रामीण इलाके हैं। कुछ कहानियाँ लंबे अंतराल को तय करती हैं और देश के विभिन्न इलाकों का सफर भी तय करती हैं, जबकि 'फ्रोसुआ' की कहानी का परिवेश स्विटजरलैंड है।

आभार

कहानियों के लेखन एवं उन्हें पुस्तक के रूप में लाने के सफर में मैं अकेली नहीं हूँ। '84 के दशक में मेरे मुँहबोले भाई डॉ. शिव कुमार नारायण और मेरे प्रोफेसर मासूम साहब ने कहा था, 'आप लिखती क्यों नहीं?' तब सच में नहीं लगता था कि मैं कभी लिख भी सकूँगी। लेकिन आज उनके प्रति आभार व्यक्त करना चाहूँगी, जिन्होंने मन के किसी कोने में यह बीज बो दिया था कि मुझे लिखना चाहिए।

मैं भी लिख सकती हूँ, इस बीज को वर्षों तक लगातार खाद-पानी देने का काम किया मेरे सुहृदय अवतार सिंह ने। वे मुझे लगातार प्रोत्साहित करते रहे, न केवल प्रोत्साहित करते रहे बल्कि वे मेरी अनगढ़ कहानियों के पहले श्रोता भी रहे हैं।

जब-जब मैं किसी समस्या से अटकी, सुदूर बैठे स्काईपी या फोन से मेरी अटकन की सिलवटों को अपने प्रसंशनीय प्रयासों से सीधा किया। मेरे इस प्रयास को पुस्तकाकार रूप में लाने के लिए अवतार सिंह का जो योगदान रहा है, उसके लिए आभार और धन्यवाद शब्द बहुत छोटे लगते हैं, हाँ, मेरे स्नेहाशीष के हकदार जरूर हैं वे।

अपने बच्चों सुरभि और समीर तथा उनके धैर्य की भी मैं बहुत आभारी हूँ। ये दोनों भी जब-तब मेरी अनगढ़ कहानियों के धैर्यवान श्रोता की भूमिका अदा करते रहे हैं। जिन दिनों इन कहानियों की ही तरह मैं और मेरे दिन बिखरे हुए थे, मेरे बच्चों समीर और सुरभि ने ही उन्हें समेटा और लिखने की ओर उन्मुख किया, "माँ लिखना काहे छोड़े? लिखो।" मेरे रानू-शुभी की ये मुसलसल कोंच एक ऐसी प्रोत्साहन-संजीवनी थी, जिसने मेरे शुष्क पड़ गए लेखन को फिर से हरा कर दिया। इसके अलावा इधर-उधर बिखरी मेरी इन कहानियों को पुस्तक का आकार दिलवाने में मैं अपने समीर की भी बहुत आभारी हूँ।

धन्यवाद देना चाहूँगी रंजना, अमृत भाईसाहब और गुरदीप भाईसाहब को।

अंत में मेरे कुछ उन अजीजों को भी धन्यवाद, जिन्होंने कुछ ऐसा किया, ऐसा दर्द दिया, इतने अश्क दिए कि पहली बार मैंने अपने अश्कों को जबाँ देने के लिए कलम उठाई। एक बार फिर आज उनका भी बहुत-बहुत आभार।

मैं एहसानमंद हूँ अपने उस अकेलेपन की भी जो इन्हीं अजीजों ने दिया, यह अकेलापन न होता तो शायद कहानी संग्रह आपके हाथों में नहीं होता।

—मीरा जायसवाल

अनुक्रम

स्वर्णा बहनजी

बोर्ड के इम्तिहान शुरू हो चुके थे। हमारे स्कूल की शिक्षिकाएँ दूसरे स्कूलों में और दूसरे स्कूल की हमारे स्कूल में निरीक्षण के लिए आ चुकी थीं। स्टाफ-रूम इन नई शिक्षिकाओं से भर चुका था। वॉशरूम जाने और पानी पीने के लिए छात्राओं को स्टाफ-रूम के सामने से ही जाना पड़ता था।

इन दिनों पानी पीने के बहाने स्टाफ-रूम के सामने छात्राओं की आवाजाही कुछ ज्यादा ही लगी रहती थी। चपरासी सूबेदार सिंह उन्हें हँकाने में ज्यादा ही व्यस्त रहता था। पानी पीना, वॉशरूम जाने का तो बहाना था, उस जमघट के पीछे की असल कारण थीं आर्य कन्या स्कूल की 'स्वर्णा बहनजी'। स्वर्णा बहनजी की खूबसूरती की चर्चा छात्राओं की सीमा पार कर पूरे शहर में थी।

कुमारी स्वर्णा गर्ग!

स्वनामधन्य सोने जैसा रंग, लंबा कद, पतली कमर, कमर के नीचे तक लहराती मोटी लंबी चोटी, गोल चेहरा, कंजी आँखें, जिन पर घनी-लंबी बरौनियों की छाया। बेहद आकर्षक व्यक्तित्व की धनी। उनकी एक झलक पाने के लिए लड़कियाँ आतुर रहतीं। वे परीक्षा शुरू होने के पहले की पढ़ाई से उनकी झलक पाना बेहतर समझती थीं। किशोरावस्था की बेवकूफी थी और क्या! हर लड़की की यह दिली ख्वाहिश होती थी कि कम-से-कम एक दिन स्वर्णा बहनजी की ड्यूटी उसके कमरे में जरूर लगे।

एक दिन हमारे कमरे में आकर मानो उन्होंने हम छात्राओं को नवाजा। उन्हें हमारे कमरे में निरीक्षक की ड्यूटी मिली। जब वे कमरे में चहलकदमी कर रही होतीं, मैं मौका निकालकर उन पर नजरें जरूर डालती, पर उनकी नजरें बचाकर।

जैसे ही वे मेरी तरफ मुड़तीं मैं लिखने लगती, इस लुका-छिपी के खेल का असर मेरे लिखने पर भी पड़ रहा था। इससे गाफिल मैं इस खेल में मुसलसल लगी हुई थी।

कमोबेश सभी लड़कियों का यही हाल था।

उन दिनों मुझ पर सिनेमा का भूत सवार रहता था जो कि उम्र का तकाजा था। मैं मन-ही-मन सोचती थी कि वहीदा रहमान, साधना, आशा पारेख सभी तत्कालीन नायिकाएँ स्वर्णा बहनजी से उन्नीस ही लगती थीं। लगता था, कहाँ बहनजी बनी फिर रही हैं। मुंबई चली जाएँ तो तहलका मचा दें।

हर आनेवाला एक दिन चला जाता है। परीक्षा भी खत्म हो गई। स्वर्णा बहनजी भी अपनी सह-शिक्षिकाओं के साथ अपने स्कूल वापस चली गईं।

नया सत्र शुरू हो गया। हम सभी अपनी नई कक्षा की पढ़ाई में मशगूल हो गए। यदा-कदा स्वर्णा बहनजी रिक्शे पर अपने स्कूल जाती दिखाई पड़ जाती थीं।

सत्र पर सत्र बीतते रहे।

मैंने पहले विद्यालय, फिर महाविद्यालय को, फिर विवाहोपरांत अपने प्रिय गृह-नगर को अलविदा कहा। नए शहर को अपनाया। नए शहर में गृहस्थी, बच्चे और नौकरी की व्यस्तता के बावजूद मैं अपने गृह-नगर जाती रहती।

शहर में बहुत कुछ बदलता जा रहा था, एक चीज नहीं बदली थी। स्वर्णा बहनजी का अब तक अविवाहित रहना।

इसलिए अविवाहित स्वर्णा बहनजी हमारी चर्चाओं में अकसर रहा करती थीं। चर्चा का मूल विषय वही होता, अभी तक स्वर्णा बहनजी की शादी नहीं हुई, उनकी विद्यार्थी भी दो-दो बच्चों की माँ बन चुकी थीं। यहाँ तक कि मैं और किरण भी शादी के मार्केट में देर से ही सही, पर चल गए।

पर स्वर्णा बहनजी ?

उनकी शादी न होने से अगर लोगों को आश्चर्य न होता तो यह आश्चर्य की बात होती। कारण कई थे, छोटे शहर की निवासी होना मुख्य कारण था। छोटे शहरों में तथाकथित संस्कारों की जड़ें जरा ज्यादा गहरी और मजबूत होती हैं। उन्हें उखाड़ना बहुत मुश्किल होता है।

इस संस्कार के कारण लोगों में आम धारणा यह है कि अंत्येष्टि संस्कार की तरह ही विवाह संस्कार का संपन्न न होना असंभव है। स्वर्णा बहनजी इस विवाह संस्कार को अँगूठा दिखातीं शहर की सड़कों पर अकसर दिख जातीं। अपने कार्यक्षेत्र में उत्तरोत्तर उन्नति करतीं, सफलताओं के ऊँचे सोपान तय करती जा रही थीं। वे पहले अपने विद्यालय की प्रिंसिपल बनीं, फिर इंस्पेक्टर ऑफ स्कूल बनकर लोगों

की विवाह-विषयक जिज्ञासा का केंद्र बनी रहीं।

सुंदरता, संपन्नता, उच्च शिक्षा, ऊँची नौकरी सबकुछ तो था उनके पास विवाह के लक्ष्य को हासिल करने के लिए, तो फिर··· ? साल-दर-साल बीतते वक्त के साथ उनकी उम्र बढ़ती जा रही थी।

लोग तरह-तरह के कयास लगाते रहते। लोगों की हैरानी अकसर इन प्रश्नों से दो-चार होती रहती। अपरूपा स्वर्णा के माता-पिता के दिमाग में यह चल ही रहा होगा कि हाय! बेटी का अविवाहित होना हमारे इहलोक और परलोक दोनों को बिगाड़ रहा है। कुँवारी बेटी का श्राप कैसे झेलें?

'जरइ रे बपैया तोर अनधन सोनवा अबहिन त हम बारी कुँवार···'

इन प्रश्नों की लपटें उन्हें झुलसाती तो होंगी?

उनके माँ-बाप के झुलसन की तपिश को गली-मोहल्ला भी महसूस करता रहता था।

उन दिनों ऐसे माँ-बाप को माफी नहीं थी, जो अपनी पुत्री का विवाह करने में असफल रहे हों। वजह जो भी हो।

स्वर्णा बहनजी के माता-पिता लोकापवाद के मलबे के नीचे खुद को दबा हुआ महसूस करते थे। कुछ दिनों में उनकी छोटी बहन स्वप्ना की भी शादी हो गई। स्वप्ना बी.एड. में मेरी सहपाठिनी थी। स्वप्ना से ही खबर मिली थी कि स्वर्णा बहनजी इन्स्पेक्ट्रेस ऑफ स्कूल बन गई थीं। स्वप्ना से भेंट होने पर वही परिचित और पुराना यक्षप्रश्न दिमाग में कुलबुलाने लगा था। स्वर्णा बहनजी का विवाह प्रश्न बनकर जुबाँ पर आ ही गया।

"नहीं। नहीं हुआ अभी।" स्वप्ना ने कुछ तल्खी से बताया।

"तुम लोग क्यों परेशान होती हो उनके इस निर्णय से? यह उनका निजी मामला है। तुम्हें ही क्यों दोष दूँ, सारा जहाँ मुब्तिला है इस सवाल का जवाब खोजने में। मेरी बहन मेरी बहन न होकर गुत्थियों का पुलिंदा हो गई है, जिसको सुलझाना जैसे सबका आवश्यक और पावन कर्तव्य हो।"

स्वप्ना की खीज मुझे शर्मसार कर गई।

मैंने शर्मिंदगी के साथ स्वप्ना से विदा ली।

मैं क्या करूँ, मैं भी तो समाज के उसी ढाँचे की अंग थी, जिसमें लड़कियों की शादी न होना एक अनहोनी थी। बाईस साल की उम्र में मेरी शादी हो गई थी पर उसके पहले लोगों ने मेरे घरवालों की नाक में दम कर दिया था। मोहल्ले की भाभियों, चाचियों, ताइयों ने मुझसे ही पूछना शुरू कर दिया था—आखिर कब होगी

तुम्हारी शादी ? बुढ़ा जाओगी तब ? मेरे बड़े भाई ऐसे ही प्रश्नों से बचने के लिए किसी समारोह में जाने से कतराने लगे थे।

वह जमाना ही ऐसा था।

पति की असमय मौत ने मुझे भी मार दिया। बच्चों की पढ़ाई, नौकरी की जिम्मेदारियों और मृत मन के कारण बहुत दिनों तक मायके जाने की इच्छा ही नहीं हुई।

विधवा होने के बाद पहली बार गृहनगर गई थी। उस समय मेरे वैधव्य की आयु बहुत कम थी, घाव बहुत ही ताजा था इसलिए वहाँ जाकर भी घर से बाहर निकलने का मन नहीं करता था। उस समय गरमी की छुट्टियाँ चल रही थीं।

बच्चों की जिद पर अपने बचपन की क्रीड़ास्थली गंगाजी नहाने-नहलाने जाना ही पड़ा। रास्ते में सामने से आनेवाले एक रिक्शे को अपने रिक्शे के बगलगीर होते ही उसमें बैठी सवारी को देखा तो चौंक गई। थोड़ी देर के लिए आँखों से भरोसा ही उठ गया।

लाल सिंदूर से भरी माँग, लाल-हरी चूड़ियों से सजी कलाई, डिजाइनदार टिकुली से दिपदिप करता ललाट। कामदार साड़ी में लिपटी स्वर्णा बहनजी!

अंततोगत्वा स्वर्णा बहनजी से चिपका हुआ चिरंतन प्रश्न हल हो गया, उनकी साज-सज्जा उचक-उचककर बता रहे थे कि उनकी शादी हो गई है।

सद्यःविवाहिता लग रही थीं स्वर्णा बहनजी। वाह! क्या जँच रही थीं। सारे सुहाग-चिह्न उनको पाकर जैसे धन्य हो रहे थे। साड़ी-गहनों की खूबसूरती स्वर्णा बहनजी की खूबसूरती से मिलकर आँखों की चकाचौंध और मन की जिज्ञासा को झकझोर रहे थे। कब-कहाँ-किससे ? सद्यःविवाहिता स्वर्णा बहनजी की सूरत और सजावट आँखों में स्थिर हो गई थी।

उनके दिल के बहुत ही करीब रहनेवाली किसी करीबी से उनके विवाह और विवाह की अंतर-अवांतर कथा के बारे में पता लगा था।

एम.पी. इंटर कॉलेज के विशाल प्रांगण में सभी बालिका विद्यालयों का सामूहिक वार्षिकोत्सव मनाया जा रहा था। भव्य आयोजन था। शहर की तमाम शिक्षिकाएँ और छात्राएँ एकत्र थीं। सभी विद्यालय अपने-अपने हुनर का प्रदर्शन कर रहे थे।

आकर्षक व्यक्तित्व वाले शहर के विधुर कलेक्टर श्रीमान कौस्तुभ कुमार भी वहाँ आमंत्रित थे। उद्घाटन के पश्चात् वे अन्य गण्यमान्य लोगों के साथ मंच पर विराजमान थे। स्कूल इंस्पेक्टर स्वर्णा बहनजी भी अपनी गरिमामय चुंबकीय

सौंदर्य के साथ मंच पर सुशोभित थीं। उनके उस चुंबकीय आकर्षण से आकर्षित होने से कलेक्टर साहब बच न पाए। उन्होंने उस दिन तो उनसे मामूली-सी गुफ्तगू की। लेकिन दूसरे ही दिन उनका हाथ माँगने के लिए स्वर्णा बहनजी के घर शिष्ट प्रस्ताव भेजने में देर न की। लंबी प्रतीक्षा के बाद भी कोई जवाब नहीं आया। उन्होंने सविनय निवेदन के लिए स्वर्णाजी को अपने दफ्तर बुलाया और बिना किसी हिचक के अपना प्रस्ताव सीधे उनके सामने रख दिया।

"हम दोनों उम्रदराज, हमउम्र हैं। हमारे पास सुख से रहने, जीवन व्यतीत करने के सभी स्रोत हैं। क्यों न हम दांपत्य-सूत्र में बँध जाएँ! मुझे मेरी सहधर्मिणी, मेरे बच्चों को माँ और आपको एक प्यार करनेवाला, जीवन भर सुखी रखनेवाला सहचर मिल जाएगा। आपकी हाँ चार बिखरे मनकों को पिरोकर एक माला बना देगी, जो किसी भी नवयुवक और नवयुवती के विवाह की वरमाला से कम न होगी।"

कलेक्टर साहब के लुभावने प्रस्ताव-वार्त्तालाप के दौरान इंस्पेक्टर ऑफ स्कूल मिस स्वर्णा गर्ग का पूरा शरीर एक ऐसी आँख बन गया था, जिससे आँसुओं की ऐसी अविरल धारा बह रही थी, जिसने सालोसाल उनके हृदय पर धरी चुप्पी के उस चट्टान को तोड़-फोड़कर रख दिया, जिसको केवल वह और उनके माता-पिता ही जानते थे।

जिबह होते जानवर के जैसी उनकी आवाज निकली, "मैं शादी नहीं कर सकती, शादी मेरे लिए असंभव है।"

"क्यों?"

"मैं औरत नहीं हूँ।"

"तो फिर आप क्या हैं?"

कलेक्टर साहब की आँखों में उभरते सवाल को जो जवाब मिला, उससे वे सकते में आ गए थे।

"मैं पुरुष भी नहीं हूँ, मैं...मैं...हिजड़ा हूँ।"

अपने सच का इजहार करते हुए उन्हें लगा था कि वह जमीन पर नहीं दोजख में हैं।

वर्षों से इस संचित गोपनीयता को सेंतते-सेंतते स्वर्णा बहनजी ऊब गई थीं, थक गई थीं। आज वह गोपनीय रहस्य उजागर हो जाने से रुई-सी हल्की हो गई। दर्द ही दवा बन गया। जब से होश सँभाला था, उनका दिल और दिमाग सैकड़ों मन भारी चट्टान के नीचे दबा हुआ था। जिलाधीश की कुरसी पर बैठे कौस्तुभ कुमार में न जाने उन्हें ऐसा क्या मिल गया कि अपने दिल और दिमाग के अँधेरे-अतल

गड्ढे में दफन राज को उनकी टेबल पर ही सजाकर रख दिया। आज अपने को उनके सामने उघाड़कर रख देने में उनकी आत्मा और देह क्षत-विक्षत हो बिखर तो गई, पर उनकी उघड़ी स्वीकारोक्ति एक शांति भी ले आई, अब वे वैसा ही महसूस कर रही थीं, जैसे किसी भयानक भूकंप के बाद तबाही तो हुई, पर तबाही मलबे के रूप में शांत पड़ी हो, जिसमें कोई उथल-पुथल नहीं।

तबाह स्वर्णा बहनजी का वजूद भी कुछ ऐसे ही मलबे में तब्दील हो गया था। वे अपने अंदर शांति और ठहराव महसूस कर रही थीं। थोड़ी देर बाद निर्जीव सी कुरसी से उठीं, कुरसी को पीछे खिसकाया और मंत्र-विद्ध सी चैंबर से बाहर निकल गईं।

वे क्या कमरे से बाहर हुईं, कलेक्टर साहब का दिल ही सीने से बाहर हो गया। जैसे पूरे शरीर का रक्त किसी अनजाने रास्ते से बह गया। शरीर में कोई जुंबिश नहीं। कुछ देर बाद सकते से बाहर तो आए, पर जिज्ञासु विचारों के प्रवाह में डूबने-उतरने लगे। कहते हैं कि ईश्वर के हर कृत्य के पीछे कोई-न-कोई भलाई छिपी होती है। समझ के परे है, इस संगमरमरी शरीर को एक अधूरापन देने में कौन-सी भलाई छिपी है। इस निष्पाप, निष्कलुष को इतनी कुत्सित कलुषता देने के पीछे ईश्वर की क्या मंशा हो सकती है, यह तो वही जाने! ईश्वर की अनोखी-अपरंपार कारसाजी साक्षात् उनके सामने से उठकर चैंबर से बाहर हुई है।

उस रात उनका बिस्तर नागफनी में तब्दील हो गया। पूरी रात अनसोवन की स्थिति में रहे। थोड़ी देर के लिए नींद आई भी तो दुःस्वप्नों के साथ। लेकिन सुबह आई एक दृढ मंशा के साथ।

शाम को अर्दली से स्वर्णा बहनजी को बुलवाया। बहनजी आईं तो लेकिन ऐसे आईं, जैसे आईं नहीं लाई गई हों। चेहरा सपाट, भाव-विहीन। लुटी-पिटी सी जैसे उनका सबकुछ किसी भयानक आँधी-बवंडर ने उजाड़ दिया हो।

'वेल ड्रेस्ड' कलेक्टर मि. कुमार के चेहरे पर एक शिकन भी न थी। कल के आँधी-बवंडर का एक अवशेष भी नहीं था।

"स्वर्णाजी! पता नहीं आपने किस जज्बे में बहकर अपने जीवन के सबसे गुप्त राज को मेरे सामने फाश कर दिया। मैं उस नामालूम जज्बे की इज्जत करते हुए कहता हूँ, मैं अपने कल के प्रस्ताव पर आज भी कायम ही नहीं अटल भी हूँ, मैं आज फिर से आपको प्रपोज करता हूँ।"

"मेरे बच्चों को माँ चाहिए और उनके पिता को भार्या, न कि भोग्या।"

याचक की मुद्रा में अपनी हथेली को मेज पर उन्होंने स्वर्णा बहनजी के सामने

रख दी, लेकिन स्वर्णा बहनजी मूर्ति की तरह अडोल रहीं। मिस्टर कुमार की नजरें इस मूर्ति में स्पंदन की प्रतीक्षा करती रहीं। इस मौन, स्पंदनहीन, मृतप्राय मूर्ति के हाथों पर अंततः उन्होंने बहुत प्यार से हाथ रख दिया। इस स्पर्श ने मूर्ति में जान डाल दी।

इस अनोखी डील के एक हफ्ते बाद आयुष्मती स्वर्णा गर्ग और चि. कौस्तुभ कुमार परिणय-सूत्र में बँध गए।

समय गवाह होगा, अगर कभी कानून और समाज की हवा का रुख अपूर्ण अंगोंवाले किन्नरों की ओर हो जाए, पर कलेक्टर कौस्तुभ कुमार के फैसले ने स्वर्णा बहनजी के पक्ष में जो फैसला सुनाया, वह निस्संदेह ऐतिहासिक और काबिले-तारीफ है।

□

लता बहनजी

स्टेडियम में दर्शक-दीर्घा में काफी भीड़ थी। आज विकलांग बच्चों के लिए खेल प्रतियोगिता आयोजित की गई थी। बच्चे रेस के लिए ट्रैक पर तैयार खड़े थे।

''रेडी,''

''स्टेडी,''

''बैंग,''

पिस्तौल की आवाज पर आठों बच्चों ने दौड़ना आरंभ किया।

मैं साँस रोके देख रही थी।

नन्हे धावक बामुश्किल दस-पंद्रह कदम ही दौड़े होंगे कि एक बच्चा गिर पड़ा और रोने लगा, उसे चोट आई थी।

अन्य सात बच्चों ने जब उसकी आवाज सुनी तो रुक गए। सब पीछे की ओर मुड़ गए और गिरे हुए बच्चे के पास आए। सातों ने उसे उठाया और सभी एक-दूसरे का हाथ पकड़कर दौड़े और एक साथ विनिंग प्वॉइंट पर पहुँचे।

दर्शक-दीर्घा में स्तब्धता थी। यह रेस नेशनल इंस्टीट्यूट ऑफ मेंटल हेल्थ द्वारा आयोजित की गई थी।

इन बच्चों ने हमें क्या सिखाया?

टीम वर्क, मानवता, प्यार, केयर या समानता?

निश्चित रूप से हम ऐसा नहीं कर सकते, क्योंकि हमारे पास दिमाग है, अहम् है और एटीट्यूड है।

जेहन में निदा फाजली की ये अनमोल लाइनें कौंध गईं और उभर आई मेरी प्रिय शिक्षिका लता बहनजी की तसवीर।

'सोच-समझवालों को थोड़ी नादानी दे मौला…'

शायर निदा फाजली की इस दुआ में मेरी भी दुआ शामिल है।

हे मौला! अब किसी लता को ऐसी अजगरी आजमाइश में मत डालना, जिसने उन्हें निगल लिया। किसी ऐसे समझदार समाज का हिस्सा मत बनाना, जिसकी समझदारी ने उन्हें उस गुनाह की सजा दी, जो उन्होंने नहीं किया, जिसने जिल्लत की जिंदगी जीने को मजबूर किया।

शब्बो देवी कन्या विद्यालय में लता बहनजी हमें संस्कृत, हिंदी और ड्राइंग पढ़ाया करती थीं। पाँचवीं कक्षा तक मैं उनकी छात्रा थी। लता बहनजी हमारे स्कूल की सुंदरतमा शिक्षिका थीं। मैंने हमेशा उन्हें सूती साड़ी और सीधे पल्ले में देखा था। वे गोरे-गोल चेहरे पर गाढ़े लाल रंग की बड़ी सी बिंदी लगाया करती थीं। वह बिंदी आज जैसी बेल्वेट वाली नहीं थी। वह रोली या अन्य किसी लाल पाउडर को घोलकर बनी होती थी।

अनगिनत ललाटों पर बिंदियाँ देखी हैं। पर बिंदी जितनी उनके माथे पर जँचती थी उतनी किसी पर नहीं। कहना अतिशयोक्ति न होगा कि उनका माथा भी बहुत सुंदर था। बिंदी और माथा सुंदरता में एक-दूसरे के पूरक थे। उनकी पूरी सज्जा में बिंदी अलग से चमकती थी। वे बहुत ही चुस्त-दुरुस्त व्यक्तित्व की धनी थीं।

अपनी सहकर्मी शिक्षिकाओं और छात्राओं में वे समान रूप से लोकप्रिय थीं।

वे मेरी प्रिय शिक्षिका थीं और मैं उनकी प्रिय छात्रा। स्कूल का कोई भी सांस्कृतिक कार्यक्रम हो, उसका पूरा भार उनके ही कंधों पर रहता था। पर वे इस भार को भार नहीं समझती थीं। वे पूरी तरह से बेफिक्र होती थीं, उनकी बेफिक्री की वजह होती थी मैं। वे कोई भी प्रहसन सिखाएँ, बकौल उनके मैं हूबहू नकल कर लेती थी।

आज सोचती हूँ तो हैरान हो जाती हूँ कि प्रहसन लंबा हो या छोटा, उनके पास कोई लिखित स्क्रिप्ट नहीं होती थी। खुद जुबानी गढ़ती जाती थीं और हमें सिखाती जाती थीं। गजब इम्प्रोवाइजेशन की क्षमता थी उनमें। दूसरी हैरानी होती है कि वे हमेशा प्रहसन ही क्यों करवाती थीं, गंभीर नाटक क्यों नहीं? जवाब मैं खुद ही ढूँढ़ लेती कि वे खुद बहुत हँसमुख जो थीं। हर गंभीरता को, हर मसले को बहुत हल्के से लेती थीं शायद इसी वजह से गंभीर नाटक उनके हँसमुख व्यक्तित्व से मेल न खाते।

अभिनय का ककहरा लता बहनजी ने ही मुझे रटवाया था। अभिनय की कच्ची डगर पर उन्हीं की उँगलियाँ थाम चली थी मैं। उन्हीं का सिखाया-समझाया था, जिसने बड़े होने पर मुझे रंगकर्म की दुनिया में बेझिझक प्रवेश करने में मदद की।

रोबदार कड़क आवाज थी उनकी, जो उन पर कक्षा में पढ़ाते और अभिनय

सिखाते समय खूब फबती थी। सर्वगुण-संपन्न, खूबसूरत लता बहनजी की मैं छात्रा कम भक्त अधिक थी।

जुलाई में स्कूल खुला और नया सत्र शुरू हुआ। मैं छठी कक्षा में गई। नई किताबें, नया यूनिफॉर्म, कुछ नई सहपाठिनें-शिक्षिकाएँ। बहुत-कुछ नया-नया। एक नई, किंतु अनोखी और अप्रत्याशित बात मेरी आँखों ने देखी, लता बहनजी का स्कूल में न दिखाई देना। जबकि नई-पुरानी शिक्षिकाओं से स्टाफ-रूम खचाखच भरा हुआ था। प्रार्थना का सारा कार्यक्रम उनकी निगरानी में संपन्न होता था। प्रार्थना में भी लता बहनजी न दिखीं।

पठन-पाठन जोर पकड़ने लगा था। पर वे कहीं नजर न आईं। आज आएँगी, कल आएँगी, इंतजार, इंतजार।

दस-पंद्रह दिन बीत गए। 15 अगस्त पास आ रहा था, उनके बिना स्वतंत्रता दिवस का सांस्कृतिक कार्यक्रम कैसे संपन्न होगा? हैरान थी मैं। पूछूँ तो किससे? उनकी प्रिय सखी कनक बहनजी से पूछने को मन करता, पर साहस न होता। अरे! अवध से तो पूछ सकती थी। उनका छोटा भाई अवध कक्षा पाँच में पढ़ता था। अवध से पूछने पर पता लगा कि वे बीमार हैं, इलाज के लिए मौसी के पास इलाहाबाद गई हैं।

मैंने सोचा, शायद बहुत बड़ी बीमारी होगी। तभी इलाज के लिए बड़े शहर गई हैं। चार साल की अवधि में लगातार चार दिन भी स्कूल से उन्हें गैरहाजिर होते नहीं देखा था। खैर, अवध तो उसी साल टी.सी. लेकर लड़कों के स्कूल में चला गया। क्योंकि शब्बो देवी बालिका विद्यालय में लड़के केवल पाँचवीं कक्षा तक ही पढ़ सकते थे।

मौसम आते रहे, जाते रहे। पुरानी पत्तियाँ झड़-झड़कर पेड़ों का साथ छोड़ती रहीं, नई पत्तियों से पेड़ सरसब्ज होते रहे। हमारे विद्यालय और विद्यालय के स्टाफ-रूम का भी यही हाल था। कई नई शिक्षिकाओं का आगमन तो हुआ था, पर स्कूल का एक कोना अब भी मौसमे-खिजा की गिरफ्त में था। लता बहनजी के साथ ही उस कोने की हरीतिमा ने भी विदाई ले ली थी। मुझे भी आगे की पढ़ाई के लिए शब्बो देवी बालिका विद्यालय से विदा होना पड़ा।

नए स्कूल 'केवड़ा देवी इंटर कॉलेज' में चली गई। उस स्कूल से भी मैं टोह लेती रहती थी, पर शब्बो देवी हाई स्कूल मेरी लता बहनजी से रहित ही था।

बारहवीं के बाद मैंने इस स्कूल से भी विदा लिया और एम.पी.डिग्री कॉलेज के प्रांगण में प्रवेश किया।

समय-समय पर मैं स्कूल, कॉलेज के अलावा शहर के समृद्ध-शौकिया नाट्य-संस्थाओं के नाटकों में भी अपने अभिनय के लिए प्रशंसित होती रही। भगवान् साक्षी हैं, कानों में जब-जब तालियों की आवाज गूँजती, इनाम में मिले कप, मेडल या तमगे देखती, अखबारों में छपी अपनी सराहना पढ़ती तो डबडबाई आँखों के सामने एक खूबसूरत गोल चेहरा अपने चौड़े माथे पर खूब फबती लाल बिंदी के साथ तैरने लगता। मेरी बिलखती आवाज मुझसे जवाब माँगती—कहाँ हैं, कहाँ गई मेरी लता बहनजी? आसमान निगल गया या जमीन खा गई? किस खोह में समा गईं? कैसी और कितनी लंबी बीमारी थी। कैसा था इलाहाबाद शहर का बड़ा अस्पताल, जो उन्हें रोग-मुक्त कर उनके शहर को वापस न कर सका?

कभी स्कूल तो वापस नहीं आईं, शहर में भी नहीं दिखीं।

अगर मिलतीं तो अभिनय के लिए अनेक बार पुरस्कृत मैं अपने सारे पुरस्कार उनके कदमों में रख देती और कृतज्ञ होकर शान से कहती—"All credit goes to you".

मन का कृतज्ञ भाव लता बहनजी को संभावित जगहों पर तलाशता रहता।

मेरे शहर की सड़कों पर अकसर पुराने स्कूल की पुरानी सहेलियाँ, पुरानी शिक्षिकाएँ, स्कूल के चपरासी सादिक और महावीर, लता बहनजी की बहनें ललिता, लक्ष्मी, भाई मंगल दिखाई पड़ते, पर उन सबकी बड़ी बहन, मेरी लता बहनजी, गाहे-बगाहे भी न दिखीं। उनके घर के दरवाजे पर भी मेरी तलाश ने दस्तक दी थी, पर किसी के पास कोई तसल्लीबख्श जवाब नहीं था कि वे कहाँ गईं। लोगों के गोल-मोल जवाबों ने उनका सही पता तो नहीं दिया, मायूसी जरूर दी। जितने मुँह, उतनी बातें। दिन बीतते रहे और मेरे मन में उठ रहे सवालों का जवाब कहीं से भी नहीं मिल रहा था।

***

बहुत दिनों बाद इस कार्तिक-पूर्णिमा के दिन अपने मायके आना हुआ।

गंगाजी पर दीपोत्सव का उल्लास था। घाट असंख्य दीपों से जगमग कर रहे थे। दर्शनार्थियों की भीड़ उमड़ी हुई थी। घाट की सीढ़ियों पर बैठी मैं अपने विद्यार्थी जीवन की यादों में डूब-उतर रही थी। वे भी क्या दिन थे! स्कूल में वर्जित इमली, कैंथ, जीभ जरउआ (जीभ को जलानेवाला चूरन) के खट्टे-मीठे स्वाद का आनंद इन्हीं घाटों पर ही तो लिया करती थी। यहाँ निगरानी के लिए कोई बहनजी-वहनजी (शिक्षिकाएँ) नहीं थीं। स्कूल में कैंथ खाने की सख्त मनाही थी। उन लोगों का कहना था कि कैंथा खाने से इक्कीस दिन के लिए बुद्धि भ्रष्ट हो जाती है। जबकि

हमारी छठी कक्षा की संस्कृत की किताब का पहला श्लोक था—

'उमासुतं शोक विनाशकारकं''',
कपित्थ जम्बू फल चारु भक्षणं।'

(उन दिनों घाट की सीढ़ियों पर कैंथे के भीषण खट्टे गूदे का चटखारे लेती हुई हम सहेलियों के विमर्श का यह मुख्य मुद्दा होता था—

गणेशजी का प्रिय फल कैंथा बुद्धि-संहारक कैसे हो सकता है ? कैंथा खाकर गणेशजी व्यास ऋषि के साथ मिलकर महाभारत की रचना कैसे करते ? मैं मन-ही-मन हँस पड़ी। शायद एक कैंथा खाने के बाद उमासुत इक्कीस दिन तक के बुद्धि भ्रष्ट मोड़ से निकलने के बाद ही राइटिंग डेस्क पर बैठते होंगे।

कितनी बार यहीं बैठकर चाट खाई है। घर में निषिद्ध और एक ही प्रति होने की वजह से गुलशन नंदा के उपन्यासों का सहेलियों के साथ सामूहिक पारायण किया था।

कॉलेज के रास्ते में पड़ने की वजह से गंगाजी के घाट हमारे गॉसिप की मुख्य और पसंदीदा जगह थे। उन दिनों कहाँ थे भव्य मॉल, रेस्टोरेंट, कॉफी हाउस, जहाँ बैठ गॉसिप करके हम रिलैक्स होते। गंगा के उस पार अमरूदों के बगीचों और खेतों पर झुटपुटे शाम की चादर फैली हुई थी। यादों का बेलगाम घोड़ा सरपट दौड़ने लगा।

उन खेतों के चने का साग, खटीकों की निगहबानी में विस्तृत अमरूदों के बाग। ओह ! लहसुन, हरा धनिया, हरी मिर्च की चटनी के साथ चने के साग का नमकीन स्वाद और अपने हाथों से तोड़े गए कुछ-कुछ कच्चे अमरूदों का स्वाद मेरी जीभ महसूसने लगी। दूर-दूर तक फैले विस्तृत खेतों की हरीतिमा तारी हो गई।

अचानक किसी ने मेरा नाम लेकर आवाज दी। सोच की कड़ियाँ टूट गईं। देखा तो सरोज थी। ताज्जुब हुआ, इतने अरसों बाद भी हमने एक-दूसरे को पहचान लिया। सरोज मेरी प्राइमरी स्कूल की सहेली थी, उसके साथ और भी मेरी दो सहपाठी थीं सीमा और हीरामणि। मेरी खुशी का तो ठिकाना ही नहीं रहा। इन लोगों के मिलने से इस बार का मायके आना पहले से सुखद लगा। हमारे पास कितनी ही बातें जमा थीं, जाहिर है अब पिघलनेवाली थीं।

हमने एकांत खोजा। बलदाऊ घाट पर कम भीड़ थी इसलिए वहीं अड्डा जमाया। जमी हुई बातें रफ्ता-रफ्ता पिघलने लगीं। सहेलियों के वार्त्तालाप का एक ही विषय था—पति, बच्चे, ससुराल।

जल्दी ही हम अपने स्कूल-कॉलेज के पुराने दिनों में चले गए। उम्र तो

वह नहीं रही, पर सहेलियाँ तो वही थीं। स्कूल का प्रांगण, अन्य पुरानी सहेलियाँ, शिक्षिकाएँ और शरारतें हमारी बातचीत के विषय बन गए।

हमेशा से मेरे मन की दीवार पर टँगी लता बहनजी की वह तसवीर उभर आई, जिसके शीशे पर गाहे-बगाहे धूल की परतें जम जाती थीं, पर उतरी कभी नहीं। हीरामणि को देख मैंने आज फिर उस धूल को साफ किया।

यह सच है कि अतीत की बहुत सारी बातें मैं भूल चुकी थी, पर लता बहनजी का कहीं खो जाना, मेरे अंदर उस फाँस जैसा गड़ गया, जो आज तक नहीं निकला टीसता रहता है। वे हमेशा मेरी स्मृतियों में रहीं।

मन में टँगी उनकी तसवीर के साथ वही पुराना प्रश्न फिर से नया और ताजा हो गया। कहाँ हैं वे ?

हीरामणि, जो लता बहनजी के मोहल्ले में ही रहती थी, उससे पूछ लिया। उसने कहा, ''मत पूछो। उनके साथ जो हुआ बहुत लंबी और हृदय-विदारक कहानी है।'' मैं उसके और पास आ गई, उसके हाथों को अपने हाथ में लिया और घिघियाती सी विनती की ''बताओ न।''

हीरामणि की आँखों में आँसू आ गए। उसने कहा, ''देखो! हम अरसे बाद मिले हैं। आज का दिन बहुत पवित्र और उल्लास का है। आज अच्छी-अच्छी बातें करते हैं, सो आज यह प्रसंग छोड़ देते हैं। फिर किसी दिन मिलते हैं।''

अंदर की बेताबी का आलम चैन नहीं लेने दे रहा था। मुझे लग रहा था अभी इसी समय हीरामणि धागे के उस सिरे को मुझे थमा दे, जिसके सहारे मैं लता बहनजी की गुमशुदगी की गुत्थी सुलझा लूँ। छठी कक्षा में जो फाँस चुभा था, उसको तुरंत निकाल फेंकना चाहती थी।

पर आज के लिए वह बिल्कुल तैयार नहीं हुई।

खैर, परसों बताने के वादे के साथ हम विदा हुए।

मैं सोच रही थी, अगर आज लता बहनजी के गुमशुदा जीवन का बंद पन्ना खुल जाता तो आज का दिन अधिक पवित्र होता मेरे लिए शायद कार्तिक पूर्णिमा से भी। चार महीने सोने के बाद आज ही के दिन देवता उठान होता है। सोए हुए देवता उठते हैं। आज ही अगर लता बहनजी की जिंदगी पर सालों से पड़ा रहस्य के धागों से बुना वह मोटा परदा उठ जाता तो मेरे लिए यही देव-उठान हो जाता।

कार्तिक का महीना समाप्त हो गया। अगहन शुरू हो गया, ठंड बढ़ गई थी। मैं हीरामणि की छत पर बैठी थी। दूर कहीं से शादियाने की आवाज आ रही थी।

शायद कहीं कोई शादी हो रही थी या बच्चे के कर्णछेदन-मुंडन का शुभ संस्कार संपन्न हो रहा था।

थोड़ी ही देर में वह भी चाय के दो कप लेकर आ गई।

कुछ इधर-उधर की गपशप के बाद अपने वादे के अनुसार उसने बताना शुरू किया। उसे सुनकर मैं अपने को धिक्कारने लगी कि यही सब सुनने के लिए मैंने इतना इसरार किया था। जैसे-जैसे उसका बयान आगे बढ़ रहा था, वैसे-वैसे मैं सुन्न होती जा रही थी। मेरे कानों में हीरामणि के शब्द, वाक्य गरम पिघले सीसे की तरह उतर रहे थे।

छत पर पसरी चमकीली धूप घुप्प अँधेरे में तब्दील हो गई।

उसने बताया, ''मोहल्ले में अफवाहों का बाजार था। किसी ने बताया कि वे दूसरे शहर में इलाज के दौरान मर गईं। कोई कहता कि वे एक हिजड़ा थीं। हिजड़ों का दल उन्हें अपने साथ ले गया। कोई कहता हिजड़े आए तो थे, पर वे उनके साथ नहीं गईं। अपनी छत से सटी पड़ोसी की छत पर कूदकर उसके आँगन में उतरकर पिछले दरवाजे से भाग गईं।

मैं सुन्न रह गई लता बहनजी और हिजड़ा?

मेरी नजरों के सामने एक लाल दमकती बिंदी खूबसूरत चौड़े ललाट के साथ घूम गई।

''उसके बाद उन्हें किसी ने नहीं देखा,'' आँखें नीची किए हुए हीरामणि ने कहा।

मेरी तर्जनी का वह पतला सा प्लास्टिक का छोटा सा रंगीन तार जमीन पर खुलकर गिर गया, जिससे मैं बहनजी की अविश्वसनीय व्यथा-कथा सुनने के दौरान यूँ ही एकाग्रता के साथ बट-बटकर अँगूठी की शक्ल देना चाह रही थी।

हीरामणि ने आगे बताया, वे तो कभी नहीं आईं, पर अफवाहों के पंख पर सवार खबरें बराबर आती रहती थीं।

बहुत दिनों बाद खबर मिली कि घर से भागने के बाद वे सुदूर किसी गाँव में पहुँचीं और वहीं के एक छोटे से स्कूल में टीचर हो गईं। गाँव के लोगों से उन्होंने खुद को विधवा बताया था। ग्रामीण लोग इस उम्र की औरत का अविवाहित होना हजम नहीं कर पाते।

''ओह! तो वह दिलकश लाल बिंदी खत्म?''

''उफ! तुम्हें लाल बिंदी के खत्म होने का मलाल है। वहाँ उनका वजूद ही खात्मे...'' वह थोड़ी तल्ख हो गई।

''अपने को बहुत रिजर्व रखने के बावजूद कुछ दिन बाद वे धीरे-धीरे गाँव की बेहद प्रिय और सम्मानित व्यक्तित्व बन गईं। खुशबू को कब तक किसी डिब्बी में बंद करके रखा जा सकता है! उनकी सुंदरता और सुघड़ता की खुशबू भी धीरे-धीरे गाँव में फैलने लगी। घर से बहुत कम निकलती थीं, किसी के घर नहीं जाती थीं, पर लोगों को अपने घर आने से तो मना नहीं कर सकती थीं। खासकर गाँव के मुखिया परिवार को। मुखियाइन ने तो उनसे बहनापा ही जोड़ लिया था।''

''कुछ ही दिनों बाद मुखिया के बेटे की शादी होनेवाली थी। रोज ही शादी के लिए खरीद-फरोख्त होती थी। अपनी पसंद का ठप्पा लगाने के लिए लता बहनजी बुलाई जाती थीं। उनकी राय सर्वोपरि मानी जाती थी। क्योंकि वे पढ़ी-लिखी और शहरी जो थीं।''

मुझे खुशी हो रही थी कि यहाँ उनका अतीत अजनबी था।

हीरामणि ने आगे बताया, ''शादीवाले दिन लता बहनजी सादर आमंत्रित की गईं और वे शादी में जाने के नाम से ही डरी हुई थीं। न जाने के बहाने खोज रही थीं। ले-दे के एक ही बहाना था, उनके पास बीमारी का, पर मुखियाइन के सामने यह बहाना नहीं चला। उन्होंने उनका बहाना खोटे सिक्के-सा फेर दिया था। यहाँ उनको कोई काम करना है क्या? आएँ। उनके लिए बिस्तर लगा दिया जाएगा, सोई-पड़ी रहेंगी, पर आना जरूरी है। हरकारे से मुखियाइन ने कहला भेजा।

''उन्हें जाना पड़ा। हमेशा सफेद साड़ी पहननेवाली बहनजी उस दिन रंगीन साड़ी पहनकर गईं।

''दूसरे दिन नई बहू के आने पर मुखियाजी के यहाँ बढ़त की पूजा थी। बहनजी फिर बुलाई गईं, उन्हें क्या पता था कि उनके साथ उस घर में उनका दुर्भाग्य भी प्रवेश कर रहा है।

''जिसका डर था वही हुआ।

''उनके जाने के थोड़ी देर बाद ही हिजड़ों का दल आ गया। घर की बढ़त के रूप में आई नई बहू के स्वागत में नाचने। बहनजी के तो होश ही उड़ गए। यह दल तो उनकी दुखती रग थे। अंदर से तो हिल गईं, पर ऊपर से अपने को संयत करने की नाकाम कोशिश में लगी रहीं।

''उनकी उस नाकाम कोशिश को पाला मार गया जब एक औरत ने ऊँची आवाज में कहा, 'अरे, यहाँ क्यों खड़ी हो? आओ, इन लोगों के साथ नाचो।' उसने हिजड़ों के दल की ओर संकेत किया।

''बहनजी को काटो तो खून नहीं। पत्ते-सी काँपने लगीं, जैसे सरे आम निर्वस्त्र हो बेरहमी से संगसार हो रही हैं।

''उस औरत ने दूसरा पत्थर उनकी ओर फेंका, 'अरे, नाचोगी नहीं तो कम-से-कम ढोलकी बजाकर ही इनकी मदद कर दो। इस बार उसने इतनी ऊँची आवाज में कहा था कि हिजड़ों समेत कई कानों ने सुन लिया।

''आओ-आओ।'

''नाइन को जैसे आवाजों से बुलाने पर तसल्ली नहीं मिल रही थी, इसलिए उसने हथेलियों के इशारे से भी बुलाना शुरू किया।

''अपमान का पत्थर फेंकनेवाली यह औरत नववधू की सहायिका के रूप में उसके मायके से आई नाइन थी। वह उन्हें न केवल जानती थी बल्कि उस कांड के दिन उस भीड़ का हिस्सा भी थी, जिस दिन लता बहनजी को हिजड़ों ने उनको लेने के लिए उनके घर पर धावा बोला था।

''इस समय वे अपने को एक ऐसे निर्मम और वहशी भीड़ के बीच पा रही थीं, जिसके दोनों हाथों में अपमान के ऐसे नुकीले पत्थर थे, जिनके वार उनकी मान-मर्यादा को लहूलुहान कर रहे थे।

''नाइन ने वह राज फाश कर दिया, जिसको छुपाने के लिए सबकुछ छोड़कर उन्होंने इस गाँव की पनाह ली थी।

''बहनजी का गुप्तांग अब गुप्त न रहा, सार्वजनिक हो गया।

''हिजड़ों का दल और पूरा माहौल स्तब्ध था।

''उस दिन अगर उस नाइन के बदले यमराज बुलाते तो वे खुशी-खुशी उनके साथ चली जातीं। घर, शहर, माँ-बाप, भाई-बहनों से बिछड़ने के बाद खुद को जिंदा ही कहाँ समझती थीं!

''इधर हिजड़ों की बाछें खिल गईं। उधर बहनापा जोड़नेवाली मुखियाइन घिन से ऐसे गिनगिना उठीं, जैसे मल के ढेर पर पैर पड़ गया हो। 'हे भगवान्! अभी तक मैं हिजड़े के साथ उठ-बैठ, खा-पी रही थी।' धप्प से जमीन पर बैठ गई और बेतहाशा अपना माथा पीटने लगी।

''पलक झपकते ही उनका बहनापा फुर्र हो गया। अजीब सा माहौल हो गया था।

''नजरों से ही हिजड़ों ने बहनजी के अंगों की चीर-फाड़ कर दी। चारों-पाँचों ने बड़े प्यार से उन्हें खींचा और हाथ पकड़कर नचाने लगे। उन बेवकूफों को कहाँ पता था कि वे बहनजी को नहीं उनकी लाश को नचा रहे हैं।''

मेरा पूरा शरीर सिफर में बदलता जा रहा था। आस-पास का सबकुछ भूल गई थी। छत से सुनाई पड़नेवाली शादियाने की आवाज गुम हो चुकी थी। मैं केवल यह व्यथा-कथा सुन रही थी। लता बहनजी का वजूद अब कथा ही तो बन गया था।

"फिर ?"

"फिर क्या ? बढ़त की पूजा में शामिल औरतों की महफिल और उनके हो-हल्ले से मर्दानी ड्योढ़ी से घर के और सभी मेहमान मर्द भी आ गए। पूरा कमरा भीड़ में बदल गया और भीड़ उसी दिनवाली भीड़ में तब्दील हो गई। कहीं कोई फर्क नहीं। आवाजें भी वही 'हम अपने साथ ले जाएँगे इसे, हिजड़ा है तो जाना ही पड़ेगा'।"

" 'छि: ! इतने दिनों तक हम इसके साथ रहे' मुखियाइन फिर से बिफर पड़ीं, 'गुमराह करती रही, बेवकूफ बनाती रही, पापिन है। घर-आँगन, बच्चों का स्कूल सब अपवित्र हो गया। गोबर से लीपना पड़ेगा, गंगाजल छिड़कना पड़ेगा।'

"उन्होंने गंगाजल मँगवाया और पूरे कमरे में पागलों की तरह छिड़कने लगीं। जमीन पर लुंठित बहनजी के ऊपर भी कुछ छींटें पड़ीं, जो तेजाब की तरह उनकी रूह तक को झुलसा गईं। सशरीर वे जमीन में धँस सी गईं, उन्हें लग रहा था काश! कमरे का फर्श एक ऐसे शक्तिशाली चुंबक में बदल जाए, जो उन्हें अपने में इस कदर खींच ले कि उससे कोई इनसानी हाथ अलग न कर सके या कोई पीलमुर्ग आए और अपने चंगुल में उठाकर किसी निर्जन जगह छोड़ दे।"

"पर ऐसा कुछ भी नहीं हुआ।

"संगसारी बढ़ती ही गई, भीड़ के हर शख्स के हाथ में अश्लील ताने-तिश्नों के पत्थर थे। जो उन पर बेरहमी से फेंकना अपना फर्ज समझ रहे थे।

"पत्थरों की चोट से उनकी आत्मा लहूलुहान हो रही थी। किसको फिक्र थी।

"क्या करें ? कहाँ जाएँ ? आज तो पड़ोसी के घर की छत और आँगन भी नहीं है, जिसका सहारा लेकर भाग जाएँ। इतनी बड़ी दुनिया उनके लिए इतनी छोटी क्यों पड़ गई कि खुद को इस नाइन से भी नहीं छिपा सकीं ?"

हम दोनों की चाय बिल्कुल ठंडी हो गई थी। मैं भी ठंडी पड़ गई थी। एक कनकनी ठंड अंदर उतर गई थी। हीरामणि ने अपनी भतीजी को आवाज दी फिर से चाय गरम करवाने के लिए।

उसने मुझसे पूछा, "तुम्हें रंजना याद है ? अरे वही, जो अपने स्कूल के सामने रहती थी। साँवली सी खूबसूरत नयननक्श वाली ?"

कुछ और निशान बताने पर मुझे रंजना याद आ गई। वह अपनी अच्छी ड्राइंग की वजह से लता बहनजी की प्रिय थी।

"हाँ-हाँ, याद आ गई तो क्या हुआ?" मैंने पूछा।

"उसकी शादी जलालपुर में हुई है। जलालपुर अपने दबंगई और लंठई में कितना कुख्यात है तुम्हें तो मालूम ही है। उनकी कारगुजारियों से पुलिस भी परेशान थी, पर कुछ नहीं कर सकती थी। पुलिसवाले गाँव में घुसते थे जिंदा, पर लौटते थे लाश के रूप में। भाले-बल्लम से बुरी तरह थुथुरी होती थीं लाशें। जल्दी किसी की हिम्मत नहीं होती थी लाशों को उनके सही मुकाम तक पहुँचाने की। सियार और गिद्ध ही उनकी सद्गति करते थे।

"उसी जलालपुर से मुखिया का दबंग बहनोई शादी में आया था। उसने मुखिया के सामने एक अजीब सी पेशकश की। उसने कहा, 'साले साहब! बेटे की शादी की खुशी में मुझे विदाई में इस मास्टरनी को दे दो।'

"साले साहब को भला क्या आपत्ति थी!

"उसकी रजामंदी से लता बहनजी हिजड़ों की रेवड़ से मुखिया के बहनोई के रेवड़ में हँका दी गईं, उसके रसूख, गुंडई और पैसों ने हिजड़ों की दलीलों का मुँह बंद कर दिया। वह उन्हें अपने गाँव ले गया।

"वैसे तो उस नराधम के हरम में पहले से ही दो खूबसूरत पत्नियाँ थीं, पर वह मादाओं में कम, नरों में ज्यादा दिलचस्पी लेता था।

"उसने बहनजी को पहले से ही बनवाए अलग हरम, जो इस समय खाली था, में रख दिया।"

"गाँव में किसी ने कुछ नहीं कहा?" मैंने पूछा।

उसने मेरी ओर ऐसे देखा जैसे इसके पहले कभी कोई मूर्ख नहीं देखा।

"कौन कहता? कौन रोकता? हमाम में सब नंगे थे। उसका हरम कोई इकलौता हरम नहीं था। ऐसे हरम उसकी बिरादरी में शान की बात समझे जाते थे। स्टेटस सिंबल माना जाता था लवंडा रखना। वे अपने-अपने लवंडों को औरत की वेश-भूषा में रखते थे।

"किसका लवंडा (जनखा) कितना ज्यादा सिंगार-पटार करता है, कितने महँगे और नए फैशन के कपड़े पहनता है, इसको लेकर जाहिल दबंगों में प्रतिस्पर्धा रहती थी। कौन मलिकार कितना समृद्ध है, जनखों के सिंगार-पटार पर निर्भर करता है। उनके रख-रखाव, इस खास शौक के शौकीनों की शौकीनी मापने का पैमाना होता। ठीक वैसे ही जैसे कौन अपने कुत्ते पर कितना खर्च करता है।

"गाँव के दलित लोग तो उनकी रियाया की तरह जीवन बसर कर रहे थे। उनकी जुबान तो उनके बरतन-भाँडे की तरह दबंग मलिकारों के यहाँ रेहन रखे होते थे।

'' 'जाट कहे सुन जाटनी इसी गाँव में रहना,
ऊँट बिलाई ले गई, हाँ जी हाँ जी कहना' जैसे कहावतों को जीते थे।''

यह मेरे लिए एक अजीब और नया रहस्योद्घाटन था। 'गे' शब्द से तो परिचित थी, पर यह नहीं जानती थी कि औरत की वेश-भूषा में जनखों को लोग रखैल बनाकर रखते हैं।

सखी संप्रदाय के बारे में सुना था। कृष्ण-भक्ति में पुरुष लोग अपने को स्त्री मानते हैं। उनके सारे क्रियाकलाप औरतों जैसे होते हैं। यहाँ तक कि रजस्वला होने का स्वाँग भी भरते हैं।

हीरामणि ने आगे बताया, ''बहनजी वाले नर-पिशाच के तो पौ बारह थे। बहनजी को एक तरह से उसने कैद करके रखा था। केवल दिशा-फरागत के लिए बाहर जाने की अनुमति थी। वह भी अकेली नहीं, घर की एक सेविका की निगरानी में।''

हीरामणि मौन हो गई, मैं स्तब्ध थी। लता बहनजी की खुद्दारी, नफासत, शैक्षिक कुशलता, नाट्य-कौशल अब दिमागी दिवालिए लोगों के भौंडे नाटक-नौटंकी का शिकार थे।

मेरी सखी ने एक दीर्घ नि:श्वास छोड़ा।

''रोज-रोज शारीरिक-मानसिक रूप से रौंदी जानेवाली लता बहनजी हार गईं। सब्र का जो पहाड़ खड़ा किया था अब वह ढहते-ढहते सपाट हो गया। हौसलापस्त हो गई सहनशक्ति ने उनसे पल्ला झाड़ लिया।

''एक दिन मुँह-अँधेरे नित्य कर्म के लिए जाते समय साथ जानेवाली सेविका से कहा, 'मेरी चप्पल टूट गई है। खेत में कटे अरहर के सूखे खूँट पैर में गड़ेंगे, मेहरबानी करके तू घर से दूसरी चप्पल लेकर आ, मैं यहीं पीपल के पेड़ के नीचे तेरा इंतजार करूँगी।' उसे इसरार करके भेज दिया और फिर अपनी साड़ी को कमर से खोला और गले में लपेटकर उसी पीपल की मोटी डाली से झूल गईं।''

हीरामणि का गला अवरुद्ध हो गया। मेरी आँखों का भी पुरवट बह निकला, मैं सोचने लगी—इस तरह एक पूर्ण समाज निर्मात्री को अपने अपूर्ण अंगों के कारण जलावतनी का दंश झेलने के बाद मृत्यु का वरण करना पड़ा। किसी अपूर्ण अंगवाले को रोजी-रोटी के लिए घर-घर, दरवाजे-दरवाजे नाचना ही क्यों पड़ता है ? उनके लिए एक अलग समाज, अलग बिरादरी क्यों ? क्या वे पढ़-लिखकर दूसरा विकल्प नहीं खोज सकते ? मेरी लता बहनजी ने तो खोज भी लिया था। वे तो पेट पालने के लिए नाच-गाने की मोहताज नहीं थीं। एक आदर्श छात्रा-प्रिय शिक्षिका थीं। फिर

उन्हें यूँ घर से भागने की सजा क्यों मिली? वे अपना पसंदीदा प्रोफेशन क्यों नहीं अपना सकती थीं? सिर्फ इसलिए कि वे पूर्णांग नहीं थीं या विकृत अंगोंवाली थीं? किसी लँगड़े, लूले, नेत्रहीन, बधिर, एक किडनीवालों के लिए अलग बिरादरी या अलग, निश्चित-निर्धारित पेशा है क्या? फिर मेरी लता बहनजी··· ?

एक पूर्णरूपेण समाज निर्मात्री को अपूर्ण अंगों के कारण घर से भागना क्यों पड़ा? उनका सपाट सीना, हल्की मूँछें या फिर अपूर्ण गुप्तांग का होना इतना बड़ा अपराध था, जो उन्हें जलावतनी का दंश झेलना पड़ा, घर से दर-बदर होना पड़ा, अपनी साँसों का साथ छोड़ना पड़ा। क्यों? ये सवाल आज भी अनुत्तरित हैं। इक्कीसवीं सदी के इस दौर में प्रगति के तमाम दावों के बावजूद क्या हमारी मानसिकता विकलांग नहीं हैं?

□

मोहित

मोहित की बहनों की शादी नहीं हो पा रही थी। अच्छी खासी उम्र हो गई थी। माता-पिता द्वारा वर-संधान की प्रक्रिया असफल होते देख सुजाता-सुरेखा ने इस काम को खुद अंजाम देने का बीड़ा उठाया। वे हर उस सजातीय घर में पदार्पण करतीं, जहाँ विवाह योग्य लड़कों की भनक मिलती। इस अभियान में बहनों के साथ मोहित भी बराबरी का हिस्सेदार बनता।

मेरे घर में भी शादी की उम्र वाला एक सदस्य था। मेरा बेटा। सो मेरे घर में उनका प्रवेश लाजिमी था, और वे आए, उसी दिन से उनसे मेरा परिचय हुआ। परिचय को उन्होंने अपनी ओर से प्रगाढ़ता में बदल लिया। चूँकि मैं अकेली रहा करती थी, इसलिए अकसर मेरे घर आ जाते थे और जाने का नाम ही न लेते थे। कब मैं उनकी बुआजी बन गई, पता ही न चला। मेरे भाई-भतीजों से अधिक उनकी आमदरफ्त मेरे घर में हो गई। अपने ही घर में अपने स्पेस के लिए तरस जाती थी। मोहित ने अपने आपको जरा ज्यादा ही मेरा मुँहलगा बना लिया था। मेरी अलमारी साधिकार खोलता, कोई भी साड़ी निकालता, निहारता, ''बुआजी, आपने यह वाली साड़ी कहाँ से ली? कितने में ली?'' अपनी बहनों से कहता, ''दीदी! बुआजी की जितनी साड़ियाँ हैं, सबको पहनकर फोटो खिंचवा लो, न जाने बुआजी कब मुंबई चली जाएँ!'' उसे पता था मैं नौकरी छोड़कर अपने बेटे के पास शिफ्ट होनेवाली हूँ।

कभी-कभी रसोईघर में घुस जाता। कुछ-कुछ पकाकर सबको खिलाता। संकोचवश मैं कुछ नहीं बोल पाती। सच कहूँ तो मुझे भी बुरा नहीं लगता था। अभी तक मेरे साथ केवल मेरा अकेलापन रहता था। अब उनका साथ मिल गया था तो कहीं-न-कहीं अच्छा भी लगने लगा था।

मेरे इस अच्छा लगने का सूत्र पकड़कर सुरेखा और मोहित खड़गपुर से मेरे

जाने और मुंबई शिफ्ट होने के बाद मुंबई भी आ धमके। दोनों पूरी तरह से माया नगरी के मोह में आवेष्टित थे।

मोहित कहता, ''मेरा बड़ा मन था बुआजी मुंबई देखने का, अब आप हैं तो रहने की कोई चिंता ही नहीं है। अब मैं अपने मॉडलिंग का सपना पूरा कर सकूँगा।''

''मॉडलिंग ?''

कैसे-कैसे मुगालते पाल के रखे हैं इसने, मॉडलिंग का म भी न था मोहित में। एक बात की दाद दूँगी कि वह अपना बहुत खयाल रखता था। एक-एक अंगों के रख-रखाव पर उसकी नजर रहती थी। कीमती गहनों की तरह सेंतकर रखता था। कोई भी बात हो, उसमें अपने अंगों की चर्चा न करे, ऐसा हो नहीं सकता।

मुझे याद है, वाटर किंगडम में किलोल करते समय उसका पैर मामूली सा जख्मी हो गया था। बहुत दुःखी था, ''हाय! मेरा इतना सुंदर पैर चोट के दाग से खराब हो जाएगा।'' मैंने महसूस किया कि जितना आनंदित वह वाटर किंगडम में हुआ था, उससे कई गुना अधिक आहत था भावी दाग की संभावना से। ''हाय! जब मैं रैंप पर चलूँगा, तब ये दाग कितने भद्दे लगेंगे!''

अपने इस गहरे दुःख से इतना व्यथित था मानो कल ही वह रैंप पर चलनेवाला हो और दर्शक-दीर्घा में बैठे सभी दर्शकों की नजरें उसके पैरों पर ही हों। मेरे लिए पकाने-खिलाने से ज्यादा असह्य हो गई थी मोहित के चोटिल पैर की बहुचर्चा।

फोन पर अपनी माँ को पैर की व्यथा-कथा विस्तार से बता रहा था। उधर से क्या जवाब आ रहा था पता नहीं, पर मोहितजी का अफसोस किसी जरूरी मिशन के विफल हो जाने से कम नहीं था। आत्म-मुग्धता की बानगी था मोहित।

मैंने उससे पूछा, ''तुम्हें यकीन है तुम मॉडल बन जाओगे ?''

''क्यों नहीं ? सुंदर हूँ, अंग्रेजी बोल सकता हूँ।''

जबकि ठीक से हिंदी भी नहीं बोल पाता था। मैं उसके आत्मविश्वास की कायल हुए बिना नहीं रह सकी। पति की मृत्यु के बाद मेरे आत्मविश्वास ने मेरा साथ छोड़ दिया था। सो, बहुत ही मनभावन लगा था उसका आत्मविश्वास।

छह भाई-बहनों में सबसे छोटा था मोहित। पढ़ाई-लिखाई से दूर-दूर तक कोई लगाव नहीं था, पर अपने शहर के हर उस स्कूल को धन्य कर चुका था, जो, अंग्रेजी माध्यम के नाम पर अपनी दुकान चला रहे थे। इंग्लिश मीडियम से पढ़ने के कारण मोहित पर माता-पिता, भाई-बहन गौरवान्वित होते। परिवार की यह खुशफहमी उसके विश्वास की जड़ों के लिए खाद-पानी का काम कर रही थी।

माँ कहती, "मेरा मोहित छोटा पैकेट बड़ा धमाका है। एक दिन बहुत ऊँचाई पर पहुँचेगा, हमारा नाम रोशन करेगा।"

सबने बहुत उम्मीदें बाँध रखी थीं।

मेरे मुंबई के छोटे से फ्लैट को करीब एक महीने तक धन्य करने के बाद वे वापस अपने शहर चले गए। इस बीच दोनों भाई-बहन टी.वी. कलाकारों के घर खोज-खोजकर उनके यहाँ जाते और रास्ते पर दर्शनाभिलाषी भक्त बने उनके निकलने की प्रतीक्षा करते। कलाकारों के दर्शन करके खुद को वैसे ही धन्य समझते, जैसे किसी धार्मिक व्यक्ति की चिर अभिलषित तीर्थस्थानों के इष्टदेव का दर्शन हो गया हो।

एक महीने तक उनकी मेहमाननवाजी करते-करते मैं हाल-बेहाल हो गई थी। बहुत ही बेतकल्लुफी से रहे मेरे यहाँ।

दो वर्ष के बाद मैं खड़गपुर गई। मोहित के घर के सामने से बच-बचकर निकल रही थी। मन-ही-मन प्रार्थना कर रही थी कि उसके घर का कोई मुझे देख न ले। मुंबई में उनकी बेतकल्लुफी ने मुझे अधमरी कर दिया था, इसलिए डरी हुई थी मैं। मुझे देखकर मेरे यहाँ फिर से आने की उनकी दमित इच्छा बलवती न हो जाए। मॉडल बनने के अपने स्वप्नों की ताबीर के लिये फिर से मेरे यहाँ तशरीफ न ले आएँ।

'बकरे की माँ कब तक खैर मनाती!'

एक दिन मोहित बाबू टकरा ही गए। दौड़कर आए, पैर छुए, रोने लगे, बुआजी कोई गलती हुई मुझसे। मेरे घर के सामने से गुजरती हैं, पर अंदर नहीं आतीं, फोन नहीं उठातीं।

मैं क्या जवाब देती, कैसे बताती तुम लोगों की बेतकल्लुफी से डरती हूँ। अब तुम्हारे गुस्ताख आचरण को बरदाश्त करने की उम्र नहीं रही, जोड़ों के दर्द, शरीर की कमजोरी अब आवभगत की इजाजत नहीं देती।

डरती थी कि कहीं माफी का चुग्गा डालकर फिर से मुझ पर मेजबानी का भारी बोझ न डाल दें। इसीलिए उनके घर के सामने से छुप-छुपकर निकलना पड़ता था।

पर इन दो-तीन वर्षों के अंतराल में मोहित में बहुत परिवर्तन आ गए थे। चेहरे का चॉकलेटीपन पता नहीं कहाँ तिरोहित हो गया। बड़ी-बड़ी दाढ़ी-मूँछों का जंगल, कंधे तक बाल, गले में बड़े-बड़े मनकोंवाले रुद्राक्ष की माला को देखकर मैं हैरान रह गई।

मैंने पूछा, "यह सब क्या है?"

"बुआजी! अब मैं बहुत धार्मिक हो गया हूँ, घंटों पूजा करता हूँ। रोज एक-एक हजार बार शिवजी की स्तुति और विष्णु-स्रोत का जाप करता हूँ।"

"और पढ़ाई?"

"प्लस टू कर लिया है। अब होटल मैनेजमेंट करने का इरादा है।"

सुनकर अच्छा लगा, चलो सीरियस तो हुआ। मॉडलिंग का भूत शायद उतर गया था।

इस यात्रा के बाद मैंने अपनी चिरअभिलषित यात्रा की शुरुआत की। बच्चे सेटल हो गए, गरदन से नौकरी का जुआ उतर गया तो अपनी दमित इच्छा को पूरा करने का लोभ संवरण न कर सकी।

निकल पड़ी।

किशोरावस्था से ही अपने प्रिय लेखकों की जन्मस्थली देखने की उत्कट इच्छा को पाल रखा था। जैसे कृश्न चंदर का पुंछ, आशापूर्णा देवी, शरतचंद्र का बंगाल। डॉ. राही मासूम रजा का गंगौली गाँव बुला रहा था। कई लोग मेरी इस इच्छा का मजाक उड़ाते थे। जबकि मैंने किसी के बदरीनाथ-केदारनाथ या और किसी यात्रा के लिए कभी कुछ नहीं कहा। इन ज[illegible]ों की यात्रा को मैंने तीर्थयात्रा का दर्जा दे रखा था। बहुतों के जन्मस्थान को तो बँटवारे का अजदहा निगल गया।

सबसे पहले जेनेवा में महान् दार्शनिक रूसो की जन्मस्थली देखने का मौका मिला, संयोगवश ही यह संभव हुआ था।

यायावरी का यह सिलसिला चलता रहा। पाँवों में जैसे चक्र बँध गया था। यूरोपीय देशों के भ्रमण से अपनी घुमक्कड़ी प्रवृत्ति की पिपासा को शांत करने की कोशिश में लगभग दो साल लग गए। फिर अपने अत्यंत प्रिय लेखक डॉ. राही मासूम रजा के गाँव जाने का अवसर मिला।

गाजीपुर से मेरी एक सखी का निमंत्रण आया था। उसने अपनी पोती के जन्म की खुशी में बरही-पूजन के उपलक्ष्य में एक समारोह का आयोजन किया था। उसकी इच्छा थी कि मैं भी उसमें शिरकत करूँ।

खुशी से मेरी बाछें खिल गईं। गाजीपुर में ही तो था मेरे प्रिय लेखक डॉ. राही मासूम रजा का गाँव गंगौली। बरही-पूजन और गंगौली-दर्शन एक साथ हो जाएगा।

मैं निकल पड़ी। यायावरी की मारी मैंने अपने पूर्व शहर खड़गपुर से भी मिलने का मन बनाया। खड़गपुर को मैंने कई वर्षों पहले छोड़ दिया था, पर खड़गपुर ने मुझे नहीं छोड़ा था। थोड़े-थोड़े दिनों के अंतराल में अपने बिछड़े शहर से मिलने

को मन अकुलाने लगता था। कहीं भी जाना होता, खड़गपुर बीच में आ जाता, फिर उसको ही केंद्र बिंदु में रखकर यात्रा का कार्यक्रम बनाती।

इस बार कई सालों बाद एक बार फिर खड़गपुर जाना हुआ। इस बार मोहित के घर अपने से गई, किसी के इसरार पर नहीं। जो चीजें आसानी से मिल जाती हैं, उसकी हम कदर नहीं करते, वह अकसर उपेक्षित ही होती हैं। अपना आकर्षण खो देती है। गंगाजी से बहुत दूर रहनेवाले लोग जब गंगा-स्नान को आते हैं तो पवित्र जल को शीशी-बोतलों में भरकर साथ ले जाते हैं। और गंगातट पर रहनेवाले लोग गंगाजी में बच्चों के गंदे पोतड़े धोते हैं। यही हाल मेरा भी था, जब मोहित बुलाता था तो मैं पल्लू बचाकर निकलने की फिराक में रहती थी और आज!

बहुत दिन हो गए इसलिए शायद मोहित के घरवालों से मिलने की उत्कट इच्छा हुई।

बहुत-कुछ नया हुआ है उसके घर में। सुजाता-सुरेखा की शादी तो हो ही गई, उसके दो भाई भी शादीशुदा हो गए थे। घर में कई नए सदस्यों के आ जाने से घर बहुत भरा-भरा लग रहा था। सबने मुझे घेर लिया। बातचीत का बाजार गरम था। मैं हैरान थी, बातों में बढ़-चढ़कर हिस्सा लेनेवाला मोहित इस भीड़ में नदारद था। वह कहा करता था कि कई किताबों को पढ़ने की बजाय मुझे आपसे बात करना बेहतर लगता है। (शायद मेरी चापलूसी में कहता था) तो आज की महफिल में क्यों नहीं है?

मैंने सोचा कहीं बाहर गया होगा।

मेरे जाने के समय तक वह नहीं आया। मुझे पूछना पड़ा, मोहित कहाँ है? सबके चेहरे पर विषाद की रेखा खिंच गई।

सब खामोश हो गए। एक-दूसरे का मुँह देखने लगे। धीरे-धीरे घर की भीड़ छँटने लगी। भाई बाहर खिसक लिये, भाभियाँ अपने कमरे और रसोईघर में चली गईं।

बिस्तर पर पड़ा एक नन्हा शिशु अचानक रोने लगा, शायद अपनी माँ को खोज रहा था।

सबका यूँ बगलें झाँकना मुझे अंदर से झकझोर गया। मैं हिल गई, कहीं कुछ अघट तो नहीं घट गया!

नहीं-नहीं, ऐसा नहीं हो सकता, अभी उसकी उम्र ही क्या है!

ओह! मैंने अपने को धिक्कारा। मैं भी क्या सोचने लगी। मन-ही-मन उसकी खैर मनाने लगी।

हमेशा रंगोबती (सजी-धजी) बनी रहनेवाली उसकी माँ बिलखने लगीं।

उनकी वाणी, उनके शब्दों को रुदन ने निगल लिया। वे कुछ बोलने की स्थिति में नहीं थीं। मैं उनकी पीठ पर अपना तसल्ली भरा हाथ तो फेर रही थी, पर अंदर से खुद बहुत भयभीत हो रही थी, पता नहीं क्या सुनने को मिलेगा।

सुजाता ने बताया, "बुआजी! मोहित तो दो वर्षों से लापता है। बहुत ढूँढ़ा। टी.वी, पैंफलेट, ज्योतिष, तांत्रिक सबका सहारा लिया, लेकिन कोई नहीं बता पाया पता नहीं कहाँ चला गया?"

कुछ स्थिर होने पर माँ ने बताना शुरू किया, "दो साल पहले सुरेखा के लिए एक अच्छा वर मिला। सगाई के लिए वर के घर कोलकाता जाना था। हम सुबह ही कोलकाता पहुँच गए। वर पक्ष के यहाँ जाने का मुहूर्त शाम का था। हमारे पास काफी समय था, इसलिए हम हावड़ा में रिटायरिंग-रूम में रुककर तैयारी करने लगे। सुजाता ने मोहित से कहा, 'अभी काफी समय है, तुम अपने यह साधुवाले केश अब तो कटवा लो, वर पक्षवालों को अच्छा नहीं लगेगा, उनको असली मोहित को दिखाओ। चेहरे के झाड़-झंखार को साफ करवा लो।'

"जाओ, हम लोग तुम्हारा यहीं इंतजार करेंगे। सुजाता ने यह सब जरा कड़ाई से कहा, क्योंकि हम लोग दाढ़ी-बाल कटवाने के लिए मनुहार कर-करके थक गए थे। इधर उसके केश और दाढ़ी के बाल के जंगल बहुत ही बेतरतीबी से बढ़ गए थे।

"वह चला गया और आज तक नहीं लौटा। रिटायरिंग रूम की वह प्रतीक्षा हमारी चिर प्रतीक्षा बन गई।"

"सगाई की रस्म, फिर विवाह सबकुछ संपन्न हुआ। सब मेरे मोहित के बिना, मैं कितनी बड़ी गुनहगार हूँ, क्यों कहा उसको बाल कटवाने को?"

सुजाता भी फूट-फूटकर रोने लगी।

खड़गपुर से तो मैं चली गई, लेकिन मोहित की गुमशुदगी का गम, उसकी माँ की सिसकियाँ, बहनों के पछतावे मेरे साथ हो लिये। यह सवाल भी मेरे साथ-साथ चलता रहा, आखिर मोहित कहाँ चला गया? क्यों चला गया? जिजीविषा से भरे मोहित ने जिंदगी का दामन छोड़ दिया हो, ऐसा मानने को दिल तैयार नहीं था।

सहेली, उसकी नन्ही पोती, अरसे बाद देसी-पारंपरिक उत्सव और मेहमानों के साथ मिलकर मोहित प्रकरण धीरे-धीरे धूमिल पड़ रहा था, लेकिन खत्म नहीं हुआ था। रात 10 बजे से 1 बजे रात तक भूले-बिसरे सोहर सुनना, पत्तल-कसोरे में खाना, छठी-बरही पूजन, महानगरों के निवास और विदेशी प्रवास के बाद बहुत ही सुखद और ताजगी का एहसास दिला रहे थे।

दूसरे दिन हिजड़ों का एक दल आया।

बेसुरी आवाज में वे गाने-बजाने लगे।

रास्ते-चौराहे, बस, ट्रेनों में हिजड़ों को भीख माँगते, कुत्सित आचरण करते देख मन गिनगिना उठता है। अनमनी-सी दूर से देख रही थी। हिजड़ा नाच में मुझे कोई दिलचस्पी नहीं थी। दल में आधुनिक वस्त्रों से सज्जित एक लंबा-छरहरा हिजड़ा हाथ में शिशु को उठाए नाच रहा था। बहुत दिनों बाद यह दृश्य देखने को मिला था।

नाच खत्म होने के बाद सभी हिजड़े गृहस्वामिनी से नेग के लिए हील-हुज्जत कर रहे थे, जो बहुत मामूली और आम बात है। खास बात तो अभी सामने आनेवाली थी, जिसकी मैं कभी कल्पना भी नहीं कर सकती थी। सभी किन्नरों से अलग दिखनेवाला छरहरा, मोहक किन्नर परिवार के दर्शकों के पास शिशु को लेकर जाता। बच्चे के आशीषस्वरूप उनसे रुपए उगाहता हुआ मेरे पास आया। मैं सकते में आ गई। देसी पारंपरिक उत्सव का आनंद क्षण भर में काफूर हो गया। वह भी सनाका खा गया। मैंने देखा, उसके हाथ से बच्चा छूटते-छूटते बचा, मेरे हाथ का बिल्लौरी कप मेरी बालिचेरी साड़ी का सत्यानास करते हुए जमीन पर छनाक से गिर पड़ा। चाय गिरी, कप टूटा तो मेरा ध्यान पल भर के लिए साड़ी की ओर चला गया। मेरे सँभलने से पेश्तर ही वह आँख से ओझल हो गया।

मेरे मुँह से एक बुदबुदाहट निकली, "मोहित?"

तब तक मोहित बच्चे को किसी महिला के हाथ धर न जाने कहाँ चला गया। अपने में मशगूल लोगों ने नोटिस भी नहीं किया।

अपने को संयत करने की नाकाम कोशिश के बाद एक किन्नर को आड़ में ले जाकर मैंने पूछा, "यह कमसिन छोकरा तुम्हारे दल में कैसे शामिल हुआ? यह तुम्हें कहाँ मिला?"

उसने कान पकड़ लिये और बताने से इनकार कर दिया। अपने सरदार से पूछने की सलाह देकर वह चला गया। मैं सरदार की शरण में गई, बहुत आरजू-मिन्नत, इसरार करने पर गोपनीयता का वादा लेने के बाद वह फूटा।

"मैं बहुत-कुछ तो नहीं बता सकती। हाँ, इतना बता सकती हूँ कि हम इसे हावड़ा से लाए थे।"

"हावड़ा से?"

"हाँ, हम लोग कालीघाट, बैलूर मठ के दर्शन करके हावड़ा स्टेशन पर ट्रेन का इंतजार कर रहे थे। मुझे स्नान करने के लिए सुलभ शौचालय जाना था। मैंने एक स्नानघर का दरवाजा खोला, वह अंदर से बंद नहीं था। दरवाजा खुलते ही अंदर स्नान करनेवाला स्तब्ध रह गया। स्तब्धता ने उसको अपनी लज्जा छुपाने का

मौका ही नहीं दिया। मेरी खोजी और पटु नजरों ने मादरजात नंगे आदमी में पल भर में वह देख लिया, जिसकी हमें तलाश रहती है, जिसे माँ-बाप छुपाकर रखते हैं। अब उसके बाद की कहानी न पूछें। मैडम, बस यह समझ लो कि बहुत ही खुशी-खुशी और धूमधाम से हमने उसे अपनी बिरादरी में शामिल कर लिया।''

''शामिल कर लिया? उसके घरवालों के ऊपर क्या गुजरी होगी बिना ये समझे, महसूस किए?''

''उसके घरवालों ने हमारे बारे में सोचा? महसूस किया? हमारी तो रोजी-रोटी यही है।''

मैं अवाक् थी। गूँगी सी खड़ी रही मगर अंदर बहुत सारी आवाजें मुखर थीं— मॉडलिंग, होटल मैनेजमेंट, हमारी रोजी-रोटी, धूमधाम, हमारी बिरादरी में शामिल, इंग्लिश मीडियम··· !

इन सभी आवाजों के ऊपर एक आवाज भारी पड़ रही थी, उसकी माँ की आवाज—'मेरा मोहित तो छोटा पैकेट बड़ा धमाका है।'

□

कहानी 2

सजनवा बैरी हो गए हमार

रोम-रोम में बसे अपने गृह-नगर जाने का अवसर अब कम ही मिलता है। माँ की मृत्यु के बाद बहुत दिनों पर मायके गई थी। इस अंतराल में बहुत-कुछ बदलाव आ गए थे। बदलाव खुशगवार न थे, आघातिक ही थे। सबसे पहला आघात तो तब लगा जब अपने तिमंजिले मकान के धुर ऊपर गई। घर की यह सबसे ऊपरी छत बचपन में हम सब भाई-बहनों की क्रीड़ा-स्थली हुआ करती थी। इसी छत से हम सब गंगाजी के उस पार तक देख पाते थे।

इस बार साथ में मेरी नई ब्याहता बहू भी थी। उसी को धुर ऊपर की छत से गंगाजी का दिलकश नजारा दिखाना चाहती थी। हाँफ-हाँफकर पुरानी शैली की पत्थर की ऊँची-ऊँची सीढ़ियाँ चढ़कर ऊपर पहुँची।

यह क्या? दूर-दूर तक लहरानेवाली, छाती पर कतार से तैरती डोंगियों को दुलारनेवाली गंगा मैया का नामोनिशान नहीं था। कितनी खट्टी-मीठी स्मृतियाँ गंगाजल में घुली थीं, मेरी स्मृतियाँ एक क्षण में बिला गईं। जब भान हुआ कि गंगाजी इस तरक्कीयाफ्ता मोहल्ले के ऊँचे-ऊँचे मकानों के जंगलों के पीछे छूट गई थीं।

तेलियान और खटिकान बस्ती के छोटे-मोटे कच्चे घर अब पक्के ऊँचे-ऊँचे मकानों का रूप ले चुके थे। उनकी ऊँचाइयों के पीछे गंगाजी न जाने कहाँ अदृश्य हो गई थीं! मोहल्ले के तेलियों और खटिक बिरादरी की नई पीढ़ी ने पारंपरिक धंधों, कोल्हू और सूअर-पालन से बस्साते कीचड़ों से निजात पाकर सरकारी-गैरसरकारी नौकरियों तथा तेल-मिल और सब्जी-फल के आढ़तों की शरण ली। खूब उन्नति की उनकी समृद्धि का परिचय उनकी बहुमंजिली अट्टालिकाएँ दे रही थीं, अच्छा लगा। पर तत्कालीन मोहल्ले के एकमात्र सबसे ऊँचे मेरे घर की हर खिड़की, हर

छत से दिखाई पड़नेवाली गंगाजी छुप गई थीं, अफसोस हुआ और धक्का लगा।

दूसरा धक्का तब लगा, जब नन्ही फूआ को देखा—रूखे बाल, सिर के फटे आँचल से बाहर निकलकर सूखी घास की तरह फहरा रहे थे। मैली-कुचैली फूआ के तन को ढकनेवाले मैले-कुचैले कपड़ों ने जैसे महीनों से साबुन-पानी का मुँह न देखा हो। लटों में तब्दील हो रहे बाल तेल से महरूम हो चुके थे। क्या ये वही नन्ही फूआ हैं, जो तेल-कंघी, जूड़ा-चोटी, ललाट पर चवन्नी भर की टिकुलो, विंध्याचली चटक पीले सिंदूर से आगे से पीछे तक माँग भरे, घर-घर घरहो दिया करती थीं। आज तो फूआ पलस्तर उखड़े, नोना लगी पुरानी लखौरी ईंटों की दीवार लग रही थीं। वे नन्ही फूआ कम, ऐसी पगली ज्यादा लग रही थीं, जिसके पीछे आवारा-शैतान बच्चे पत्थर लेकर दौड़ने ही वाले हैं। बस इसी की कमी थी, क्या हो गया इन्हें ? यादें आँसू बन आँखों से झरने लगीं।

फूआ अपनी काली जीभ, बुरी नजर, डरपोक स्वभाव, खाद्य-प्रेम और कजरी-गायन, इन पाँच विशेषताओं के कारण मोहल्ले में मशहूर थीं।

कहना नहीं चाहिए, ईश्वर ने फूआ को भाग्य के साथ-साथ शक्ल और अक्ल देने में थोड़ी कोताही कर दी थी। भैंगी आँख, ऊँचे-पीले ऊबड़-खाबड़ दाँत, चौड़ा दहाना, खूब बड़ी अजीब शेप में नाक की रंध्र, उसमें बुलाक पहनने के लिए बचपन में ही छिदवाया छेद, जिसमें झाँककर परली ओर आराम से देखा जा सकता था।

नन्ही फूआ की काली जीभ, बुरी नजर !

पिछला कुछ याद आया।

शोभा की अम्मा ने नन्ही फूआ को अपने घर की ओर आते देखा, जल्दी से उठकर भागी रसोईघर का दरवाजा बंद करने। दरवाजा बंद होने के पहले ही फूआ रसोईघर के सामने जिन्न की तरह हाजिर।

"आज क्या बनाया छोटकी दुलहिन ?" तुतलाते हुए फूआ ने पूछा।

सवाल छोटकी दुलहिन से, पर टकटकी चूल्हे पर चढ़ी कड़ाही पर। खाने की शौकीन फूआ की लोलुप जीभ मुँह में भर आए पानी में डूब गई थी। मुँह के पानी ने उनके तोतलेपन को भरपूर खुराक दी। होंठों की कोरों पर थूक की बूँदें जमा हो गईं, ललचाई नजरें कड़ाही से हट ही नहीं रही थीं।

शोभा की अम्मा को झुरझुरी आ गई, अपनी मेहनत और कढ़ी की बरबादी सोचकर। रात को चने की दाल भिगोना, सिल-बट्टे पर पीसना, फेंटना, साबूत खड़ी हलदी-लाल मिर्च और लहसुन का मसाला पीसने में तो कलाई ही टूट जाती है, फिर आसमान छूती महँगाई में महँगी दाल, महँगा कड़ुआ तेल। जग जाहिर है

कढ़ी–फुलौरी का तेल–पान, पंद्रह दिन चलनेवाला तेल एक बार में ही कढ़ी सोख लेती है, सब गया मिट्टी में! कढ़ी का पीला रंग फूआ की काली नजर से काला होने और फूल–सी हलकी फुलौरी को काठ होने से कोई नहीं बचा सकता। शोभा के बाबू पंद्रह दिन से रट रहे थे फुलौरी बनाने को। अब क्या खिलाऊँगी अपना सर! हे भगवान! पति की अनुमानित प्रतिक्रिया से सिहर उठीं। उनके तैमूरी स्वभाव, चटोरी जिह्वा के पैनेपन से तो वाकिफ थीं, तो क्यों नहीं सावधानी बरती? अब तो पति के हाथों पिटने का पूरा माहौल तैयार था। लात–घूँसों के साथ दी गई पिछली नसीहतों को कैसे भूल गई!

नन्ही फूआ के घर–घर घरहो देने, रसोई–पानी के समय लोगों के यहाँ छुछुआने, फिर रसोईघर में ताक–झाँक की आदत से अनजान तो नहीं थी, फिर ये गफलत!

सकते में खड़ी शोभा की अम्मा के चेहरे की कठोरता को भाँप फूआ भुनभुनाती हुई चली गईं।

''बहिनी रे बहिनी! क्या बना रही हो? यही तो पूछा था? जवाब भी नहीं दिया।''

अपने बारे में बनी लोगों की धारणा से अनजान नहीं थीं फूआ। उनका बुरा मानना वक्ती होता था। दूसरे ही पल अगला घर देखती थीं। जिस खाद्य–पदार्थ के बारे में वे पूछ लें (पूछती जरूर थीं) उस खाद्य का स्थान पेट नहीं घूरा होगा और पेट में चला गया तो वमन में बदलना तय है। ऐसी उनकी टोक थी, ऐसा मोहल्ले में सभी का मानना था।

भैंगी नजरें भी कम मारक नहीं थीं।

मोहल्ले का कोई भी शख्स कहीं जाने को तैयार होता, फूआ रिक्शे के आगे तैनात।

''क''कहाँ जा रही हो भौजी?'' हकली आवाज में पूछतीं।

''सत्यानास''

भौजी गुस्से में दनदनाती उलटे पैरों घर में वापस, उनकी टोक को वापस फेरने। फूआ का टोकना, यानी जाने का प्रयोजन निष्फल हो जाना पक्की बात थी। ऐसा विश्वास भौजी का ही नहीं, पूरे मोहल्ले का था। पिछले नवरात्रि में गंगाजली की माई विंध्याचल देवी के दर्शन के लिए जाने को जैसे ही रिक्शे पर बैठने के लिए पैर रखने जा रही थी कि न जाने कहाँ से फूआ टपक पड़ीं और टोक ही दिया, 'कहाँ जा रही हो चाची?' गंगाजली की माई ने दुस्साहस दिखाया। फूआ को भर नजर घूरा और बिना टोक फेरे ही माई–धाम को प्रस्थान कर गई। जिसका डर था, वही हुआ।

थोड़ी ही देर में उनके घर के आगे भीड़। पता चला कि वह रमई-टोला तक ही पहुँची थी कि सामने से आता एक ट्रक रिक्शे को छूता हुआ निकल गया। उसका जरा सा छूना और रिक्शे का ढुनमुनिया खाते हुए सड़क की निचली ओर पलटी मारना। गंगाजली की माई हाथ-पैर तुड़वा माई-धाम के बदले अस्पताल पहुँच गई, पूरा नवरात्र अस्पताल में ही कटा।

प्राय: लोग प्रस्थान के पहले दिखवा लेते कि फूआ अपने चबूतरे पर तो नहीं हैं। बावजूद इसके क्या मजाल कि फूआ की नजरों से किसी का आना-जाना छुप जाए! सड़क पर ही उनका घर था, आने-जानेवाले को अपने बरामदे से ही टोकतीं, 'कहाँ जा रहे हो भैया? कहाँ जा रही हो चाची?'

'सर्वनाश!' इसकी टोक से कोई बच नहीं सकता, जानेवाला झल्लाता—"तुम चुपचाप किसी का आना-जाना नहीं देख सकती नन्ही?"

'हें-हें' कर दाँत निपोर कोई बेतुका सा जवाब उछाल देतीं नन्ही। कई लोग उनकी काली जीभ और बुरी नजर से बचने के लिए घर के सामने का दरवाजा भूल, पिछला दरवाजा और पिछली गली का इस्तेमाल करने लगे थे। टोकने पर कई बार लोगों की सख्त झिड़कियाँ और फटकार भी सुनतीं, पर बेशर्म जिगरा फूआ भूल जातीं। उनका घर-घर घरहो देना और इधर-उधर छुछुआना बदस्तूर जारी रहता। उनकी गज भर लंबी जुबान की सार्थकता ही इसी में थी—लोगों की दिनचर्या को अपनी मारक टोक से विषाक्त बनाना और छप्पन भोगों का भोग करना।

एक विशेषता थी उनमें, खाने की शौकीनी के लिए बदनाम फूआ अपने घर में खूब छनन-मनन करती थीं, लेकिन मजाल है कि दूसरे के घर का कुछ खा-पी लें, छुआछूत/सिदहा-संकुड़ी खूब माना करती थीं।

"भौजी की बातें (ये उनका तकिया-कलाम था)! हम क्यों खाएँगे उनके घर? हमारे यहाँ कोई कमी है खाने की?" इस मामले में फूआ का रसना इंद्रिय पर पूरा निग्रह था।

पिछली यादों में मैं इतना खो गई थी कि पता ही नहीं चला, नवल कब से खाने की थाली तख्त पर रखे खड़ा था।

"बुआ जल्दी से खा लो, नहीं तो नन्ही फूआ टपक पड़ेंगी, फिर खाने में नजर लगा देंगी।" नवल ने मुझे सावधान किया।

अफसोस हुआ मुझे, पीढ़ी-दर-पीढ़ी फूआ के विषय में फजूल में गढ़ी धारणा चली आ रही है। हमारी तीसरी पीढ़ी की जवानी के साथ फूआ का बुढ़ापा भी तो आया है। क्या अब भी उनकी बूढ़ी नजरों में वही मारक टोक है, जो कढ़ी की फुलौरी

को काठ में और जीवित बच्चे की किलकारी को मौत की चुप्पी में बदल देती है ?

कमली का बेटा कुदरती मौत मरा था न कि 'कितना सुंदर बच्चा है, एकदम गुलगोथना है' नन्ही फूआ के टोकने या नजर लगाने से मरा था। कमली के दो महीने के गुलगोथने बच्चे की नजर उतारने के लिए आग में राई-नून के साथ सात लाल सुर्ख सूखी मिर्च डालने पर भी न किसी को छींक आई थी, न खाँसी। तय हो गया था कि बच्चे को फूआ की भयानक नजर लगी थी।

उस समय मैं नादान बच्ची थी, मैंने भी सच मान लिया था।

मैंने नवल से कहा, "आने दो फूआ को मैं अब टोना-नजर नहीं मानती। मेरा खाना वे खा लेंगी क्या ? वे तो किसी के यहाँ खाती-पीती भी नहीं।"

नवल हँस पड़ा, "किसी के यहाँ खाती-पीती नहीं, अरे बुआ! क्या बताऊँ, मोहल्ले का कोई ऐसा घर नहीं, जहाँ से नन्ही फूआ माँगकर न खाती हों, किसी के यहाँ नाश्ता-चाय तो किसी के यहाँ खाना।"

फूआ और दूसरे के यहाँ खाना ? यह मेरा तीसरा आघात था।

नवल का अनुमान सही था। थोड़ी ही देर में मैली-कुचैली साड़ी और बिना ब्लाउज पहने नन्ही फूआ आ पहुँचीं, सकुचाती-सी बैठ गईं। हाल-चाल पूछने लगीं, "आ गई बिटिया, इस बार बहुत दिनों पर आई, बच्चे कैसे हैं ? अमर बेचारे बहुत भले इनसान थे। इसी से तो भगवान् ने उन्हें अपने पास बुला लिया। क्या करोगी बिटिया, उसके लिखे को कौन मेट सकता है!"

मेरे स्वर्गीय पति की चर्चा फूआ आँसुओं के साथ अपनी बातों में जरूर करती थीं। आज भी आसमान की ओर देखते हुए सुबकने लगीं मानो भगवान् से फरियाद कर रही हों, फिर मेरी परोसी थाली को न देखने का अभिनय करती हुईं जाने का उपक्रम करने लगीं।

"खाना खा लो बिटिया, मैं फिर आ जाऊँगी।" अपने विषय में बनी धारणा के तहत बोलीं।

मैंने कहा, "अरे नहीं फूआ, बैठिए! खाना खा लीजिए।"

चट से बैठ गईं जैसे इसी जुमले का इंतजार कर रही थीं। नवल उनके लिए भी थाली ले आया, खाने पर ऐसे टूट पड़ीं, जैसे वर्षों से खाने से भेंट नहीं हुई हो! हबर-हबर खाने लगीं। हम सब की मौजूदगी से बेखबर।

हे प्रभु! ये वही नन्ही फूआ हैं, जो दूसरों के यहाँ खाने के मामले में बित्ता भर ऊँची नाक रखती थीं। नवल की विद्रूप मुसकान का मर्म समझ में आया। उस बिचारे ने फूआ का स्वर्णिम अतीत देखा कहाँ था! मेरे चेहरे का आघात मिश्रित

भौचक्कापन, फूआ का यों निर्विकार हो हबर-हबर बड़े-बड़े ग्रासों के साथ खाने की क्रिया ने माहौल में एक अजीब सी स्तब्धता रच दी।

आहिस्ता-आहिस्ता यह स्तब्धता जेहन में मुखर हुई।

घड़ी भर को सुख-दुःख बतियाने के लिए मेरी माँ के पास बैठी फूआ के वार्त्तालाप का श्रोता मेरा बचपन हुआ करता था। नवल बेचारा तो उस समय अस्तित्व में भी नहीं आया था।

'जिंदा रहने के लिए खाना है' में फूआ रत्ती भर भी विश्वास नहीं करती थीं, वे तो खाने के लिए ही जिंदा थीं।

''आज क्या बनाया नन्ही ? मानिक की दुकान में लौकी बहुत अच्छी आई है।'' माँ छेड़तीं।

''भौजी की बातें! (तकिया-कलाम) जाड़े के दिनों में भला हम लौकी-कुम्हड़ा खाएँगे ? मेरी मति मारी गई है ?''

माँ की नादानी पर आश्चर्य व्यक्त करती हुई ऐलान करतीं, ''अभी तो मौसम है फूलगोभी का, मटर-छीमी का, टमाटर-पालक और सेम का।''

सब्जी मंडी में आई मौसमी सब्जियों के नाम गिनवा देतीं फूआ।

फिर शान से कहतीं, 'आज तो हमने बनाया है, छीमी-मटर का निमोना, खूब ही गहबर, गोभी और नया आलू डालकर,' लगे हाथ डिनर की डिश भी गिनवा देतीं, 'रात को हम बनाएँगे आलू-गोभी के पराँठे, छीमी की घुघुरी, लंबे बैंगन की कलौंजी और साँवाँ की खीर।' पास में बैठी अइया, उनकी माँ हँसकर कहतीं, ''नन्ही को तो हाय सास पेटे क धुन, हाय सास पेटे क धुन।'

यह सच भी था। वे जब जहाँ जिसके पास बैठतीं, उनकी बातों का पसंदीदा विषय एक ही होता था—उनका खाद्य-प्रेम।

पावस की फुहार और भादों कि झड़ी लगी नहीं कि फूआ की कजरी शुरू हुई नहीं। वर्ष भर कोसी जानेवाली, मजाक की पात्रा बनीं फूआ, इन दिनों मोहल्ले भर की हिरोइन बनी रहती थीं।

फरहान के पिछवाड़ेवाले भीमकाय पीपल पर मोटे रस्सेवाला झूला डलवा, सलमा और मसूदा पहुँच जातीं फूआ की चिरौरी करने कजरी गाने के लिए। मनुहार के बाद फूआ कजरी छेड़, झूले पर पींगें मारतीं तो महिलाएँ पींग मारना भूल जातीं, यह तो दिन की चर्या थी। रात में खाना-पीना निबटा औरतों की टोली कजरी का अखाड़ा जमाती। जिस दल में फूआ होतीं, वह फुटबॉल का मोहन बागान या क्रिकेट का ऑस्ट्रेलियाई टीम बन जाता। गीतों के ऐसे-ऐसे

तीर तरकश से निकालतीं कि उनका प्रतिद्वंद्वी चारों खाने चित। पहले महारानी का गीत, फिर ढुनमुनिया। बारहमासा, लचारी, सोहर, बन्ना-बन्नी सभी तरह के गीत गाती थीं, पर कजरी गायन में तो जैसे पी-एच.डी., डी. लिट्. कर रखा हो। मेरे हाथ में होता तो मैं उन्हें इन उपाधियों से जरूर विभूषित करती। यकीनन उन्हें मौका और माहौल मिलता तो वे 'पद्मश्री' से विभूषित होतीं। तीजन बाई और पाकिस्तानी गायिका रेशमा की समकक्ष गायिका होतीं, गायन के आसमान की एक चमचमाती सितारा होतीं।

ताज्जुब की बात यह थी कि गाते समय फूआ का तुतलाना-हकलाना पता नहीं कहाँ गायब हो जाता था!

कजरी त्योहार में जागरणवाले दिन आकाशवाणीवाले अपने ताम-झाम के साथ उनके कजरी-गायन को रिकॉर्ड करने आते। जिस दिन रेडियो पर प्रसारण होता, नूरबख्श चच्चा का रेडियोवाला कमरा मोहल्ले के लोगों से खचाखच भर जाता, तिल रखने की भी जगह न होती। सभी श्रोतागण उनकी कजरी का ऐसा पारायण करते, जैसे सत्यनारायण बाबा की कथा सुन रहे हों!

और फूआ!

उनके चेहरे की खुशी उनकी कुरूपता को और भी कुरूप कर देती। तथाकथित अपनी जीभ की कालिमा, टोकनेवाली मारक नजर के कारण जहाँ फूआ निंदित होती रहती थीं, वहीं अपनी गायकी से मोहल्ले में सराही भी जातीं।

***

फूआ बतातीं कि लोगों के उपालंभों, झिड़कियों, हिकारत व फटकार से मलाल तो होता था उन्हें, पर इन बातों से वे कभी डरीं नहीं। उन्हें तो डर लगता था, तिलचट्टों, छिपकली, चूहों-चुड़ैल, डायन, भूत-मुरदों तथा अपने पति भगवान् दास से।

उनका घर गंगाजी के रास्ते में था, सो अकसर शव-यात्रा से उनका सामना हो जाता था। 'राम नाम सत्य है' की आवाज सुनते ही पत्ते-सी काँपने लगती थीं। कहाँ छुप जाएँ, ऐसे लगता था कि जैसे मुरदा अपनी टिकठी छोड़कर उन्हीं को लिपटनेवाला हो!

हमारे विशाल आम के बाग में फजली आम के पेड़ पर जुलइया चुड़ैल का वास है, इस मशहूर किंवदंती को ठेंगा दिखाकर बच्चों की टोली बगीचे में जाकर आम चुन-बीनकर खाती। बाग फूआ की छत से दिखता था। जुलइया चुड़ैल की

वजह से फूआ दिन में भी बाग की ओर देखने का साहस नहीं कर पाती थीं, जाने की बात तो बहुत दूर थी!

उनका रसोईघर ऊपर की मंजिल पर एकांत में था। मजाल है जो वे अकेले खाना बना लें! हम बच्चों की पाली लगती थी उनको दुसरायात देने के लिए, खाने-पीने के लालच में हम उनके पास नहीं बैठते थे। हम उस आनंद के लिए वहाँ बैठते थे, जो उनकी क्षणिक सरपरस्ती कर और बीच-बीच में उन्हें डराकर हमारे बाल-मन को मिलता था।

'फूआ छिपकली', हम में से कोई डराता।

'कहाँ?' फूआ पूछतीं।

'ऊपर,' हमारे काल्पनिक छिपकिली दिखाने के पेश्तर 'मैया रे' चिल्लाती हुईं फूआ ग्यारह सीढ़ियों को तूफान सा धमाधम तय करती हुईं रसोई छोड़ नीचे हाजिर। कड़ाही में चढ़ी हुई सब्जी या तवे पर पड़ी हुई रोटी जाए चूल्हे-भाड़ में।

गरमियों की सुहानी रातें, धुर ऊपर की खुली छत। गंगाजी की ओर से आती ठंडी हवा में किस्सागोई की बैठक जमती। जैसे-जैसे रात बढ़ती, किस्सागो में पारंगत मेरी बड़ी बहन रमा और मेरे पिताजी की किस्सा-ए-महफिल भी परवान चढ़ती। हर उम्र के लोग उनकी दिलचस्प कहानियों के श्रोता होते। बच्चों के साथ-साथ बब्बा (फूआ के पिता) और मेरे पिताजी भी होते थे। एक-से-एक रोचक कहानियाँ—बकरी-शहजादी, बनरी-शहजादी, किस्सा तोता-मैना, सारंगा-सदाबृज, शीत-वसंत आदि दीदी के खजाने से निकलतीं।

कहानी आगे बढ़ती, दीदी सुनातीं, 'राजकुमार शिकार खेलते-खेलते जंगल में रास्ता भटक गया। अँधेरा घिर गया। भटकते-भटकते वह एक खँडहर हुए महल में पहुँचा। खँडहर में चमगादड़ों और भूतों का डेरा था। खँडहर मोटे-मोटे जालों तथा कमर तक घास से अँटा-पटा था। अपनी तलवार से जालों और घास को काटता-छाँटता वह एक जर्जर कमरे में पहुँचा, कमरे में राजकुमार ने जो देखा, उससे उसकी आँखें…'

'क्या देखा, क्या था वहाँ?' डरी-सहमी फूआ ने पूछा।

'हे फूआ, चुप रहो! सुनने दो' कहानी के प्रभाव को बाधित देख जनता-जनार्दन चिल्लाने लगती। एक-दूसरे को शांत करने में कोलाहल और बढ़ जाता, फूआ का मुँह बन जाता।

कहानी आगे बढ़ती, 'राजकुमार ने एक औरत की लाश देखी…'

तभी किसी को मसखरी सूझती, 'फूआ, उधर देखो, बँसवारी में शायद कुछ…'

वाक्य पूरा होने का फूआ के डर को कहाँ इंतजार, गश खाकर बगलवाले श्रोता के ऊपर लुढ़क गईं, दाँत लग गए, अफरा-तफरी मच गई, मसखरे की लानत-मलानत हुई और कहानी दूसरी रात तक के लिए टाल दी गई।

एक बार गंगाजी में नहाते समय उनके पैरों में कोई चीथड़ा या सेवार फँस गया। उन्हें लगा उनका पैर किसी मगर, घड़ियाल के मुँह में फँस गया। डर से घिघियाती हुई पास में नहाती एक लड़की की गोद में उछलकर चढ़ गईं। संतुलन बिगड़ गया, उनको लिये-दिये लड़की पानी में गिर गई। फूआ को तो कुछ नहीं हुआ, पर लड़की डूबते-डूबते बची।

यादों की फिरकी घूमती रही—कुछ बचपन में देखी घटनाएँ, कुछ माँ से, कुछ फूआ की समवयस्क अपनी बड़ी बहनों से और कुछ खुद फूआ से सुनी बातें जेहन में घूमने लगीं।

गंगाजी में नहाती फूआ के कानों में उनके पिता-बब्बा की ऊँची आवाज पड़ी, बब्बा गंगाजी की कगार से फूआ को जल्द-से-जल्द घर आने के लिए आवाज लगा रहे थे।

'नन्ही! जल्दी-से-जल्दी घर आ जाओ, सावजी आ गए हैं।' सावजी माने फूआ के ससुर यानी उनके लिए बड़का घड़ियाल।

फूआ का जाप शुरू।

'हे गंगा माई! तुमने अपने पानीवाले घड़ियाल से तो बचा लिया। ई साँचो के बड़का घड़ियाल से मेरी रच्छा करो, नहीं तो मुझे लील लेगा।'

फूआ अपने ससुर को घड़ियाल और पति को बब्बर शेर-बाघ मानती थीं।

उनके आने से इस कदर घबरा गई थीं, जैसे उनके ससुर उनकी विदाई कराने नहीं बल्कि उनको लीलने-निगलने को आतुर घर पर उनकी राह देख रहे हों! दूर से ही अपनी ससुराली ताँगे-इक्के को देखकर पैर रास्ता तय करने से साथ छोड़ देते, कँपकँपी छूटने लगती, गंगाजी में नहाकर पहनी, धुली-सूखी धोती डर के मारे कब गीली हो जाती, पता ही न चलता। किसी तरह से गिरती-पड़ती पिछले दरवाजे से घर में घुसतीं और छत पर जाकर राग कढ़ाकर विलाप करने लगतीं।

शुरू-शुरू में उनका रुदन, ससुर के अलावा मायके के लोगों को भी ससुराल जाते समय का लड़कियों का आम विदाई रुदन लगता था। बाद में जब-जब ससुर विदा कराने आते और बहू के ऐसे नाटक से रूबरू होते तो खीज जाते।

खरमास के बाद विदा कराने आए ससुर के ताँगे, घोड़ों की घुँघरुओं और

टापों को नन्ही फूआ खूब पहचानती थीं। खबर सुनकर अपने को भूसेवाले कमरे में बंद कर लिया था, बहुत समझाने-बुझाने के बाद भी टस-से-मस नहीं हुई थीं कमरे से। उनकी आमद तभी हुई थी, जब उनके ससुर बैरंग वापस हो गए।

फूआ बताती थीं उस दिन मेरी बुरी दशा थी। कमरे के अंदर चूहों-तिलचट्टों का डर, बाहर मुच्छड़ बाघ के बाप का डर।

बस एक ही रट होती थी, 'हम वहाँ नहीं जाएँगे, हमें डर लगता है।'

'किससे डर लगता है बिटिया?' बब्बा पूछते।

'उस आदमी से' फूआ कहतीं।

'वह तुम्हारा पति है।'

'नहीं-नहीं, वह आदमी तो बाघ है।' फूआ बिसूरतीं।

अइया-बब्बा उनकी नासमझी पर हलकान हो जाते।

'यथा नाम तथा गुण। नन्ही ही रह गई नन्हिया, पति को 'आदमी' कहती है। क्या करें इस लड़की का, कैसे समझाएँ, दिमाग में तो भूसा भरा है। पति डरने की चीज है क्या? ग्यारह वर्ष का अंतर कोई अंतर होता है। मेरी और तुम्हारी उमिर में भी कितना अंतर है, हमने गिरस्ती बसाई कि नहीं?' बब्बा अफसोस करते।

मोहल्ले की हमउम्र लड़कियाँ डाह करतीं, 'इतना सुंदर-समृद्ध घर-वर इसी फूहड़-कुरूपा को मिलना था। एक तो तितलौकी ऊपर से नीम चढ़ी, शक्ल न सूरत हुँह!'

बेटियों के माँ-बाप भाग्य की महिमा बखानते, 'हाँ भई, बखत से पहले और भाग से ज्यादा किसी को नहीं मिलता, अब नन्हिया का भाग!'

यह सच भी था। मोहल्ले में नन्ही फूआ के पिता की तूती बोलती थी। परदेस से कमाए हुए अकूत धन से घर भरा हुआ था और ससुराल! ससुराल मायके से भी बढ़कर थी। बहुत ही समृद्धशाली।

इकलौती बहू को विदा कराने आए ससुर के आने से पहले उनकी संपन्नता फूआ के सौभाग्य के रूप में चलती थी। दो-तीन इक्कों पर फल-फलहरी, तरह-तरह की मिठाइयाँ, साड़ी, कपड़े, सिंगार-पटार का सामान लिये नौकर-चाकर बैठे रहते। बद्री साव अपनी जोड़ी (दो घोड़ों वाली बग्घी, जो उस जमाने में आज की मर्सिडीज से कम नहीं आँकी जाती थी।) पर सवार होकर आते। ताँगे-घोड़े और बग्घी की साज-सज्जा उनकी रईसी को बखानते। उनके लाए उपहारों से जब बग्घी खाली होती तो मायके के दुगुने-तिगुने उपहारों से लद जाती।

गौने के समय गहनों से लदी-फँदी लाल बनारसी साड़ी में लिपटी फूआ पहली बार खुशी-खुशी ससुराल गई थीं। डरी नहीं, नए लोग, नई जगह, नए गहने-साड़ी की चकाचौंध फूआ पर तारी थी। इसी चकाचौंध के नीचे भय कहीं दब गया था शायद, पर उनकी निडरता वक्ती थी। गहने-साड़ी के आनंद-कौतुक तथा उछाह के कोमल, लहलहाते पौधे को सुहागरात में पति के दर्शन ने पाला मार दिया।

साक्षात् बाघ उनके सामने। उनके पलंग पर बैठा था, इतनी बड़ी-बड़ी मूँछें!

थर-थर काँपने लगीं, गला सूख गया, मूर्च्छित-सी होने लगीं। पति ने बाँहों में ले सँभालने की कोशिश की तो बेहोश ही हो गईं।

घबराकर पति माँ को बुला कमरे से बाहर चला गया। किसी तरह सास ने सँभाला-सहेजा।

दिन का तीसरा पहर!

रसोई-पानी निबट जाने के बाद सास अपने कमरे में, दाई-महरी भी चौके में दो पल को कमर सीधी करने चली गईं। ससुर और बाघ (पति) कारखाने को रवाना हो गए।

फूआ ने दबे पाँव पीछे का दरवाजा खोल, इधर-उधर झाँका, जायजा लिया। रास्ता साफ देख साड़ी को घुटने तक उठाया और भागीं, पीछे मुड़कर देखने का खतरा मोल न लिया। ऐसी भागीं, जैसे नैनी जेल की दीवार फाँदकर भागी हों।

रास्ता जाना-पहचाना था गणेशगंज, गिरधर का चौराहा, बरिया घाट, वासली गंज, मोर्चा घर, चुंगी और यह रहा अपना घर। अपने घर पहुँचकर चबूतरे पर धम्म से गिरीं। थकान और भय से बेहोश सी हो रही थीं। सामान्य होने पर एक ही बात मुँह से निकली, 'हम वहाँ नहीं जाएँगे, वहाँ बाघ है, हमें डर लगता है।'

कुछ दिनों बाद फिर विदाई का मुहूर्त बना, ससुराल तो जाना ही था।

फूआ के घर से भागने की हिमाकत पर बब्बा ने अपने समधी साहब से माफी माँगकर फिर से विदाई के लिए आमंत्रित किया।

फूआ की तो नींद ही हराम हो गई। अगर आती भी तो उसमें इंद्रधनुषी सपनों तथा झरनों के संगीत के लिए कोई जगह न थी। बाघों की दहाड़ से नींद खुल जाती थी। होंठों पर कड़ियल मूँछों के काँटे गड़ने लगते, आँख खुल जाती।

'माई! हम वहाँ नहीं जाएँगे, हमें वहाँ बाघ से डर लगता है।' फूआ घिघियातीं।

अईया के समझावन-बुझावन का पिटारा खुल जाता, 'नहीं बिटिया! ऐसा नहीं कहते, अब वही तुम्हारा घर है, फिर तुम्हारी सास भी हैं वहाँ, कौन कहे कि अकेली हो घर में!'

नन्ही फूआ का बाल-हठ कौन स्वीकार करता! उनका विद्रोह कब तक टिकता? जिस बग्घी-ताँगे की घंटी-घुँघुरू की आवाज कानों में पिघले सीसे-सी प्रतीत होती, जो बग्घी उन्हें यम की सवारी लगती, उसी बग्घी में उन्हें ससुराल जाना पड़ता। जबरन।

ससुराल की देहरी पर पैर रखा नहीं कि कान नैहर जाने का मुहूर्त सुनने को आतुर रहने लगते। दिन गिनने लगतीं, 'कब बाऊ विदा कराने आएँगे?' जब बाऊ आते तो उनकी आवाज, फूआ को दिन भर की बंदिश भरे उबाऊ माहौल से स्कूल की छुट्टी का घंटी की आवाज लगती। पैरों में हिरनी की चाल समा जाने जैसा महसूस करतीं। नैहर पहुँचकर तो महा छुटकारे की साँस लेतीं।

भरे मन से फूआ ने बताया था, 'बिटिया! मेरी सास बहला-फुसलाकर कभी चालाकी से उसके कमरे में छोड़ देतीं, जैसे ही वह कमरे में आता, उसकी उपस्थिति, सजे-धजे कमरे को शेर-बाघ की माँद में तब्दील कर देती और वह साक्षात् बाघ लगने लगता। उसकी कड़ियल मूँछों से मैं डर जाती थी। मुझे बेहोश कर देने के लिए उसकी मूँछें ही काफी थीं।'

'वैसे था बड़ा अच्छा।' फूआ के चेहरे पर पछतावा होता।

'पर जब तक यह बात समझ में आई, तब तक बहुत देर हो चुकी थी। जब वह मेरा हाथ पकड़ता था तो मैं बेवकूफ अपने हाथ को राक्षस के हाथ में समझती थी, किचकिचाकर उसके हाथ में दाँत काट लेती थी। झटके से हाथ छुड़ा लेने पर मैं दरवाजे के पास भागती बाहर निकलने को, पर सास बाहर से सिटकिनी लगाकर रखती थी। मैं चीख-चिल्लाकर सारे घर को जगा देती, वह खिसियाना-सा होकर मेरा मुँह बंद कर देता। बहुत तरह से समझाता था, पर मैं नासमझ थर-थर काँपती थी। मैं साथ उसके होती, पर नजर बाहरी दरवाजे पर।'

फूआ कुबूल करतीं, 'सच्ची बात तो यह थी बिटिया कि वह एक अच्छा इनसान था। पर, यह भी सच था कि उस समय मैं यह भी नहीं जानती थी कि वह मुझसे चाहता क्या था।'

हम हैरानी से पूछते, 'सच्ची फूआ! आप कुछ भी नहीं जानती थीं?'

वे गले को छूकर कहतीं, 'गंगा माई की कसम। नहीं जानती थी बिटिया! मेरी उमिर ही क्या थी? ग्यारह बरिस।'

'बस ग्यारह साल? और आप के पति की?'

'बाईस, बाबू-माई बताते थे।'

सजन-सान्निध्य से उपजनेवाला प्रणय, सरसता और सहजता उम्र के अंतराल

और बाघ की घनी मूँछों के जंगल में कहीं खो गया। पति के अंग-संग नहीं हो पाईं फूआ। पति के प्रेम-व्यापार, प्रणय-निवेदन, शारीरिक भूख समझ ही नहीं पाया फूआ का बाल-मन। उनके कपोल यौन-लज्जा की सिंदूरी आभा से कभी आरक्त ही न हो पाए तो उनके बाल-मन का क्या दोष ? ग्यारह वर्ष की अबोध बच्ची एक भरे-पूरे पुरायठ नरसिंह के आलिंगन में दबोची हुई हिरनी-सी छुटकारे की तरकीब सोचती होगी, न कि रति-क्रीड़ा में पति की सहभागिनी बनने की। बाज के चंगुल में फँसी कबूतरी-सी मुक्ति चाहती होगी, न कि उसकी उँगलियों में उँगली फँसा मोहब्बत का इजहार-इकरार करती होगी।

प्रेम का प्रतिदान, प्रणय-क्रीड़ा, हमबिस्तर होना, सेज आदि सुहाग-सुख के अंदरूनी मायने क्या समझती ग्यारह साल की एक डरपोक बच्ची! कोई आज की बच्ची तो थी नहीं, जो टी.वी., सिनेमा से सेक्स का पाठ जन्म घुट्टी में ही पीकर बड़ी होती हैं। कितनी बेबाकी से जब-तब ये जुमले कानों में पड़ते रहते हैं—अमुक अभिनेत्री की टाँग, अमुक की जाँघ, अमुक की आँख कितनी सेक्सी है! कपड़े तक सेक्सी होने लगे हैं।

फूआ की समझदारी पर लाचार पति भी क्या करते! अकसर झेंपते-भुनभुनाते कमरे से बाहर निकल जाते। सुनगुन पाकर सास उठकर आतीं, कमरे का नजारा देख उनका दिल बैठ जाता, माथा पीट लेतीं, 'उफ! कमरे की सजावट! साधों से लाई इकलौती बहू के लिए चाव से बनवाया जहाजी पलंग, तोशक रजाई, आबनूसी शृंगारदान उनको मुँह चिढ़ाते, जिनके लिए ये सब बनवाया, उनमें से एक तो बाहरी बैठक में सिर धुन रहा। दूसरी सिर को घुटने में दबाए आँखों की पुतलियों को पलकों से ढके, कोने में ऐसे बैठी है, मानो अभी-अभी छत के पंखे के डैने से चोट खाकर गिरी गौरैया हो।

'समझ सकती हो बिटिया! ससुराली इक्के-ताँगे को देखकर जब साड़ी गीली हो जाती थी तो इक्के के मालिक को सामने देखकर…' ठंडी साँस छोड़कर फूआ बतातीं—

साड़ी को ठीक-ठाक करके, बाँहों में घेर सास अपने बिस्तर पर सुला पुचकारतीं-सहलातीं। पति के बदले सास की अंकशायिनी बनी फूआ के फूहड़ खर्राटे थोड़ी ही देर में कमरे में गूँजने लगते। होंठों के कोनों पर छोटे-छोटे फेनिल थूक जमा हो जाते, बगल में लेटी स्लीपिंग ब्यूटी को निहारती सास अपने को धिक्कारतीं, 'यह मैंने क्या कर दिया कितनी बड़ी गलती कर दी, मति मारी गई थी, जो खानदान पर गिर गई! मुन्ना (पुत्र) ठीक कहता है, खानदान से शादी

करनी थी या लड़की से? मुन्ना के लिए पत्नी के बदले क्या ले आई घर में? यह मेरी उत्तराधिकारिणी बनेगी? मेरे आँगन में गूँजनेवाली शिशु-किलकारियों की जननी बनेगी? हमारे इतने बड़े साम्राज्य के भावी राजकुमारों की जन्मदात्री बनेगी?' माथा पीटतीं।

उन्हें वह दिन याद आ गया, जब बहू के घर से आया दहेज का सामान उतर रहा था। सामानों का सर ही नहीं टूट रहा था। रिश्तेदारों, पड़ोसियों की आँखों का रश्क उस दिन बहुत भला लग रहा था। आज अपने को बहुत अभागिन महसूस कर रही थीं। 'हाय मेरा दुर्भाग्य!'

दुर्भाग्य तो असल में फूआ का प्रखर हो रहा था।

सज्जनता की मूर्ति, ममतामयी, आशावादी उनकी सास रोज आशा भरी सुबह का, फिर अगली सुबह का इंतजार करतीं। नहा-धो लेने के बाद फूआ को पूजा-घर में ले जातीं। पौराणिक पतिव्रता ललनाओं की कहानियाँ सुनातीं। उनके सत और पातिव्रत के बारे में बतातीं।

'परंतु बिटिया! पहले पति नामक जीव को तो मैं समझती, फिर पतिव्रता धर्म निभाती!' फूआ कहतीं।

ससुर द्वारा घाट से लाई स्त्री-सुबोधिनी भी बोध न दे पाई अबोध फूआ को। बुद्धि में डर नामक कीड़ा एक बार जो घुसा, तो सबकुछ चाटकर ही निकला। कोई भी पेस्टीसाइड काम नहीं आया। सब मटियामेट हो गया।

रिवाज के अनुसार शादी के बाद फूआ पहली होली मायके में मनाने आईं तो सालोसाल होली, दिवाली, दशहरा, तीज, कजरी सब मायके में ही मनाती रहीं। दोबारा ससुराल की देहरी नहीं लाँघीं। बारी-बारी से सास-ससुर, पति सभी विदा कराने आए, पर वही ढाक के तीन पात, भनक लगते ही छुप जातीं। जोर-जबरदस्ती करने पर जिबह होते जानवर की तरह डकरतीं, चिल्लातीं, मानो विदा करानेवाला शख्स उनका ससुर नहीं, पैसे से खरीदकर ले जानेवाला कसाई हो।

बहुत लोगों ने बहुत तरह से बहलाया-फुसलाया। सब व्यर्थ, बस एक ही रट—'हम वहाँ नहीं जाएँगे, हमें डर लगता है।'

इकलौते पुत्र के माता-पिता उनके सास-ससुर को उनका नाम चलानेवाला वंशधर चाहिए था। इफरात संपत्ति को भोगनेवाला वारिस, घर का चिराग चाहिए था, पर फूआ की नादानी को उनकी चाहतों से क्या चाहत!

उनके ससुर बद्री साव, सास केवड़ा देवी और पति भगवान दास की अपेक्षाएँ फूआ से संभव होती नहीं दिख रही थीं।

हारकर दोनों पक्षों के गण्यमान्य पंचों के सामने फूआ का छुट्टी-छुट्टा हो गया। तलाक के बाद फूआ के सिवा सभी गमजदा थे। यहाँ तक कि उनका तलाकशुदा पति भी।

फूआ ने छुटकारे की साँस ली।

फिर से दुगुने उत्साह से खाने-पकाने, घर-घर घरहो देने में मस्त-व्यस्त हो गईं। दमे के मरीज उनके पिता इस सदमे को सहन न कर सके। साल भर के भीतर ही गंगालाभ कर गए। घर के एकमात्र पुरुष सदस्य बब्बा के मरने के बाद क्या होगा, इस बात से फूआ नहीं डरीं। डर लगा तो पिता के मुरदे से, उनकी अंतिम क्रिया तक हमारे घर में छिपी बैठी रहीं, डर से वर्षों तक पिता के कमरे नहीं गईं।

उनका डरपोक स्वभाव उनके विनाश का कारण बना। साफ-साफ दिखाई पड़ रहा था, उनके विनाश और दुर्दशा की नींव उसी समय पड़ गई थी, जब पहले पति का घर छूटा था।

अइया (उनकी माँ) के दुःखों का पारावार न रहा। पुत्र तो था नहीं, बब्बा भी चल बसे। जवान बेटीवाले घर में कोई मरद-मानुष नहीं रहा, कैसे नैया पार लगेगी? उनके बाद किस घाट लगेगी नन्हिया?

बिरादरीवालों ने सुझाव दिया कि वर्षों बीत गए, अब शायद पति-पत्नी के संबंधों की बारीकियों को समझने लगी हो नन्ही। पिछली मूर्खताओं को दिमाग से धो-पोंछ दिया हो, वैसे भी सयानी बेटी घर में बिठाई नहीं जा सकती। कोई अच्छा पात्र देखकर उसके हाथ में हाथ दे दो।

अइया भी तो यही चाहती थीं। उन्होंने खुशी-खुशी सुझाव मान लिया। उन्हें लगा नन्ही अपने ठौर-ठिकाने लग जाएगी और दामाद बृहत् पैमाने पर चलनेवाली उनकी परचून की दुकान को भी सँभाल लेगा।

इन्हीं सब विचारों के तहत फूआ की सगाई (दूसरी शादी) हो गई।

मक्खनलाल के साथ बिरादरी के सामने फल-फूल, साड़ी, मिठाई के साथ सगाई बैठी थी।

गोरे-चिट्टे, कुँवारे, बेरोजगार और अनाथ मक्खनलाल का हाथ पकड़ नए ससुराल को पधारीं नन्ही फूआ।

पर दो दिनों के बाद ही वापस मायके।

इस बार पति को डरावना जीव समझकर ससुराल से भागी नहीं, खुद पति ने भेजा था, क्योंकि पत्नी को खिलाने का उसके पास कोई डेवढ़ नहीं था, जबकि

पत्नी के घर में धन-धान्य से कोठे भरे थे और खानेवाला कोई भी नहीं था। फूआ की इकलौती बहन ससुराल में संपन्न थीं। शादी के वर्षों बाद भी उनकी कोख नहीं हरियाई थी और अब कोई आस भी नहीं थी।

अकर्मण्य मक्खनलाल के पौ बारह थे। हल्दी लगी न फिटकिरी रंग चोखा हो गया। कुँवारे और सुंदर मक्खनलालजी ने दुहेजू फूआ से शादी करके निस्संदेह अपनी दूरदर्शिता का परिचय दिया था। फूआ की यह शादी एक अलिखित-अघोषित समझौते पर आधारित थी।

एक पक्ष ने समझौता किया धन से, दूसरे ने अकर्मण्यता से।

अइया खुश थीं, गोरा-चिट्टा, ऊपर से फर्स्ट हैंड कुँवारा लड़का उनका दामाद जो बना।

बेरोजगार मक्खनलाल खुश थे, अनायास ही हाथ लगी संपत्ति भोगने के सुअवसर से।

बलि चढ़ीं फूआ।

पत्नी को भेजने के दूसरे दिन ही दामाद साहब भी आ धमके। खूब आवभगत हुई, पहली बार जो ससुराल पधारे थे। दिन बीतते गए, न उनके आवभगत का सिलसिला खत्म होता, न उनके प्रस्थान की मियाद।

पूरी, पूआ पका-खा फूआ की रसोई और दिल कुछ दिनों तक गुलजार रहता। मक्खनलाल खा-पीकर अघा जाते तो कमाने-धमाने के नाम पर देसावर चले जाते। उनके मृत ससुर यानी बब्बा का देसावर से ही कमाया धन मक्खनलाल किस देसावर और किस मद में खर्च करते, पता ही न चलता। पूछने पर जवाब थप्पड़ और घूँसे के रूप में मिलता, सास संकोचवश ढील दिए रहतीं।

कुछ दिन गुजरते, सास को फुसलाते, पैसे ऐंठते और चलते बनते। जब अंटी खाली हो जाती, फिर किसी नए अवतार में अवतरित हो जाते फूआ और उनकी माँ को तारने।

हर नौ माह के बाद पत्नी को गर्भवती बना, सास से साधिकार पैसे ऐंठ, मूँछों पर ताव देते, फिर से देसावर निकल पड़ते। फूआ बेचारी गर्भभार से दुहरी घर-बाहर, प्रसव, बच्चों का पालन-पोषण अकेले करतीं।

संतान-सुख, सुहाग-सुख और जिह्वा-सुख को फूआ सर्वोपरि सुख मानतीं थीं। पहले दोनों सुख बामुश्किल फूआ के आँचल में आए थे। उसको सेंतना-सँभालना फूआ के अख्तियार में नहीं था। सो तीसरे सुख में डूबती-उतरातीं फूआ पति का रास्ता देखती रहतीं।

फूआ के सुदर्शन सयाने पति अपने स्वर्गीय ससुर की संचित अकूत संपदा की विशाल नौका में खुद ही छेद करते और खुद ही संपत्ति नीर को उलीचने का काम करके अपने को सयाना साबित करते। वे कब किस शहर को अपना ऐशगाह बनाते, कोई न जान पाता।

जब दामादजी घर में नहीं टिके तो चंचला लक्ष्मी कब तक टिकतीं। दौलत की पुख्ता जमीन दरकने लगी। सास की वह जमी-जमाई परचून की दुकान, जिस पर वे स्वयं बैठती थीं और अब दामादजी के बैठने की आस लगाए बैठी थीं, धसकने लगी थी। रिक्त होती दुकान से ग्राहक टूटने लगे, खुद अइया भी टूटते-टूटते एक दिन पूरी हो गईं।

एक साल पहले ही दामादजी लाखों रुपए लेकर जो उड़नछू हुए थे तो न अइया के मरने पर, न अपने पीछे पैदा होनेवाले चौथे बेटे के मरने पर आए। फूआ और उनके तीनों भुक्खड़ बच्चों के पेट की आग में अइया के भारी-भरकम सोने के गहने—इक्कीस तोले के कड़े, पंद्रह तोले की सीतारामी, मीनाकारी वाला मयूरी कर्णफूल, हँसुली, हुमेल, ताँबे-पीतल के बड़े-बड़े बरतन सबकुछ जलकर भस्म हो गए।

दोनों बेटे सोहन-मोहन एकदम नाकारा-आवारा निकले।

बैठे-बैठे खाट तोड़ते, कुछ बोलने पर गाली-गलौज और मार-पीट करके घर के सामने मजमा लगा देते।

माँ और बेटी सरिता छोटे-मोटे काम करके सबके पेट की भट्ठी को शांत करती रहतीं। कभी कुम्हार के यहाँ से हँड़िया-पुरवा लाकर कभी दिवाली के समय थोड़े पटाखे बेचकर जो पैसा जमा करतीं, घात लगाए दोनों बेटे या तो छीन लेते या चुराकर जुआ और शराब में उड़ा देते। रात को नशे में डगमगाते हुए घर में वे बाद में घुसते उनकी भद्दी गालियाँ पहले घुसतीं। ये सब बिना नागा होता था। दैनिक कार्यक्रम था यह। घर के चारों सदस्यों के जूतम-पैजार, गाली-गलौज, चीखने-चिल्लाने से जो स्थिति व नजारा होता, उससे मोहल्लेवालों को मुफ्त में नुमाइश-बाइस्कोप सा आनंद मिलता। मजमे में समझानेवाले कम उनके 'कौआरोर' से आनंदित होनेवाले लोग अधिक होते।

कभी किसी के चबूतरे पर तो कभी किसी के बरामदे में बैठ फूआ पति के जाने के दिन गिनतीं—'यह जेठ है, आषाढ़ छोड़ सावन में उनको घर छोड़े दस बरिस हो जाएँगे।'

मोहल्ले के चबूतरे-बरामदे बदलते रहे, गिनती बदलती रही। फूआ के हालात बद से बदतर होते रहे, नहीं बदला तो उनका इंतजार, वह जस का तस था।

मक्खनलाल का कोई अता-पता नहीं था।

कभी सुनाई पड़ता कटक में दिखे थे, तो कभी पंजाब में, तो कभी कलकत्ते (कोलकाता) में। कठारी गाँव के सहदेव ने तो गुजरात में अपनी आँखों से देखा था, बात भी की थी। उसने बताया कि घर आने की बात भी कह रहे थे। परिवार को खरचा-पताई भेजने को कह रहे थे। 'मैंने तो भइया जिम्मा नहीं लिया। इतनी दूर का सफर, रेल में कोई पॉकिट मार लिया तो? जब आनेवाले ही हैं तो अपना रुपया-पैसा अपने साथ ही लावें भाई!'

मक्खनलाल के मिलने, फिर आने की खबर सुनकर फूआ के दरवाजे पर भीड़ जमा हो गई थी। फूआ को तो क्या किसी को भी अपने कानों पर विश्वास नहीं हुआ था।

'लफाड़िये की बात का क्या भरोसा?' भीड़ में से किसी ने अपना अविश्वास प्रकट करते हुए कहा।

फूआ ने सोचा—'कौन लफाड़िया, कौन लफाड़िया है? सहदेव या पतिदेव?'

दूसरे दिन रामदास पंसारी के यहाँ से उधार राशन लाकर घर में डाला। इतने दिनों पर आ रहे हैं, घर में राशन-पताई तो होना ही चाहिए। पहले ही दिन फटेहाली थोड़े ही दिखाना है, जब जानेंगे तब जानेंगे।

'सनलाइट' की बट्टी खरीदी। गंगाजी के घाट के पत्थरों पर अपने तथा बच्चों के कपड़ों का चीकट मल-मलकर साफ करती रहीं, करती रहीं, सनलाइट साबुन की बट्टी घिस गई। साबुन की दूसरी बट्टी भी घिस गई, फूआ की आस घिस गई, आँखों का इंतजार भी घिस गया, आनेवाला नहीं आया।

हर दो-तीन वर्षों के बाद ऐसा मजाक मोहल्ले की फिजाओं में फैल जाता। पता नहीं किस मसखरे की मसखरी होती!

अपने दैनिक नियम के तहत एक दिन फूआ माँ के पास आकर बैठी थीं। माँ ने उनका पसंदीदा विषय छेड़ा, 'खाना खा लिया नन्ही? आज क्या बनाया?'

'कहाँ खाया भौजी! अभी-अभी तो बाजार से लौटे हैं।'

गले की भर्राहट को भरसक रोकने, फिर छुपाने की कोशिश की, पर सफल नहीं हुईं।

गले की वैसी हालत में ही बताया, 'कल लोहनी का मेला है न'

माँ को याद आया, 'हाँ-हाँ, कल तो आखिरी मंगल है 'बुढ़वा मंगल', कजरी के मुकाबले का कहीं से निमंत्रण आया है क्या?'

'भौजी की बातें!' (उनका तकिया-कलाम)

'सावन का महीना अब कजरी के लिए कहाँ याद आता है भौजी! याद आता है उसके जाने के लिए।'

'किसके ?' माँ ने पूछा।

'उसी निरमोहिया और किसके ? इसी महीने में तो हमें छोड़कर गया था।'

हिचकियाँ आँखों के रास्ते बहने लगीं। माँ शर्मिंदा हो गईं। इतने वर्षों के बाद मक्खनलाल का जाना भूली-बिसरी बातें हो गई थीं, इसीलिए माँ को याद नहीं रहा।

माँ को याद आया कजरी पर्व के पहले दिन का 'जागरन'। जागरण के दिन, देवी के गीत और ढुनमुनिया गाने के बाद जब बहु-प्रतीक्षित बारहमासी कजरी फूआ अपनी सखियों के साथ छेड़तीं तो सावनी फुहार श्रोताओं को अंदर तक भिगो जाती।

मत पिया-पिया कर पिया बिदेस पपीहा,
एक त बरखा हुआ है जारी।
आह भर-भर के रात गुजारी,
रात, भर-भर के आह गुजारी।

माँ के अंदर से भी एक आह निकल गई। मक्खनलाल की दगाबाजी ने नन्ही को कहीं का नहीं छोड़ा। माँ हिचकियों और आँसू में डूबी फूआ को अँकवार में लेकर खुद भी बहुत रोईं।

यकीनन बिरहिनों के दग्ध-हृदय की कराह बन जाती रही होती होगी उनकी कजरी!

यकीनन नन्ही फूआ के दग्ध-हृदय में भी बिरह के फफोले पड़े होंगे, पर इन तीस-पैंतीस सालों में जिंदगी से दो-दो हाथ करने में उनके अंदर का रागात्मक स्रोत सूख गया था। बहुत दिनों बाद आज खुलकर रोई थीं फूआ। कहीं का घाव कहीं पर फूटा।

माँ के सामने फूआ ने घाव खोला—'लोहनी महाबीर के मेले में भुने मकई बेचकर कुछ आमदनी हो जाएगी तो घर में राशन-पानी का डेवढ़ हो जाएगा। सरिता के कपड़े फट गए हैं, नए कपड़े आ जाएँगे। कोयले-लकड़ी की थोक दुकान से कोयला खरीदने में कुछ किफायत हो जाएगी। सोचकर 'उसकी' दुकान में चली गई—भौजी! आपको तो मालूम है कि शहर में उससे बड़ा कोयले का आढ़ती कोई नहीं है।'

'भगवान दास के आढ़त पर गई थी ?' माँ ने पूछा।

'हाँ भौजी! सस्ते कोयले के फेर में वहाँ जाना बहुत महँगा पड़ा। आढ़त की गद्दी पर वही बैठा था। कोयला लेकर मजूर को पैसा देकर बोरे में कोयला और मन में पछतावा लेकर सड़क पर सवारी जोह रही थी कि उसका मजूर पीछे से हे

माई, हे माई चिल्लाता हुआ पास आया। मैंने अचरज से पूछा—'क्या हुआ भैया? मैंने तो कोयले का पैसा दे दिया था?'

'मैं पैसे माँगने नहीं आया हूँ माई, पैसे देने आया हूँ, मालिक ने आपका पैसा लौटा देने को कहा है, लीजिए।'

सस्ते में कोयला खरीदने गईं फूआ मुफ्त में क्या-क्या खरीद लाईं! बेचैनी, लज्जा, पश्चात्ताप और न जाने क्या-क्या!

फूआ के आँसू थमते न देखकर द्रवीभूत माँ ने बहुत समझाया-दुलराया, तब सहज हुईं।

कई दिनों तक न फूआ माँ के पास आईं, न मोहल्ले में कहीं और दिखीं। ऐसा विरले ही होता था। सामने दिखाई पड़नेवाला पन्ना कक्का का चबूतरा भी फूआ-विहीन था। खोज-खबर लेने के लिए माँ उनके घर गईं। मन शंकित था। शायद मेले के परिश्रम से बीमार न हो गई हों।

फूआ खटिया पर पड़ी चुपचाप छत की धरन की लकड़ियाँ ऐसे निहार रही थीं, जैसे उनमें ही उनका जीवन-दर्शन छुपा हो। शायद यही सोच रही थीं कि कुल्हाड़ी से कट-कटकर ये लकड़ियाँ धरन बनीं, धरन बनकर छत का बोझ सँभाला और मैंने अपने ही पैरों में कुल्हाड़ी मारी और अरराकर ऐसी गिरी कि आज तक न उठ पाई। और वह? उसे परिवार का बोझ उठाना चाहिए था तो मुझे ही घर का बोझिया बना दिल और दिमाग पर असहनीय बोझ डालकर ऐसा ओझल हुआ बेदर्दा कि…

फूआ की आँखों का पुरवट बंद होने का नाम ही नहीं ले रहा था। अनवरत पानी उलीच रहा था और सोचों की घिरनी यंत्रवत् घूम रही थी। बच्चों की जवानी निकली जा रही थी, न जवानों में न बूढ़ों की गिनती में थे। बखत पर दोनों का बियाह हो जाता तो क्या सोहना बियाही-गौनाई मधुरिया के साथ फँसता? फिर उसी के कत्ल के जुर्म में जेल काटता? उनकी समझ में नहीं आ रहा था कि वह मधुरिया से प्यार करता था तो उसे बोटी-बोटी काट कैसे सकता है? दुनिया जानती है कि घर की इज्जत के नाम पर उसका कत्ल उसके पति और जेठ ने किया था। दोनों एलानिया घूम रहे थे। कहावत है न 'रुपया क माई पहाड़ चढ़ी।' तभी तो जिसको जेल में रहना चाहिए था वह बाहर है और मेरा सोहन सीखचों के पीछे।

यह तो कहो सरिता समझदार है।

कुँवारी सरिता! हमारे पेट की अगन को बुझाने में क्या उसको अपने तन की अगन न झुलसाती होगी! अगर शादी हो गई होती तो, तो, बरबस उनके होंठो पर शादी-ब्याह में गाई जानेवाली लचारी आ गई—

जरई रे बपइया तोर अनधन सोनवा,
जरई तोर लकेसर कुमार।
अइसे बपइया के नींद कैसे आवे,
जेकरे घर कन्या कुँवार।

बपइया? सरिता का बपइया?

एक आह निकल गई, लंबी सी दर्द भरी आह! आह के साथ ही जैसे ट्रांस में चली गई बेसुधी तारी हो गई। आगे की पंक्तियाँ गड्डमड्ड हो गईं...

ठाढ़ गोरी गंगा हिलोरइ,
गंगा में जलिया नवाव
मछरिया लेइ गइ झुलनिया।

हत्तेरे की! मैं यह क्या गाने लगी? यह तो चौथी का गीत है। शादी के चार दिन बाद गंगा पुजैया के समय गाया जाता है।

गंगा-पुजैया याद आने से थोड़ी चैतन्य हुईं। गीत तो उनकी संजीवनी बूटी थे। सारा दृश्य आँखों के सामने आ गया।

उस दिन बरिया-घाट नहाने गई थीं तो देखा था, रोशन-चौकी के साथ एक चौथी छुड़ाने नवविवाहित जोड़ा आया था। पूजन के लिए आई औरतों की बनारसी साड़ियाँ और नई कटिंग के गहनों से आँखें चुँधिया रही थीं, ठगी-सी रह गईं देर तक।

जब संयत हुईं तो गाँठ जोड़े वर-वधू पर नजर गई। वर तो सुंदर था पर दुलहन ठीक-ठाक ही थी। मेरी सरिता इससे सुंदर है। हाँ, यह दुलहन सरिता से कमसिन जरूर है। मन-ही-मन गुना...

पीछे खड़ी औरत नाइन को ताकीद कर रही थी, 'जल्दी चलो घर, विदाई का मुहूर्त निकला जा रहा है। अभी कितनी रस्में पूरी करना बाकी हैं।'

पलटकर देखा तो सन्न, पहले पति भगवान दास की पत्नी थी। कलेजा धक-धक करने लगा। अच्छा तभी कल सरिता धोबियों के लिए धान का कना (भूसी) उसके धान की फैक्टरी से लेने गई थी, तो फैक्टरी बंद थी। खाली हाथ लौटना पड़ा था उसे। धोबियों से लताड़ खानी पड़ी थी बेचारी को, गधे भूखे जो रह गए थे। धोबियों से एडवांस में लिये पैसे भी दवा में खर्च हो गए थे।

बेटी की शादी की रज-गज में भला कोई दुकान-फैक्टरी खुला रखता है?

सावन-भादों में जैसे गंगाजी का कगार कट-कटकर गिरता है, वैसा ही कुछ फूआ अपने अंदर महसूसने लगीं। कलेजा कट-कटकर गिरने लगा अपनी सरिता

के लिए। जवान बेटियाँ पके फोड़े के समान होती हैं। जाने कब फूट जाएँ, पीप बहने लगे! कभी उसके पैर ठाँव-कुठाँव पड़ गए तो अपने भाई मोहन की तरह!

सिहर गईं फूआ।

बड़े बेटे मोहन ने एक रात अपने से दुगुनी उम्र, दो बच्चों की माँ धनेसरी मुसहरिन को उनके सामने ला खड़ा किया था। घर में बैठा लिया। उनके बावेला मचाने पर खुद धनेसरी की मँड़ई में जा बैठा और आज तक न लौटा।

खौफ खा गईं फूआ, 'हे सुरुज नरायन! हे गंगा माई! हमारी सरिता की सुध लो, उसके भी दिन फेरो,' कमर तक गंगा-जल में खड़ी सूरज देवता को अरघ देतीं फूआ ने प्रार्थना की।

आँखें बंद थीं, पर सोच और पश्चात्ताप पर कोई बंदिश नहीं थी। चौथी छुड़ाने के लिए गंगाजी आई दुलहन सरिता हो सकती थी। उसको कंधे से पकड़, सहारा देकर घाट की सीढ़ियाँ चढ़ती, गहनों से लदी-फँदी माँ वह खुद हो सकती थीं। मोहन-सोहन की जगह धनेसरी की झोंपड़ी और जेल न होती, अगर अपने सोने के साम्राज्य में स्वयं आग न लगातीं।

***

बहुत दिनों बाद फूआ मिलवनिया साग और हरे मटर का निमोना बनाने जा रही थीं। पन्ना ने अपने खेत से निमोना बनाने भर की छीमी तथा खेसारी और चने-मटर का साग खोंटने की आज्ञा दे दी थी। कैलाश के चबूतरे पर खिली हुई धूप पसरी हुई थी। औरतों की महफिल जमी हुई थी। सभी कड़ी ठंड में धूप का आनंद ले रही थीं। आपस की चेहमेगोइयाँ का बाजार गरम था। चबूतरे के नीचे बच्चों की धींगा-मुस्ती जारी थी। यह महफिल अब शाम तक जारी रहनेवाली थी। सूरज देवता के अस्त होने पर ही चबूतरा खाली होता था।

फूआ साग चुन-बीन रही थीं।

शामलाल की अम्मा उनकी भरी माँग और चवन्नी के बराबर माथे की टिकुली को भर आँख निहारकर बोली, "एक बात पूछें नन्ही?"

निमोना और साग के संभावित स्वाद को सोचकर अतिरेक खुशी से फूआ बोलीं, "पूछो भौजी।"

"मक्खनलाल को गए कितने साल हो गए?"

अमरूद-आमों के मौसम, मटर-गोभी-सेम के मौसम, अपनी जचगियों के साल, गमी-खुशी के बीते वर्षों की मदद से गिनती पूरी कर जवाब दिया, "शायद तीस बरस।"

‘‘इन तीस सालों में न मक्खनलाल आए, न कोई खोज खबर ली। कितना कुछ बदल गया! उनके आगे के बच्चे बूढ़े हो गए, बूढ़े खतम हो गए। बुरा मत मानना नन्ही! अब तक तो वे भी मर-खप गए होंगे, है न?’’

पास बैठी अन्य औरतें भी शामलाल की अम्मा से सहमत थीं, उन्होंने उनकी हाँ में हाँ मिलाई।

‘‘पर अभी तक तुम सिंदूर-टीका लगाती हो, अब तुम्हें सिंदूर पोंछ देना चाहिए।’’ शामलाल की अम्मा ने कहा।

फूआ तड़प उठीं, बिलबिलाकर बोलीं, ‘‘भौजी की बातें!’’ साग का सूप एक तरफ सरकाकर बिल्कुल उनके पास आकर बोलीं, ‘‘काहे न लगाएँ टिकुली? क्यों धोएँ सिंदूर? आपने कैसे कह दी ऐसी अपशकुनी बात? जो तीस सालों से लापता है, उसके साथ कौनो हमार बियाह हुआ था? उसके साथ तो हम सगाई गए थे। जिसके साथ हमारा बियाह हुआ था, वह तो जिंदा है। रोज हम उसको साच्छात अपनी आँखों से देखते हैं। कभी गद्दी पर कभी फैक्टरी पर कभी, हुँह!’’ फूआ का मुँह तिक्त हो गया। जैसे चिरायता चबा लिया हो, ‘‘उससे हमारा छुट्टी-छुट्टा हुआ था, मरा तो नहीं है? काहे न रहें हम सुहागन? अभी तो हमारा बियहा जिंदा है।’’

जैसे ही सुहागन शब्द उन्होंने उचारा, पता नहीं क्यों उनके चेहरे पर एक दिपदिपाहट आ गई।

सच में बाजे-गाजे के साथ हम औरतों का विवाह जीवन में एक ही बार होता है। फेरे भी एक ही बार लेती हैं। दूसरे विवाह का नाम भी विवाह नहीं होता, वह सगाई या बैठा के नाम से जाना जाता है। मर्द जितनी बार चाहे बैंड-बाजे के साथ घोड़ी चढ़े, सेहरा बाँधे, रोशन चौकी-शहनाई बजवाए।

और नन्ही की शादी भी एक ही बार हुई थी।

मक्खनलाल ने तो उन्हें माँ बनाया था, ‘सुहागन’ तो पहले पति भगवान दास ने ही बनाया था।

□

कहानी 3

जोड़ियाँ जग थोड़ियाँ

लाह-चपड़ा व्यवसायियों की व्यापारिक सभा चल रही थी। उन दिनों इन व्यवसायियों का मुख्य पेशा लाह से चपड़ा बनाना था। कहते हैं, यह ऐसा व्यवसाय था कि इसमें लाभ होता तो छप्पर फाड़कर होता और नुकसान होता तो घर की औरतों की नाक की लौंग भी बिक जाती थी। मंदी की मार झेल रहे व्यापार को कैसे लाभ की ऊँचाइयों पर ले जाया जाए, इसी के लिए व्यवसायियों की पंचायत बैठी हुई थी।

सभा के प्रधान, उपप्रधान के गरमा-गरम भाषण चल रहे थे। व्यापारीगण भी अपने कीमती सुझावों से सभा के उद्‌देश्य को और भी कीमती बनाने में योगदान कर रहे थे। सभागार का वातावरण गरम था। भीड़ के एक कोने में बैठा एक किशोर, बंसी लाल सबके तर्कों को ध्यान से सुन रहा था।

अभी-अभी कबड्डी में वह अपने विरोधियों को हराकर लौटा था। सभी हम- उम्र साथी बदन में लगी मिट्टी-धूल और पसीने को धोने के लिए जमुनाजी के गऊ घाट चले गए। बंसी ने धूल-धूसरित शरीर के साथ ही सभा का रुख किया था। सभापति बने अपने पिता का भाषण सुनने की उत्सुकता उसे इस सभा में खींच लाई थी। कार्यक्रम पूरे शबाब पर था। बंसी अचानक अपनी जगह पर खड़ा हुआ सभापति महोदय का ध्यान उस पर गया।

'इसका यहाँ क्या काम?' उन्होंने मन में सोचा फिर बोले, "क्या बात है बंसी? हियाँ कैसे? जा बाहर जाकर खेल।" भाषण में बाधा पड़ने से किंचित् खिसियाए से वक्ता पिता ने कहा।

"बाऊजी! हमको कुछ कहना है।" बंसी ने जवाब दिया।

"अरे बेटवा! ई तोहार खेल का मैदान नाहीं हौ, हियाँ चपड़ा-सभा की मीटिंग चलता, जा बाहर जा।" खिसियाहट थोड़ी और बढ़ी।

सभी सदस्यों की नजरों की सर्च लाइट बंसी पर पड़ने लगी। बंसी की नजरें बिल्कुल नहीं चुँधियायीं। उसने निर्भीकता से कहा, "बाऊजी, तनिक सुन तो लीजिए।"

उनकी आज्ञा का इंतजार किए बिना ही उसने अपने कुछ सुझाव तड़ातड़ रख दिए। सभापति महोदय ने भी उसको फटकारने में जरा भी विलंब नहीं किया। उनकी अना उनके सामने अड़कर खड़ी हो गई। "कल का बच्चा ऐसी नाफर्मादारी! इसकी गुस्ताखी तो देखो!"

भरी सभा में पुत्र की इस गुस्ताखी में उन्हें अपनी हेठी नजर आई। उन्हें लगा सभा में बैठे लोग क्या सोच रहे होंगे! मैंने बेटे को कितनी छूट दे रखी है!

उन्हें बेहद शर्मिंदगी महसूस हुई—

उन्होंने झिड़ककर उसे बैठने की व्यंग्य भरी सलाह देते हुए कहा, "चुप हो जा बंसिया! जब बिल्लाइत (विलायत, इंग्लैंड) से पढ़कर आना तब बलिस्टरी (बैरिस्टरी) झाड़ना, बैठ। वकालत छाँट रहा है।"

सभापति कैलाश नाथ की बातें खत्म नहीं हुई थीं कि ठहाके की आवाज से माहौल गूँज गया।

बंसी अचकचा गया। ठहाकों ने उसे अंदर से झकझोर दिया। चेहरे पर लज्जा और तिरस्कार की स्याही पुत गई।

वहाँ उपस्थित लोगों की चेहमेगुइंयों में बंसी को अपने पिता के लिए समर्थन और अपने लिए उपहास और अपमान का अनुभव हो रहा था।

वह और कुछ नहीं कर सकता था। पिता की आज्ञा पर बैठ तो गया, पर तत्क्षण कुछ तो उसके अंदर बैठ गया। आगे चलकर इस 'कुछ' ने एक जिद का रूप ले लिया। सभा में उठे ठहाके की आवाज ने उसके अंदर धीरे-धीरे एक घाव का रूप ले लिया। उसने महसूस किया कि यह घाव तभी ठीक होगा, जब वह बैरिस्टर बन जाएगा। उसी दिन से अंदर-ही-अंदर वह एक जिद पाल बैठा, अब मुझे बैरिस्टर बनना है। किसी भी सूरत में, किसी भी कीमत पर।

बंसी जानता था कि यह आसान नहीं है। अंग्रेजों का जमाना था, अंग्रेजों के प्रति लगभग सभी हिंदुस्तानियों के अंदर नफरत और गुस्से का अग्नि-कुंड हर समय धधकता रहता था। पिता भी इस नफरत से अछूते नहीं थे। ऐसे में घर से म्लेच्छों के देश जाकर पढ़ाई करने की आज्ञा मिलना मुश्किल था। पैसे की कमी न थी, लेकिन दूसरी अनेक समस्याएँ थीं।

सभापति की फटकार तुलसीदास को तुलसीदास बनानेवाली रत्नावली की फटकार से कम वजनी नहीं थी। इसी फटकार की कोख से पुरोधा, चिंतक, भाषाविद्, इतिहासकार और पुरातत्त्ववेत्ता बंसी प्रसाद का जन्म हुआ। यह फटकार बंसी के मन में घर कर गई थी।

अगर पढ़ूँगा तो विलायत में ही पढ़ूँगा। हाँ, विलायत में ही पढ़ना है, बैरिस्टर ही बनूँगा।

पिता के आगे पैर पसारकर जिद फान बैठे, ''मैं यहाँ नहीं पढ़ूँगा।''

''यहाँ नहीं पढ़ूँगा?''

''मतलब? फिर कहाँ पढ़ोगे?'' पिता ने पूछा।

''विलायत में।'' बंसी ने निर्भीकता से जवाब दिया।

''कई दिनों से देख रहा हूँ, समझ रहा हूँ तुम्हारा पागलपन। तुम क्या समझते हो, तुम्हारे इस पागलपन में मैं तुम्हारा साथ दूँगा? हरगिज नहीं, तुम्हारी यह जिद दाल-भात का कौर है क्या?''

खाना-पीना, स्कूल जाना छोड़ दिया बंसी ने। घर का सबसे पीछेवाला कमरा कोप-भवन में बदल गया। उसी में समा गई घर की इकलौती संतान बंसी प्रसाद। न वे घरवालों का मुँह देख रहे थे और न घरवाले उनका। खाना कमरे के दरवाजे तक आकर वापस चला जाता।

उनके अनशन और बाल-हठ के आगे धनाढ्य व्यवसायी पिता को झुकना ही पड़ा। पुत्र के बाल-हठ के आगे तो पिता झुक गए, परंतु तत्कालीन रूढ़िवादिता और मान्यताओं के सामने घुटने टेकने में बहुत समय लगा। दोस्तों, अहबाबों से मशवरा किया। काफी बहस-मुसाहिबे के बाद उनसे हरी झंडी तो मिल गई, पर अपनी बिरादरीवालों की टेढ़ी भृकुटियों के संकेत को भी वे भली-भाँति समझ पा रहे थे। और समझ पा रहे थे अपने अंदर के द्वंद्वों को।

'पर उपदेस कुसल बहुतेरे!' कहाँ तो देश को गुलाम बनानेवाले फिरंगियों से नफरत करते थे सावजी (सभापति कैलाश), कहाँ बेटे को उन्हीं के देश में पढ़ने भेज रहे हैं। हम लोगों को आजादी का पाठ पढ़ानेवाले सावजी के मुँह से अब आजादी, मातृभूमि आदि शब्द अच्छे नहीं लगते।

बिरादरी की ओर से फेंके गए तंजों के ढेलों को कैसे सहेंगे? उन्हें पता था, बिरादरी में कई ऐसे लोग थे, जिन्हें यह कहने में जरा भी गुरेज नहीं था कि लोगों में अनुशासन की नकेल कसनेवाले कैलाश ने अपने बेटे को कैसे बेलगाम छोड़ दिया।

फिर वहाँ जाकर बंसी क्रिश्चियन बन जाएगा, गोमांस-भक्षी बन जाएगा और

ना जाने क्या अनाप-शनाप खाएगा! कैसे सहन होगा ये सब? हर समय मंदिर में ही घुसी रहनेवाली मेरी विधवा माँ तो प्राण ही त्याग देगी। बिरादरी से हुक्का-पानी बंद होने की संभावना भी थी।

पिता के सामने बड़ी ही मारक स्थिति थी। ऐसी विकट स्थिति का सामना कभी नहीं करना पड़ा था। धर्म-संकट की घड़ी आन पड़ी थी। एक तरफ नूरेचश्म और दूसरी तरफ जमाना और संस्कार।

अजीब से द्वंद्वात्मक हालात से दो-दो हाथ करने पड़ रहे थे।

लुब्बेलुबाब परिवारवालों को पुत्र-प्रेम के सामने घुटने टेकने ही पड़े। घर के कुलदीपक का आमरण अनशन तो तुड़वाना ही था। ऐसे ही मरने के लिए तो नहीं छोड़ा जा सकता था।

परिवार की अनुमति, ब्राह्मण रसोइए, गंगाजल और उन वायदों के साथ बैरिस्टरी पढ़ने के लिए बंसिया पानी के जहाज से लंदन के लिए रवाना हुआ कि रसोइए महाराज के हाथ के सिवा किसी के हाथ का खाना नहीं खाएगा, गोमांस को हाथ नहीं लगाएगा, मेम-छोकरियों से मेल-जोल नहीं रखेगा।

यह तो अच्छा था, जो दस वर्ष की उम्र में विवाह हो गया था और उसकी बालबधू अभी जिगना गाँव में अपने माता-पिता के साथ रह रही थी। जब चौदह साल की हो जाएगी तब गौना होगा। तब तक बंसी भी अठारह वर्ष का हो जाएगा और कुछ वर्षों में बैरिस्टर भी बन जाएगा।

फिर वह दिन भी आया जब पढ़ाई पूरी करने के बाद श्री बंसी प्रसाद 'बार एट लॉ' की डिग्री के साथ एक और अप्रत्याशित डिग्री भी लेकर स्वदेश लौटे, एक गोरी मेम के 'पति की डिग्री'।

लंदन जाते समय घरवालों से किए गए वादों में से एक वादा तो टेम्स नदी में विसर्जित कर आए थे बंसी प्रसादजी—गोरी सी मेम छोकरियों से परहेज रखने का वादा।

जिसका डर था, वही हुआ, अंग्रेज लड़की रूथ को जीवनसंगिनी बनाकर हिंदुस्तान की धरती पर उतरे। गोमांस खाया या नहीं, मदिरा सेवन किया या नहीं घरवालों को यह तो पता नहीं, पर घुटनों तक स्कर्ट पहनी हुई मेम? जवाब तलब भी करें तो किससे? बंसिया से?

'मुरदा बोलेगा तो कफन ही फाड़ेगा।'

बरबादी साक्षात् सामने खड़ी थी। सीने पर तसल्ली के जिस पत्थर को

रखकर भेजा था कि चलो बिलैत पास करके आएगा तो कुछ अच्छा ही सीखकर आएगा, पढ़ाई कभी गाली नहीं देती। वही पत्थर सीना चाक-चाक करके कलेजे को विदीर्ण कर गया।

बिरादरी के सामने पूरा-का-पूरा गाली बनकर खड़ा था पुत्र।

सेठ कैलाश समझ नहीं पा रहे थे कि इसको विलायत भेजने के पहले का द्वंद्व ज्यादा पीड़ादायक था या अब लौटने के बाद का।

'हे विंध्याचल माई, हे गंगा मैया, काशी विश्वनाथ बाबा, हे भैरव बाबा! अब क्या होगा? किस पाप का दंड दिया विंध्याचल माई! छिमा करो।' इस मलेच्छनी के पैर पड़ते ही घर का नाश तो अवश्यंभावी है। चलो, परदेस में जो अखाद्य खाया, वह खाया, वह तो आँखों की ओट था, पर आँखों के सामने जो दिख रहा था वह तो असह्य-अक्षम्य था।

बंसी की दादी, अलग जमुनाजी की ओर मुँह करके अनवरत जाप किए जा रही थीं।

कुल देवता, चौरा माई किसी को भी अपनी अरदास में नहीं भूल रही थीं। बारी-बारी से सबसे गुहार लगा रही थीं।

पोते के दुस्साहस पर विलाप करने लगीं।

मन के अंदर प्रश्नों की मार-काट मची हुई थी। लहू के आँसू बह रहे थे। समाज और बिरादरी का सामना कैसे करेंगे? जिगना गाँव में गौने की तैयारी करते समधी और बहू शांति को कैसे मुँह दिखाएँगे? क्या जवाब देंगे? कहाँ तो पूरी बिरादरी का नाम रोशन करने की आस लगाए बैठे थे, और कहाँ ये!

जीती-जागती मक्खी? कैसे निगलें?

औलाद के अहमकाना रवैए से शिकस्त खाए बिरादरी के मुखिया, असहाय पिता सिर धुन रहे थे, जिंदगी में अब कुछ बचा ही नहीं, ऐसा महसूस कर रहे थे।

ढीठ तो पहले से ही था। तभी न पंच लोगों की मजलिस के बीच में खड़ा होकर भाषण देने लगा था, फिर बिलैत जाने की जिद पूरी करके ही छोड़ा। पर यह ढिठाई?

बंसी की माँ भी पिछवाड़ेवाले कमरे में राग कढ़ाकर रो रही थीं। पश्चात्ताप आँखों के रास्ते बह रहा था—काश! बंसी के पिता मेरी बात मान लेते, भावनाओं में बहकर उसे विलायत जाने की आज्ञा ही न देते!'

हवा के परों पर सवार बंसी की करतूत जिगना गाँव, समधियाने तक पहुँची। समधियाने में भी हाहाकार मच गया। शांति के पिता गिरते-पड़ते इलाहाबाद पहुँच गए।

एक बार फिर से पंच लोगों की बैठक हुई, समस्या सामने रखी गई। पंच लोग भी बंसी की कारस्तानी पर हैरान ही नहीं, परेशान भी थे—"मेम को गंगाजल से पवित्र किया जा सकता है, पर बहू शांति को तो बीच धार में बंसिया ने छोड़ दिया। उसका क्या होगा? वह तो डूब ही जाएगी! उसके जीवन में आए भूचाल की शांति कैसे होगी?"

"नहीं-नहीं, यह संभव नहीं। घर की अपवित्रता, बहू शांति के प्रति अन्याय माफी के योग्य नहीं।"

बंसी को घर या अंग्रेजन में से किसी एक को छोड़ना पड़ेगा।

बंसी भी अपनी जिद के पक्के। 'अंग्रेजन रूथ' को छोड़ने की अपेक्षा घर को छोड़ना बेहतर समझा। अपने इस फैसले पर अमल करने में कोई देर न की। प्रयागराज को प्रणाम कर रूथ को ले, काली की नगरी कोलकाता की शरण ली।

न हारा है इश्क न दुनिया थकी है,
दिया जल रहा है, हवा चल रही है। (खुमार बाराबंकवी)

कोलकाता हाई कोर्ट में प्रैक्टिस शुरू कर दी।

रूथ हैरान थी, इलाहाबाद में यमुना के किनारे बंसी की विशाल पैतृक हवेली में हम लोग क्यों नहीं रहे? वहीं रहकर इलाहाबाद के हाईकोर्ट में भी तो बंसी प्रैक्टिस कर सकता था? फिर?

बंसी के साथ लंदन से इलाहाबाद तक का सफर तो कितना सुहाना था, पर बंसी के घर आते ही क्या हो गया? उसके घरवाले? मन में लगी सवालों की झड़ी से दिल-दिमाग दोनों ही बुरी तरह से भीग रहे थे।

हालाँकि सबकुछ स्पष्ट नहीं था। घर में आए बवंडर की भाषा से अपरिचित होने के बावजूद वह कुछ-कुछ समझ पा रही थी। भावनाओं की भाषा कतई अस्पष्ट नहीं होती। घर के सदस्यों की भाषा तो पल्ले नहीं पड़ रही थी, पर उनके शरीर की, जुबान, सिसकियों, रुदन और ऊँची आवाजों की भाषा बखूबी समझ पा रही थी।

लोगों के चेहरे के क्षोभ और लज्जा की स्याही अब आशंका बन रूथ के गोरे चेहरे पर पुत गई थी। हैरान-परेशान थी। इस सियापे के असली सच और वजह से अनभिज्ञ थी। किससे पूछे? बंसी के सिवा किसी को जानती भी नहीं थी यहाँ। वही बता सकता था, पर वह तो बुरी तरह से मायूस चेहरा लिये कठघरे में अपराधी-सा बैठा था। बोझिल माहौल और मौका इजाजत नहीं दे रहे थे कुछ पूछने का।

घर में मचे हुए कोहराम के पीछे का अप्रत्याशित-अप्रिय और चौंकानेवाला बृहत् सच उस समय उसके सामने आया, जब शांति के मायके से कुछ लोग दल

बाँधकर कोलकाता आए और साथ में बाँधकर लाए थे—भारी-भरकम सवालों की गठरी और जिगना गाँव का एकमात्र अंग्रेजी बोलनेवाला वह नौजवान। उस नौजवान दुभाषिए ने रूथ को वह राज बताया जो बंसी ने नहीं बताया था। अँधेरे में रखा था।

बंसी की बचपन में ही शादी हो गई थी। पहले से ही उसकी पत्नी है।

सन्न रह गई थी रूथ। रूथ को भारत की इस कुरीति, बाल-विवाह, के बारे में मालूम था, पर यह कुप्रथा इस नग्नता के साथ उसके सामने उजागर होगी और उसे ही दबोच लेगी—बंसी ऐसा करेगा, वह सोच भी नहीं सकती थी।

राज फाश करनेवाले तो चले गए। साथ में नेस्त-नाबूद कर गए उन लहरों को, जिन पर सवार होकर वह भारत आई थी। खुशियों के उस झूले का वह क्या करे, जिस पर बंसी के साथ बैठकर वह ऊँची-ऊँची पींगें मारकर आसमान छू लेना चाहती थी। उसे लगा, जैसे उसने एक बहुत लंबी छलाँग लगा दी हो। पिछला किनारा तो छोड़ दिया और दूसरे तक पहुँच ही नहीं पाई।

कई दिनों तक बेसुध रही रूथ।

कुछ दिनों तक बंसी को लगा सबकुछ ठीक हो गया। रूथ के अंदर के तूफान का अंदाजा भी नहीं था, लेकिन रूथ झूठ की बुनियाद पर खड़े रिश्तों के इस घर में खुद को ठगी-सी महसूस कर रही थी। बंसी ने न सिर्फ उसके साथ धोखा किया था बल्कि एक और जीवन में भी जहर घोला था। क्या इसके लिए वह भी जिम्मेवार थी या फिर बंसी ने एक साथ दो लोगों को ठगा था! रूथ कोप-भवन में चली गई, क्या करे? अनिर्णय की स्थिति में थी।

तीन दिन बाद बाहर आई तो उसका निर्णय रिवॉल्वर के रूप में उसके हाथ में था।

कोर्ट से लौटने पर बैरिस्टर बंसी की पेशी रूथ के कोर्ट में हुई थी। पिस्तौल के साथ बंसी के सामने वह अगिया बैताल बनी खड़ी थी।

हतप्रभ बंसी का वह सारा सच बाहर आ गया, जो उन्होंने अपने अंदर दफन कर उस पर बेफिक्री का बड़ा सा पत्थर रख दिया था।

"क्यों किया मेरे साथ ऐसा? क्यों धोखा दिया? यू ब्लडी," ऐसी-ऐसी गालियाँ निकालीं कि उफ!

रूथ को जैसे दौरा पड़ गया था। अब बंसी एक मिनट के लिए भी उसे काबिले-बरदाश्त नहीं थे। उसी वक्त उसने बंसी से कौल लिया कि वे न केवल घर से निकल जाएँगे बल्कि कोलकाता भी छोड़ देंगे, वरना वह उन्हें गोली मार देगी।

'मरता क्या न करता!'

उन्होंने कोलकाता छोड़ दिया और फिर से प्रयागराज की शरण ली।

सिविल लाइंस में विशाल कोठी बनवाई, जो 'बंसी विला' और 'पत्थरकोठी' के नाम से मशहूर हुई, इलाहाबाद हाईकोर्ट में वकालत शुरू की।

रूथ ने बैरिस्टर बंसी प्रसाद को छोड़ दिया, पर मुआवजे की लंबी रकम लेना नहीं छोड़ी।

एक बार फिर एक घाव बंसी के अंदर उग आया। रूथ से ऐसे अलहदगी होगी! सोचा भी नहीं था।

बैरिस्टर साहब के इस टीसते घाव को परित्यक्ता पत्नी शांति ने खामोशी के साथ धोना-पोंछना शुरू किया। मरहम लगाते-लगाते कब उनकी जिंदगी का अहम हिस्सा बन गई, बंसी को पता ही नहीं चला।

कबड्डी का पाला बदल गया था।

प्रैक्टिकल बंसी ने अपनी पिछली जिंदगी पर खाक डाली और आगे बढ़ लिये। अपनी विवाहिता पत्नी शांति के साथ नई जिंदगी शुरू की।

कालांतर में दो पुत्र और दो पुत्रियों के पिता बने। उनकी संतानों ने फिर उनकी प्रसिद्धि में चार चाँद लगाए। सभी एक-से-एक विद्वान। अपने-अपने क्षेत्र के शीर्षस्थ स्थानों पर रहे। कहते हैं कि सरस्वती और लक्ष्मी में कभी नहीं बनती। दोनों एक साथ कभी नहीं रह सकतीं, पर बैरिस्टर बंसी का घर इसका अपवाद था। लक्ष्मी और सरस्वती ताउम्र उनके यहाँ सगी बहनों की तरह रहीं। दोनों का उत्तम संगम था बंसी विला में।

***

बैरिस्टर बंसी की बड़ी बेटी प्रकाशवती भी अपने पिता के पदचिह्नों पर चलकर बैरिस्टर बनना चाहती थी, लेकिन माँ को डर था कि बेटी इतिहास को फिर से न दोहरा दे। 'दूध का जला हुआ छाछ भी फूँक-फूँककर पीता है।'

"मुझे लंदन में पढ़ाने में कोई आपत्ति नहीं है, पर मैं अकेली नहीं जाने दूँगी।" उन्होंने जिद बाँध ली थी कि जाना ही चाहती है तो शादी करके जाए। प्रकाशवती की माँ ने कहा। किसी भी सूरत में गोरे क्रिस्तान दामाद की सास बनने का उन्हें कोई शौक नहीं था। कोई भी खतरा मोल नहीं लेना चाहती थीं।

आनन-फानन में लड़का खोजा गया। 'जिन खोजा तिन पाइयाँ'।

सुदर्शन युवक अनंत लाल मिल गया।

अनंत लाल का परिवार अकूत संपत्ति के मालिक बैरिस्टर साहब के माली

हालत के पासंग भर भी नहीं था, पर वह खुद ऊँची-ऊँची महत्त्वाकांक्षाओं का धनी था। दरभंगा विश्वविद्यालय के इस मेधावी छात्र की खुली आँखों में हमेशा बड़े-बड़े सपने सजे होते थे। अत्यंत महत्त्वाकांक्षी इस सुदर्शन युवक के साथ विवाह होने के बाद ही प्रकाशवती लंदन जा सकी थी।

जामाता ने दहेज में लंदन जाकर बैरिस्टरी पढ़ने के खर्चे के अलावा और कुछ नहीं माँगा था। धनकुबेर ससुर को क्या आपत्ति हो सकती थी।

होनेवाले दामाद के सुनहरे भविष्य की चमक से चकाचौंध थीं उनकी आँखें। उनके भावी सुखद जीवन के प्रति वे सुनिश्चित थे। आनेवाले दिनों में उन्हें प्रकाशवती के सुख-सौभाग्य के रास्ते में कोई अड़चन नहीं दिख रही थी। बैरिस्टर बंसी प्रसाद को अपनी दूरदर्शिता पर भरोसा था।

विलायत में समय पर दाखिला लेना था, पर शादी का मुहूर्त नहीं था, सो घर में शादी न करके कोठी के बगीचे में आम के पेड़ों के झुरमुट में शादी करने का टोटका रचाया गया, जिससे लंदन में समय पर दाखिला लिया जा सके।

पढ़ाई खत्म करने के बाद अनंत-दम्पति स्वदेश लौट आए।

इन दोनों ने भी इलाहाबाद में अपना आशियाना बनाया और हाईकोर्ट में प्रैक्टिस शुरू की। थोड़े ही दिनों में दोनों कामयाबी की बुलंदियों को छूने लगे। यश और वैभव उनके सहचर बन गए।

नए-नए आलीशान बँगले बनने लगे। ईंट-गारे-चूने के बँगले तो बनने लगे, पर कुछ तो ऐसा था, जिसकी वजह से बैरिस्टर प्रकाशवती के ख्वाबों का महल आहिस्ता-आहिस्ता दरकने लगा था।

दरभंगा विश्वविद्यालय का होनहार, विलायत से 'बार एट लॉ' करके लौटा सुदर्शन युवक पति ही उनके विश्वास की दीवार को खोखला करने लगा। उनका मन किसी भी तरह से मानने को राजी नहीं हो रहा था कि इलाहाबाद हाईकोर्ट का मशहूर और सम्मानित बैरिस्टर ऐसी ओछी हरकत कर सकता है।

भाभी? सगी भाभी के साथ? नहीं-नहीं, यह नहीं हो सकता। प्रकाशवती अपने और पति के रिश्ते को एक ऐसे पवित्र ग्रंथ की तरह मानती थीं, जिसका एक-एक हरफ विश्वास और प्रेम की स्याही से लिखा गया था। इस ग्रंथ का पारायण वे प्रतिदिन, प्रतिपल किया करती थीं। उनके लिए यह ग्रंथ गीता-कुरान से कम मुकद्दस नहीं था। आज इस ग्रंथ के पन्ने चिंदी-चिंदी होकर जमीन पर बिखर गए। वे भी बुरी तरह से टूट-फूट गईं, अंध-यकीनी आँसुओं में बह गई।

नहीं, ऐसा नहीं हो सकता कि इस भ्रम पर पड़ा कोहरा छँट गया। असलियत मुँह

चिढ़ा रही थी। उन्होंने अपने सामने एक घिनौने सच को सीना ताने खड़ा देखा था।

सुनयना भाभी देवर के सीने से लगी थीं। अनंत के वे दोनों हाथ जेठानी को अपने घेरे में लिये हुए थे, जिन्हें वे अपने लिए दुनिया का सबसे बड़ा आलंबन माना करती थीं। चाय का वह कप, जिसको देने के बहाने से भाभी अनंत के कमरे में घुसी थीं, वैसा का वैसा ही अछूता टेबल पर पड़ा था। चाय ठंडी हो चुकी थी। प्रकाशवती भी ठंडी पड़ गई थीं। देवर-भाभी का मिलन निष्कलुष कतई नहीं था। निखालिस नर और मादा का आलिंगन था, जिसमें से निकलती वासना की चमक को प्रकाशवती की बैरिस्टरी आँखों को भाँपते देर नहीं लगी। इस अप्रत्याशित दृश्य ने प्रकाशवती के मानसिक संतुलन को झकझोरकर रख दिया। आघात सीधा मन-मस्तिष्क पर लगा और चोटिल कर गया दिमाग को।

जिस सावनी रात में प्रकाशवती और अनंत लाल परिणय-सूत्र में बँधे थे, कुछ वैसी ही सावनी रात थी आज। पति से उस घिनौने कृत्य के दरयाफ्त के जवाब में कनपटी पर जो भारी-भरकम झन्नाटेदार झापड़ मिला, उसने सहधर्मिणी प्रकाशवती को पूर्णतया असंतुलित कर दिया। बैरिस्टर प्रकाशवती निरा पागलपन की शिकार हो गईं। तन के कपड़ों को अपने ही हाथ से तार-तार कर देतीं, अपने बँगले से भाग जातीं, लोहे की चेन से बाँधकर रखी जाने लगीं। उनकी हालत देखकर घरवालों की हालत दयनीय हो रही थी।

मनोरोग चिकित्सक उनके बड़े भाई रुद्र ने बहन के इलाज में एड़ी-चोटी का जोर लगा दिया। उन्हें इलाज के लिए आगरे के पागलखाने में भर्ती किया गया था। डॉ. रुद्र और विशेषज्ञ चिकित्सकों की बैठकें होती रहीं। विदेश में पढ़े डॉ. रूद्र अपने विदेशी सहपाठियों से सलाह-मशवरा करते रहे, बेहतरीन इलाज होता रहा। शहर की एकमात्र महिला बैरिस्टर को स्वस्थ करने का बीड़ा उठा लिया था चिकित्सकों के दल ने। कुछ दिनों में डॉक्टरों के अथक परिश्रम से उनका मानसिक असंतुलन संतुलित हो गया।

चंगी होने के बाद प्रकाशवती ने पहले अपने दुधमुँहे मासूम बच्चे को नहीं पूछा, तलब किया तलाक का पेपर, पेपर पर हस्ताक्षर कर अपने पति के मुँह पर दे मारा और फिर कभी उनका मुँह नहीं देखा।

कोठी की अमराई में आम के पेड़ के नीचे संपन्न वह विवाह, जो शुभ मुहूर्त को ठेंगा दिखाकर संपन्न हुआ था, यों टूट जाएगा, किसी ने कल्पना भी नहीं की होगी। शायद ठेंगा दिखाने की बारी अब शुभ मुहूर्त की थी, उसने अपनी अवहेलना का बदला लिया है। उनकी माँ की ऐसी धारणा थी।

प्रकाशवती अपने इकलौते पुत्र को लेकर सिविल लाइंस वाली कोठी में चली गईं। काफी दिनों से बंद कोठी के जाले-गर्द की तरह ही अपने अंदर का पिछला सब धो-पोंछकर शान के साथ शानदार महल में नन्हे राजकुमार की परवरिश करने लगीं।

प्रकाशवती ने अपने जीवन का बुझा हुआ सूरज फिर से स्वयं उदित किया। हाईकोर्ट जाना शुरू किया। उनके व्यक्तित्व में पिछले तूफान के कोई चिह्न नजर नहीं आते थे। उनके जीवन के इस पुनरुद्धार का पुरजोर स्वागत हुआ।

पुत्र कीर्तिमान को सबकुछ सर्वश्रेष्ठ मुहैया कराते हुए उन्होंने अनुशासन के चाबुक से साध-साधकर, संयम की कसौटी पर कस-कसकर उसे खरा सोना बना दिया था। कीर्तिमान को कभी भी न भावनात्मक, न भौतिक रूप से बाप की कमी महसूस होने दी। सात साल के बाद उसे भी पढ़ने के लिए विदेश भेज दिया।

***

प्रकाशवती के बेटे कीर्तिमान का विवाह है। हालाँकि उसने अमेरिकन युवती से विदेश में ही विवाह कर लिया था, पर प्रकाशवती सनातनी रीतियों को भी पारंपरिक रूप से अंजाम देना चाहती थीं।

उनके व्यक्तित्व में पाश्चात्य और पूर्वी संस्कृति का प्रशंसनीय संगम था।

अमेरिका से आए बहू के गोरे-चिट्टे रिश्तेदार और मित्र, उनका फर्राटेदार अंग्रेजी बोलना और उनके लिए राजस्थानी कठपुतलियों के नाच का आयोजन। प्रकाशवती के द्वारा दी गई कांजीवरम की अनाड़ीपने से बाँधी गई साड़ी में सँभल-सँभलकर चलती अमेरिकन बालाएँ, जयपुरी बाँधनी का साफा बाँधे विदेशी पुरुष आकर्षण के केंद्र बने हुए थे।

बरात और बरातियों का इंतजाम बैरिस्टर प्रकाशवती ने ही किया था। घराती ही बराती बन गए थे। कीर्तिमान के ममेरे भाई ने बहू आंद्रेया का भाई बन लावा परछने की रस्म पूरी की थी। सुर्ख बनारसी साड़ी और भारतीय गहनों से लदी-फँदी आंद्रेया असहज महसूस कर रही थी। विवाह की लंबी और उबाऊ विधियों से चिढ़ सी रही थी।

जैसे ही फेरे खत्म हुए, रिश्ते की जेठानी सहारा देकर बड़े प्यार से नव्य-नवेली को सजे-धजे कमरे में ले जा रही थी कि नवेली दुलहन ने जेठानी का हाथ झटका, साड़ी ऊपर खींची और दे भाग…

कमरे में जाकर ही दम लिया। धड़ाम से दरवाजा बंद किया। सिटकिनी लगाई। साड़ी खोलकर सोफे पर फेंक, पैरों को घुँघरूवाली पाजेबों के बंधन से

मुक्त किया। पालथी मारकर पलंग पर बैठ गई और पर्स में से सिगरेट और लाइटर निकाल भकाभक सिगरेट फूँकने लगी।

इस बीच जनता-जनार्दन आ गई और खिड़की से यह अद्भत नजारा देखकर हतप्रभ थी।

हतप्रभ तो आंद्रेया ने एक बार और किया, जब यह सुनाई पड़ा कि कुछ वर्षों बाद आंद्रेया प्रकाशवती के दिए हुए सारे जेवर लेकर कीर्तिमान को छोड़कर कहीं चंपत हो गई।

रह गई घर की वह दीवार, जिस पर आंद्रेया की अनेक तसवीरें कलात्मक रूप से विभिन्न मुद्राओं में लगी हुई थीं। खासकर घुटनों तक लंबे-घने बालों की। कई तसवीरें तो केवल पीछे से ली गई थीं। किसी में खुले बाल, किसी में बड़ा सा सज्जित आकर्षक जूड़ा, किसी में नागिन-सी लहराती चोटी।

कौन-कौन से गहने नहीं दिए थे उन्होंने बहू को। सोने-चाँदी, हीरे के और तो और कितने तो नकली पर बहुत कीमती गहने थे।

***

बंसी प्रसाद की तीसरी बेटी भास्वती।

पहले बी.एच.यू. से एम.एस. करके इलाहाबाद मेडिकल कॉलेज में असिस्टेंट सर्जन का काम किया। आगे की पढ़ाई के लिए लंदन जाना चाहती थीं, पर भाई लोग अब शादी पर जोर दे रहे थे। भास्वती को मालूम था, अब इस बात को और नहीं खींचा जा सकता। नकारात्मक उत्तर सुनने को भाई कतई तैयार नहीं थे। सो थोड़े बहस-मुसाहिबे के बाद भास्वती ने हाँ कर दी। भाइयों ने राहत की साँस ली। पूरी कोठी में खुशी की लहर दौड़ गई। भासी ने शादी के लिए हाँ कर दी, उसके अंतर्मन की आवाज किसी को सुनाई नहीं पड़ती थी—मुझे शादी नहीं करनी है, मुझे आगे पढ़ना है, मुझे एफ.आर.सी.एस. करनी है।

भाइयों ने गाजीपुर के गाँव से एक हीरा खोज निकाला था—डॉ. चक्रधर चतुर्वेदी। संस्कृत के प्रकांड पंडित थे। चारों वेदों के वेत्ता-अध्येता। गहन अध्ययन किया था वेदों का। इसी से वे डंके की चोट पर गुप्ता के स्थान पर चतुर्वेदी लिखते थे। पिता से लेकर परिवार का हर सदस्य गुप्ता लिखता था, पर वे नहीं। उनका तर्क था कि केवल चतुर्वेदी के घर में जन्म लेने से ही कोई चतुर्वेदी नहीं हो सकता।

ऐसे क्रांतिकारी विचारोंवाले उनके भावी पति में उन्हें अपनी आगे की पढ़ाई की संभावना नजर आ रही थी। शायद विवाह ही वह सीढ़ी बन जाए, जिसकी

सहायता से वे लंदन पहुँचकर एफ.आर.सी.एस. की पढ़ाई करने की अपनी चिर अभिलषित इच्छा को पूरी कर सकें। उन्हें पूरा विश्वास था कि उस रूढ़िवादी जमाने में उत्तराधिकार में पाई जातीय पहचान को जो व्यक्ति लोकापवाद को ठेंगा दिखाकर छोड़ सकता है, वह अपनी पत्नी को उच्च शिक्षा के लिए विदेश जाने की अनुमति देने में उदार होगा।

उनके बड़े भाई ने उनकी आशंका को यह कहकर यकीन में बदल दिया कि डॉ. चतुर्वेदी को कोई परहेज नहीं है उनके लंदन जाकर पढ़ने में।

संपूर्णानंद संस्कृत विश्वविद्यालय के विभागाध्यक्ष डॉ. चक्रधर चतुर्वेदी और डॉ. भास्वती का विवाह-संस्कार बहुत धूमधाम से संपन्न हुआ। भाइयों ने वह सारा धन खुले हाथों से खर्च किया, जो उनके स्वर्गीय पिता बंसी प्रसाद भास्वती की शादी के लिए उन्हें सौंप गए थे।

इस शादी में क्या साज-सज्जा थी! मंडप में फूलों के अलावा लीची के गुच्छे लटक रहे थे। हवाई जहाज से बरातियों पर फूल बरसाए गए।

विदा होकर वे अपने ससुराल बिहिया गाँव गईं। पंद्रह दिन वहाँ रहकर वापस मैके आईं तो फिर दोबारा बिहिया में पैर नहीं रखा। दरअसल भास्वती को उसके भाइयों ने जो यह बताया था कि उसके होनेवाले पति ने उनकी यह शर्त मान ली है कि शादी के बाद वह एफ.आर.सी.एस. करने के लिए लंदन जा सकती है, वह बात गलत निकली। पति ने ऐसी किसी भी शर्त से इनकार कर दिया। सच क्या था, पता नहीं। भाइयों ने बात ही नहीं की थी या पति बाद में मुकर गए। एफ.आर.सी.एस. का चुग्गा डालकर उन्हें शादी के जाल में फँसाया गया था, इतना तो भास्वती को समझ में आ गया, उसके साथ धोखा हुआ है। पति के सामने लंदन जाकर एफ.आर. सी.एस. करने की इच्छा रखी तो डॉ. चतुर्वेदी ने साफ मना कर दिया। इस बात पर बात इतनी बढ़ी कि दोबारा ससुराल नहीं गईं।

भाइयों से बेबाकी से कह दिया, ''शादी करके मैंने तुम लोगों के मन का कर दिया। अब मैं अपने मन का करूँगी।'' दो लोगों की तथाकथित ठगी से उनका चिर अभिलषित सपना चूर-चूर हो गया। इस धोखे से बहुत आहत हुई थीं। वे चाहतीं तो अपने दम-खम पर लंदन जाकर अपनी पढ़ाई पूरी कर सकती थीं, लेकिन उनका मन बैरागी सा हो गया। अपनी महत्त्वाकांक्षा से निर्लिप्त सी हो गईं और सुदूर झारखंड के किसी ग्रामीण इलाके में अपना नर्सिंग होम खोल गरीबों और आदिवासियों की सेवा में जुट गईं।

***

बंसी प्रसाद के बेटे भी विलायती डिग्रियों से लैस थे। सबसे छोटे बेटे विपिन ने भी लंदन से मेडिकल की डिग्री लेकर सिंगापुर में अपनी प्रैक्टिस शुरू की। उन्होंने भी 'महाजनों येन गतो स पन्थः' को बखूबी अपनाया था। अपने पिता की तरह वे भी शादी करके लंदन गए थे। पत्नी किसी स्टेट की राजकुमारी थीं।

दहेज में हाथी लानेवाली सुंदरी पत्नी अलका ने रोली-कुमकुम का तिलक लगा, आरती कर उन्हें विदेश के लिए रवाना किया था। पति के डॉक्टर बनने के रास्ते में पति-विरह कहीं भी आड़े नहीं आया। लक्ष्मण की उर्मिला की तरह उनकी कुशलता की प्रार्थना और वापसी की प्रतीक्षा करती रहीं। उन्हें क्या पता था कि उनकी प्रतीक्षा चिर प्रतीक्षा बन जाएगी।

पति विपिन लौटकर हिंदुस्तान भी नहीं आए। लंदन से सीधा सिंगापुर उतरे, साथ में आई सहपाठिनी सैंड्रा, जिसे इंग्लैंड में पढ़ाई के दौरान अपना दिल दे बैठे थे। उसी के साथ सिंगापुर में गृहस्थी बसाई। पहली पत्नी दहेज में हाथी लाई, दूसरी पत्नी के साथ एक निखट्टू साला आया था, जो जिंदगी भर बहन की रसोई की रोटी तोड़ता रहा।

विपिन की पत्नी वापसी की आस की जो लौ जलाए बैठी थीं, वह लौ धुएँ में बदल गई, बुझ गई। अलका वापस अपने मायके चली गईं। विपिन का संपर्क पूर्णतया घरवालों से भी खत्म हो गया। कभी अपने घरवालों और घरवाली की सुध न ली। निस्संतान पत्नी जोगन बनी मंदिर-दर-मंदिर घूमती रहीं। कभी पति के दर्शन न हुए, सान्निध्य-सुख तो दूर की बात थी। वियोगिनी अलका की जिंदगी में पति का प्यार चंद साल ही रहा पर उन चंद सालों का असर उनपर ताउम्र रहा।

मिलन की आस टूटने पर एक बार जो मायके गईं तो कभी बंसी विला में उनकी वापसी नहीं हुई।

बूढ़ी हो गईं।

रत्न-जड़ित डोली में सवार होकर बंसी बिला में प्रवेश करनेवाली राजकुमारी सी अलका ने बेवफा पति के नाम की माला सुमिरते और ढेरों भजनों को भजते मायके में ही चोला छोड़ा।

अपने पसंदीदा भजनों में से एक अकसर गुनगुनाती रहती थीं—

'प्रेम न बाड़ी ऊपजै, प्रेम न हाट बिकाय...'

कहते हैं, उनके आखिरत में भी ये पंक्तियाँ उनके पपड़ियाते होंठों पर थीं।

राजकुमारी अलका न रत्नों से विपिन का प्रेम खरीद सकीं, न शीश ही कटाकर प्यार अपने नाम करा सकीं।

विपिन अपने अंग्रेजी परिवार में पूरी तरह से रच-बस गए। अपने भाई-बहनों के दिमाग से ऐसे तिरोहित हो गए, जैसे विपिन नाम का उनका कोई भाई उनकी जननी की कोख से कभी पैदा ही नहीं हुआ था।

विपिन जैसे कहीं खो गए।

अच्छा था कि उनके माता-पिता की मृत्यु हो चुकी थी। माँओं को संतान के मरे का बोध हो जाता है, पर जीते-जी खो जानेवाली संतान के लिए तसल्ली नहीं होती।

सालोसाल बाद विस्मृत विपिन के अस्तित्व ने पत्थरकोठी के दरवाजे पर दस्तक दी। न केवल दस्तक दी बल्कि विस्मृत परिवार के लिए सम्मान पर आई आँच के लिए जबरदस्त सरोकार भी जताया। पता नहीं, कोई पश्चात्ताप था या अरसे से घर के लिए बंद जमीर पर पड़नेवाली कोई दस्तक थी, जिसने उन्हें कोठी की दहलीज पर ला खड़ा किया।

उन्होंने सुना कि पिता की पत्थरकोठी में बहनों ने हिस्सा माँगा था। भाइयों में हड़कंप मच गया, भाभियों ने अचरज जताया। घोर विरोध किया।

''दोनों बहनें एक से बढ़कर एक हैं। दोनों के पास स्थायी रूप से कुबेर का खजाना है। फिर भाइयों की जायदाद पर नजर क्यों?'' मालती भाभी ने कहा।

''लालच का कोई अंत नहीं!''

''ये लोग सोच भी कैसे सकती हैं?'' भाभियाँ सिर धुनतीं।

उन्हें इस बात से थोड़ी बेफिक्री थी कि ऐसा कोई कानून नहीं था, जिसका सहारा लेकर लड़कियाँ बाप की जायदाद में से हिस्सा ले सकें (उस समय शायद ऐसा कानून नहीं था)। पर लानत है, प्रकाशवती का लंदन से कानून पढ़कर आना, अगर पत्थरकोठी में हिस्सा नहीं मिला तो!

उन्होंने कानून की बारीकियों की खाल पर खाल उधेड़ डाली और अपने मतलब का कानून निकाल ही लिया।

भाई विपिन के कानों में जब यह बात पड़ी तो उनका जमीर जाग पड़ा। वे भागे-भागे इलाहाबाद आए और बहनों के सामने अपना प्रस्ताव रखा।

प्रस्ताव यह था कि पत्थरकोठी का मूल्य बाजार में आँकवा लिया जाए, उतनी रकम वे दे देंगे। बहनें आपस में बाँट लें। वही हुआ, उन दिनों साठ हजार कीमत आँकी गई, जो उन्होंने दे दी। बहनों ने आपस में बाँट लिया।

विपिन, जिस पर नालायक पूत, पति और भाई का लेबल चस्पाँ हो गया था, जिसने वर्षों से पत्थरकोठी में पैर नहीं रखा था, उसने उसकी इज्जत बाजार में जाने से बचा ली।

पत्थरकोठी को तो बचा लिया, पर अपने को नहीं बचा पाए विपिन। सिंगापुर वापस आने के बाद पत्नी और साले ने उन्हें उनके इस कृत्य के लिए आड़े हाथों लिया। ताने कसे।

अकर्मण्य साले को उनकी यह दरियादिली हजम नहीं हुई। जिस शख्स ने अपने जन्म के रिश्तों की हत्या कर उसे ऐसे कब्र में दफन कर दिया था, जिस पर पड़ी धूल-मिट्टी को भी कभी साफ नहीं किया, फूलों का गुलदस्ता और चिराग जलाना तो बहुत दूर की बात थी, आज कैसे गड़े मुरदों को निकाल लिया। यह बात उसे समझ में नहीं आ रही थी, लेकिन एक बात वे बखूबी समझ रहे थे कि यह लक्षण तो ठीक नहीं। भविष्य में यह भावना घातक सिद्ध हो सकती है। विपिन के खजाने में खुद विपिन के द्वारा सेंध लग चुकी है। आगे की होनी को सूँघ लिया था उन लोगों ने।

'बुढ़िया के मर जाने का गम नहीं फरिश्ते घर देख जाते हैं।'

और कुछ ही दिन बाद डॉ. विपिन बिस्तर पर मृत पाए गए थे।

कहा जाता है कि वे जहरखुरानी के शिकार हो गए थे।

एक सफेदपोश जहरखुरानी!

□

कहानी 4

समरथ को नहिं दोष गुसाईं?

प्रार्थना समाप्त होने के बाद सभी लड़कियाँ अपनी-अपनी कक्षाओं में चली गईं। दूसरी मंजिल की किसी एक या दो कक्षाओं की छात्राएँ झुंड बनाकर शोर कर रही थीं।

चाक-चौबंद श्रीमती शैलजा जायसवाल ने चॉक-डस्टर के साथ कॉरिडोर में प्रवेश किया। छात्राओं की नजर उन पर पड़ी। एक के ऊपर एक गिरतीं-पड़तीं कक्षा में घुस अपनी-अपनी जगह पर बैठ गईं।

पहली घंटी श्रीमती जायसवाल की ही थी।

हाजिरी लेते समय चश्मे के अंदर की कनखियों से कक्षा का जायजा भी ले रही थीं। छात्राएँ शांत तो बैठ गई थीं, परंतु उनके अंदर की अफरा-तफरी उनसे छुप नहीं पा रही थी। नजरअंदाज कर उन्होंने किताब खोलने का आदेश दिया और पढ़ाने की तैयारी में जुट गईं। पिछले दिन पाठ जहाँ छोड़ा था, वहाँ से शुरू किया। सामने की लड़कियाँ तो यंत्रवत् पढ़ने लगीं, पर पीछे का एक दल उनकी नजरों की ओट ले अब भी खुसुर-फुसुर करने में सक्रिय था।

श्रीमती जायसवाल की नजर उन पर पड़ी।

''क्या बात है शिखा?''

''जी, कुछ नहीं।''

''कुछ तो है, तुम बताओ नगमा।''

''जी, जी कुछ नहीं।'' नगमा बुरी तरह से घबरा गई।

अपनी जिज्ञासा को छोड़ उन्होंने आगे पढ़ाना शुरू किया। बोर्ड पर लिखते समय उनकी पूरी पीठ आँखें बन गई थीं। साफ देख पा रही थीं अंतिम पंक्ति से

पहले की लड़कियाँ पीछे बैठी निगार को ऐसे घूर रही थीं, जैसे निगार के चेहरे पर दो के बदले तीन आँखें, एक के बदले दो नाक हों। झटके से पीछे मुड़कर उन्होंने लड़कियों को उनकी चेहमगोइयों के साथ रँगे हाथों पकड़ लिया।

पास जाकर पूछने पर वही नकारात्मक जवाब।

क्रोधित हो बीच में ही कक्षा छोड़ स्टाफ-रूम में जाकर बैठ गईं। मूड खराब हो चुका था।

अपने विषय में पारंगत, शिक्षण कला में कुशल श्रीमती जायसवाल अनुशासनहीनता जरा भी बरदाश्त नहीं कर पाती थीं। विशेषतया रोमांस में पड़ी कोई छात्रा प्रेम-पत्र के साथ कभी पकड़ी जाती, जो बहुत स्वाभाविक था, तो उनका गुस्सा आपे से बाहर हो जाता था। पता नहीं उन्हें क्या हो जाता था! उन्हें क्रोध के भँवर से बाहर निकालना मुश्किल हो जाता था। पूरा विद्यालय उनकी इस आदत से परिचित और हैरान था।

स्टाफ-रूम के बाहर उस कक्षा की मॉनिटर के साथ पिछली बेंच की छात्राएँ डरी-सहमी खड़ी थीं। भय से अधमरी मॉनिटर ने आज्ञा लेने के पश्चात् कमरे में प्रवेश किया।

"जी दीदी, हम सब आपसे माफी माँगने आई हैं।"

"पर तुम लोगों ने किया क्या है?"

"जी, जी," उसकी जीभ जैसे जम गई।

अपनी गलती का भान हो जाने, फिर माफी माँग लेने पर स्नेहिल शैलजाजी के गुस्से का ज्वार कम होता दिखा। छात्राओं के लिए वही चिर-परिचित स्नेह चेहरे पर झलकने लगा।

"माफी तो तभी मिलेगी, जब तुम सब यह बताओगी कि पीछे मुड़कर तुम सब निगार को क्यों देख रही थीं? आओ, बताओ।"

छात्राओं के पैर वहीं जम गए।

वे स्वयं उठकर उनके पास गईं, उनकी पीठ पर माफी भरा हाथ फेरते हुए अपना प्रश्न दुहराया।

उनके स्पर्श में क्षमा पहचानकर एक के मुँह से बोली फूटी, "जी, जी वह निगार ने एक लड़के को¨।" आगे बोलने की हिम्मत नहीं हुई उसकी।

परिहास का पुट देते हुए उन्होंने हिम्मत बँधाई, "एक लड़के को क्या? चप्पल से पिटाई की?"

"न, न, नहीं जी।"

"फिर ?"

"जी, उसने एक लड़के को चिट्ठी लिखी थी। हम सब वही पढ़ रही थीं कि आप आ गईं।"

दृश्य बदल गया।

शैलजाजी गुस्से से काँपने लगीं। चपरासी या किसी भी छात्रा को भेजकर निगार बुलाई जा सकती थी, पर उन्हें धैर्य कहाँ? वे खुद गईं, कक्षा से निगार का हाथ पकड़ घसीटती सी ले आईं।

उनका यह कृत्य उनके हँसमुख-शालीन स्वभाव से मैच नहीं कर रहा था।

वधस्थल की तरफ ले जानेवाली निगार, कसाई की तरह हँकाती शैलजाजी, बड़ा ही अशोभन दृश्य उपस्थित हो रहा था। कमरे में आकर निगार की जो लानत-मलानत की और जिस अंग भाषा का प्रयोग वे कर रही थीं, उससे कतई नहीं लग रहा था कि डॉ. शैलजा जायसवाल दो बार सर्वोत्कृष्ट शिक्षिका के सम्मान से सम्मानित हो चुकी थीं।

दूसरी घंटी लग चुकी थी। अपनी कक्षा में जाने की बात भूल अन्य शिक्षिकाएँ दम साधे खड़ी थीं। दूध पर खौलते पानी का छींटा कैसे दिया जाए? कैसे श्रीमती जायसवाल को शांत किया जाए? कैसे इन्हें ट्रांस से बाहर लाया जाए? एक कठिन मसला था। शोर सुनकर प्रधानाचार्या मीनाक्षी दीदी स्टाफ-रूम में आ गईं। उन्होंने निगार को चेतावनी देकर कक्षा में भेज दिया। श्रीमती जायसवाल को अपने चैंबर में ले जा शांत करने की कोशिश की। समझाया-बुझाया, पानी पिलाया और उनका धैर्य वापस आने की प्रतीक्षा करने लगीं। मीनाक्षी दी देख रही थीं, निगार की लिखी चिट्ठी उनकी हथेली में ऐसी दबी पड़ी थी, जैसे वह चिट्ठी न होकर किसी दुर्दांत हत्यारे की गरदन हो। कुछ देर में उन्होंने उसे ऐसे चिंदी-चिंदी किया, मानो बोटी-बोटी काटकर हत्यारे को उसके किए की सजा दे दी हों। निगार से ज्यादा उस चिट्ठी पर खफा थीं।

यह कोई पहली घटना नहीं थी। हँसते-खेलते आदमी पर जैसे कोई साँप फेंक दे, छात्राओं से प्रेम-पत्र बरामद होने पर कुछ ऐसी ही दशा हो जाती थी उनकी। भयभीत भी हो जाती थीं, गुस्सा तो आता ही था। भय और गुस्से का मेल एक भयानक रूप धारण कर लेता था। उनकी शारीरिक और मानसिक दशा, हलके से दौरे में बदल जाती थी। दो महीने पहले भी तो ऐसा ही हुआ था।

आखिरी घंटी होने के बावजूद भरपूर ताजगी से भरी स्टाफ-रूम में पहुँची थीं। अपनी कक्षा की एक छात्रा का बेवकूफी भरा उत्तर सुनकर हँसने लगीं। मैंने

नेहा से पूछा, "किसी स्तनपायी जीव का नाम बताओ? उसने क्या जवाब दिया जानती हो? केंचुआ।"

"केंचुआ?"

सबकी खिलखिलाहट में उनकी आवाज सबसे बुलंद थी। हँसी थमने पर फिर परिहास किया, "तुम लोग हँसो मत, केंचुए को ध्यान से देखो, शायद स्तन मिल जाए।"

फिर ठहाके।

हर दूसरे-तीसरे दिन छात्राओं के स्टुपिड और नॉनसेंस उत्तरों का लेन-देन होता रहता था, पर सब पर भारी पड़ता उनका सेंस ऑफ ह्यूमर लाजवाब था। स्टाफ-रूम से उठते उनके ठहाके वहाँ उनकी उपस्थिति की पुष्टि करते। कभी-कभी उनके पुरजोर ठहाकों को सुनकर प्रधानाचार्या अपनी कुरसी छोड़कर आ जातीं थीं और कहती, "शैलजा, जरा धीरे हँसो भाई! मेरे कमरे तक आवाज आ रही है। मैं डिस्टर्ब हो रही हूँ।"

वे लज्जित होकर माफी माँग लेतीं।

"केंचुआ स्तनपायी जीव साबित हो गया हो तो मैं भी कुछ अर्ज करूँ।" समरीन ने कहा।

समरीन की आवाज पर सब मुखातिब हुईं।

"हाँ-हाँ, क्यों नहीं!"

समरीन बताने लगीं, "अपनी कक्षा की नयना को मैं इधर कुछ दिनों से देख रही हूँ, बहुत सज-धजकर स्कूल आ रही है, पढ़ने में बिल्कुल तबीयत नहीं लग रही है। मुझे कुछ शक हो रहा था। पढ़ाते-पढ़ाते मैं उसके पास गई, झटके से उसकी किताब को उठाया। उसमें से कुछ पन्ने गिरे, उठाकर देखा। मेरा शक सही साबित हुआ, पन्ने प्रेम-पत्र थे। पढ़ा, फिर खूब डाँट लगाई। तुम यह सब कर रही हो पढ़ाई के नाम पर?

"नयना घिघियाने लगी, नहीं जी, नहीं दीदी, वो दीदी मंदिर गई थी, दीदी वहीं पर वह लड़का मिला था दीदीजी, मैंने कुछ नहीं किया दीदी। मेरी बहन प्रथम श्रेणी में पास हुई है न दीदी। तो उसी के लिए नारियल फोड़ने गई थी न दीदी। जब मैं नारियल फोड़ रही थी न दीदी। तभी, तभी···"

नयना के अनर्गल कथोपकथन को समरीन बहुत मनोयोग से बयाँ कर रही थीं। उनका अंदाजे-बयाँ ऐसा था कि सभी शिक्षिकाएँ पेट पकड़कर हँस रही थीं। श्रीमती जायसवाल के चेहरे पर आते-जाते रंगों पर किसी का ध्यान नहीं था।

''रुको, अभी मजा दिखाती हूँ,'' समरीन ने कौतुक को और रंग देने के लिए कहा—एक लड़की को आवाज दी और सातवीं कक्षा की नयना को बुलाने को कहा।

नयना आई, उसके चेहरे की हवाइयाँ काबिले-गौर थीं। चार-पाँच शिक्षकाओं के सामने बहुत ही असहज हो रही थी। समरीन को बेचारगी से देख रही थी किसी सजायाफ्ता मुजरिम की मानिंद।

समरीन ने पूछा, ''बताओ जी, मंदिर में नारियल फोड़ने गई थी तो क्या हुआ था वहाँ ?''

''जी दीदी, शुरू से बताएँ ?'' मासूमियत से नयना ने पूछा।

छत फोड़ ठहाके।

''चुप रहो,'' मेज पर हाथ पटककर श्रीमती जायसवाल चीखीं।

फिर झन्नाटे के साथ नयना के गाल पर एक थप्पड़।

सब शांत। जैसे सबकुछ ठहर गया हो, दहाड़ लगाई, ''शर्म नहीं आती तुम लोगों को ? एक लड़की की पुस्तक से प्रेम-पत्र बरामद होता है और आप लोगों को हँसी आ रही है ? कल को किसी लड़की के बस्ते से पिस्तौल या रामपुरी चाकू मिले तब भी आप ऐसे ही हँसेंगी ? वह स्थिति हँसने की होगी या चिंतनीय ?''

श्रीमती पाठक ने वार्त्तालाप के बीच से उठकर नयना को अपने अभिवावक को स्कूल लाने का आदेश दे, कक्षा में भेज दिया और फिर बिफर पड़ीं श्रीमती जायसवाल पर, ''आपको कोई हक नहीं बनता एक छात्रा के सामने हमारा अपमान करने का। प्रेम-पत्र लिखना, लेना-देना कौन सी नई बात है ? जब तक दुनिया में लड़के-लड़कियाँ रहेंगे, यह सिलसिला चलता रहेगा। आप जैसी विदुषी और बुद्धिमती महिला को भी ये बातें समझानी होंगी ?''

''हाँ, यह तो सच है। हमारे जमाने में भी तो प्रेम-पत्र लिखे जाते थे।'' श्रीमती परिहार ने कहा।

''इसमें नयना का दोष नहीं शैलजा, उम्र का दोष है।'' सुधा दीदी बोलीं।

टन, टन, टन छुट्टी का घंटा बजा। सभी शिक्षिकाएँ बैग उठा खिन्न मन से कमरे से बाहर निकल गईं। मेज पर सिर टिकाकर बैठीं श्रीमती जायसवाल की पीठ पर स्नेहिल हथेली फिराती समरीन रह गई। समरीन ही तो हैं उनकी अभिन्न।

''क्या हो जाता है तुम्हें ? खत देखते ही क्यों आपे से बाहर हो जाती हो ? खत लिखना कोई बड़ा गुनाह तो नहीं ? तुम्हारा यह रवैया कभी भारी पड़ जाएगा तुम्हें। याद नहीं, महिला विद्यालय की प्राध्यापिका दिव्या शुक्ला के द्वारा अपमानित एक छात्रा ने रेल से कटकर आत्महत्या कर ली थी ? आज तक उन पर केस चल रहा है।''

श्रीमती जायसवाल जैसे कुछ सुन ही नहीं रही थीं, न जाने किस दुनिया में खो गई थीं।

समरीन ने फिर प्रश्न किया, ''कागज, छुरी या पिस्तौल कैसे हो सकता है शैलजा?''

इस प्रश्न पर घायल नजरों से समरीन के चेहरे की ओर चुपचाप देखती रहीं, फिर अपने आपमें लौटकर बोलीं, ''हो सकता है समर (प्यार से समरीन को समर कहती थीं), कागज, बंदूक, छुरी हो सकता है, जब वह प्रेम-पत्र के इबारत की शक्ल में हो। इन्हीं इबारती कागजों ने ही खिलाड़ी...'' कुछ कहते-कहते रुक गईं।

''हाँ-हाँ, बोलो,'' समरीन इस कटु माहौल के दौरान महसूस कर रही थी, जैसे शैलजा जायसवाल के सीने, कंठ और जिह्वा पर कोई बात जमी हुई है। समर के स्नेहिल हथेली का स्पर्श और सहानुभूतिपरक शब्दों की गरमी से जमी बात पिघल गई। यादें झरने लगीं।

बचपन में अपनी बड़ी बहनों की ससुराल जाना मुझे बेहद पसंद था। बड़ी और मँझली बहनें तो अपने सुदूर ससुराल के शहरों में रहती थीं। छोटी दीदी मायके के शहर में ही रहती थीं, क्योंकि जीजाजी का काम इसी शहर में था। पर दीदी प्राय: अपनी ससुराल जाया करती थीं अपने ससुराली संबंधियों से मिलने। खूब भरा-पूरा परिवार था। चार देवर, एक जेठ, एक ननद सभी विवाहित थे। सभी ने अपना-अपना अलग आशियाना बना रखा था, पर रहते थे एक ही शहर में।

मुझे उनके जेठ मदन जीजा के यहाँ जाना बहुत भाता था। तीन खूबसूरत लड़कियों और एक पुत्र के पिता थे वे। पुत्र खूब दुलारा था, वह मेरी ही उम्र का था। स्वभाव से प्यारा। अपनी बहनों से बिल्कुल विपरीत, बहनें घमंडी और गुस्ताख थीं। सदा मेरा मजाक उड़ाने की फिराक में रहा करती थीं।

छोटी नकचढ़ी विभा कहती, ''मौसी, मेरी एक सहेली है, बहुत ही बदसूरत बिल्कुल आप ही की तरह है।'' मैं हीन भावना से सिकुड़ जाती।

भाई दीर्घायु डाँटता, ''ऐसे बात करते हैं मौसी से? तुम बहुत बदतमीज हो।''

हम सब उस समय छोटे ही थे। दूसरी-तीसरी कक्षाओं में पढ़ते रहे होंगे। वे सभी भाई-बहन पढ़ाई में फिसड्डी थे, जबकि मैं हमेशा कक्षा में अव्वल होती थी। यहीं पर मेरा झंडा जरा ऊपर रहता था, पर मेरे घर का माहौल इनके जैसा खुशनुमा न था। फिर मैं तो छोटे शहर की भी थी। इसी से मुझे उनका घर, उनका शहर, उनका रहन-सहन आकर्षित करता था। गरमियों की छुट्टियों में मैं खिंची चली जाती थी वहाँ। घर की लड़कियों के अपमान का विकल्प मैं दीर्घायु के सद्व्यवहार में

खोज लेती थी। उससे मेरी खूब पटरी खाती थी। दोनों बहनों और भाई से बड़ी प्रभा मुझसे बड़ी थी। उसकी अपनी ही दुनिया थी, उसमें ही वह मगन रहा करती थी।

मँझली आभा की गरदन घमंड से थोड़ी ऐंठी रहती थी। इतराना उसकी फितरत में था, इसके लिए उसके पास एक ठोस कारण भी था—वह अभिनेत्री नूतन की जेरॉक्स कॉपी थी और उसे इसका भान भी था। इस कारण उसके पैर जमीन पर नहीं रहते थे।

तीसरी, विभा! बाप रे! बहुत बददिमाग। सीधे मुँह बात ही नहीं करती थी, अकड़ू कहीं की! श्रीमती जायसवाल ने मुँह बनाया।

दीर्घायु बहुत ही प्यारा था। शिष्ट और नम्र।

दीदी के जेठ और जेठानी का स्वभाव भी अच्छा था। धनाढ्य घर की बेटी होने के कारण किंचित् दर्प था जेठानी में, इससे इनकार नहीं किया जा सकता। उनके घर में लक्ष्मी का स्थायी निवास था। खूब धन की वर्षा होती थी उनके यहाँ। उनकी तुलना में मेरे दीदी-जीजा काफी कम थे। मदन जीजा का व्यापार खूब फैला हुआ था। दाल मिल, धान मिल, कोल्ड स्टोरेज, गाँजा-भाँग और शराब की लाइसेंसी दुकान। सभी एक बड़े से अहाते के अंदर था। उसी अहाते में उनका निवास भी था। खूब गुलजार रहता था उनका अहाता। नौकर-चाकर, मोटिया-बोझिया, मिस्त्री सबकी आमद-रफ्त हर समय बनी रहती थी। इन्हीं में से कोई-कोई घर का सौदा-सुलुफ लाने का भी काम कर देता था।

खिलाड़ी इस घर का खास नौकर था। खाना पकाना छोड़कर सारे काम का जिम्मा उसी का था। स्टाफ-रूम के इस बोझिल पलों में भी पिछली कुछ यादों ने उनके चेहरे पर क्षीण ही सही, एक मुसकान ला दी। उन्होंने बताया, फुरसत के पलों में मुझे मदन जीजा तरह-तरह से घेरते थे। मेरी कस्बाई भाषा का मजाक बनाते, "अच्छा बताओ तो, तुम्हारे यहाँ है को क्या कहते हैं?"

"बाटइ।"

"बताओ! एक अक्षर 'है' को तीन अक्षरों में बोलते हैं!" वे चकित होने का अभिनय करते।

"अच्छा बैंगन को क्या कहती हो?"

"भाटा।"

"और लोबिया को?"

"बजरबट्टू।"

"बजरबट्टू!" सब ठठाकर हँस पड़ते।

मैं बजरबट्टू की तरह बिटर-बिटर ताकती रहती। ऐसा मैंने क्या कह दिया। उनकी पुत्रियों के हाथ चिढ़ाने और नीचा दिखाने का मसाला लग जाता। दीर्घायु को छोड़कर पूरा परिवार जीजा के परिहास-परिषद् में शामिल हो जाता। दीर्घायु बहनों से लड़ जाता।

"मौसी, बताओ तो तुम्हारे यहाँ 'हैगा' (है) को क्या कहते हैं?" फिर खुद ही अपनी नाक के रंध्रों को उँगलियों से बंद कर किसी काल्पनिक दुर्गंध का एहसास दिलाता।

सभी बच्चे मुझसे बड़े थे, पर मौसी ही कहते थे। मैं उनकी चाची की बहन जो थी। जीजा भी जीजा होने की पूरी रसम निभाते थे। "चलो, तुम्हें पूरी घरवाली बना लेते हैं। हम दोनों शादी कर लेते हैं। करबो?"

पता नहीं मुझे क्या समझ में आया, क्या नहीं, मैं बुक्का फाड़कर रोने लगी। उनकी पत्नी ने गोद में लेकर मुझे खूब दुलराया। अंततोगत्वा वे मुझे समझाने में सफल हो गईं कि मदन जीजा की शादी हो गई है उन्हीं से, वे उनकी पत्नी हैं। जीजा तो मुझे चिढ़ा रहे थे।

मेरी जान में जान आई।

उस घर की शाम का बहुत बेकरारी से इंतजार रहता था मुझे। शाम होते ही खिलाड़ी को तलब किया जाता। प्रभा और आभा को छोड़कर बाकी हम बच्चों को चाट और कुल्फी खाने को भेजा जाता प्रतिदिन। खिलाड़ी गोरा-चिट्टा बहुत बाँका नौजवान था। बिल्कुल चाटवाले के दही-बड़े की तरह चिकना। अपनी विधवा माँ की इकलौती औलाद। चाटवाला तो पैसे के लिए किंतु खिलाड़ी निःस्वार्थ भाव से खिलाता था। बहुत मुश्किल से मुझे यह यकीन दिला पाता था कि मैं चाहे जितनी चाट खा सकती हूँ। मैं चकित हो उससे पूछती, "दही-बड़े खाने के बाद कचालू भी खा सकती हूँ? पपड़ी, फुल्की, आलू चाप, बैगनी भी?"

"हाँ-हाँ, बिटिया! सबकुछ और चाहे जितना मन भरकर खाओ।" वह मेरे चकित भाव से जरूर हमारे घर के अभाव को समझ जाता रहा होगा। चकित होने की बात ही थी। हमारे घर पर तो कभी अधन्नी मिलती थी, उसमें मुश्किल से एक दोना चाट खा सकती थी। तृप्ति कम मिलती थी, जिह्वा-अग्नि और भड़क उठती थी। पर कुछ नहीं हो सकता था अगली अधन्नी के इंतजार के सिवा।

और यहाँ, बाप रे! मन भरकर चाट खाओ, कुल्फी, खरबूजे, तरबूज, खिन्नी, फालसा वह भी रोज। जैसे चाट-फल न होकर दाल-भात हो, कितना अच्छा घर था! खिलाड़ी भी बहुत अच्छा था। उसकी वजह से वह घर और भी लुभावना

लगता था। वह सबकी जरूरतों को पूरा करने के लिए एक पैर पर खड़ा रहता था। खिलाड़ी ये कर, खिलाड़ी वो कर। अबे खिलाड़िया! कहाँ मर गया बे? खिलाड़ी ये ला, खिलाड़ी वो ला, हर समय, हर तरफ खिलाड़ी, खिलाड़ी।

मेरा तो बहुत ही खयाल रखता था खिलाड़ी। आभा-विभा की खिल्लियों के झपट्टों से बचाने के लिए प्रायः अपने डैनो के नीचे छिपा लेता था।

''बिटिया! तुमको गिल्ली-डंडा खेलना आता है?'' अहाते के बच्चों को खेलते देखकर पूछता। मेरे जवाब देने से पहले ही मुझे अहाते के एक कोने में ले जाता, वहाँ दीर्घायु पहले से ही हाजिर होता था। हम खूब गिल्ली-डंडा खेलते। मैं खिलाड़ी को हरा देती। उसको मैं खूब पदाती, पदाते समय ऐसा महसूस करती, जैसे खिलाड़ी को नहीं आभा-विभा को पदा रही थी। बहुत बाद में जाना कि खिलाड़ी जान-बूझकर मुझसे हारता था। यह राज दीर्घायु ने खोला था। दीर्घायु के साथ भी वह ऐसे ही करता था। हम तीनों की तिकड़ी खूब जमती थी।

दबंग जेठानी। घमंड में ऐंठी उनकी बेटियाँ, ससुराली दबदबे से खौफजदा मेरी बहन चाहकर भी उस घर में मेरे और अपने बच्चों के लिए बहुत-कुछ नहीं कर पाती थी। खिलाड़ी इस बात से बखूबी परिचित था। इसलिए वह हमारे लिए क्या न कुछ करने की फिराक में रहता था। दिन भर भीगी बोरी के नीचे से शाम को जब फलों का पिटारा खुलता था तो सबसे पहले फलों का भोग मुझको लगाता था। घर की लड़कियाँ जल-भुन जाती थीं, आँखें तरेरती थीं खिलाड़ी को।

''ये मेहमान हैं दीदी! मेहमान तो भगवान होते हैं। गरमी की छुट्टियाँ खत्म होते ही चली जाएँगी।'' हमारी ओर इशारा कर कहता। इलाहाबादी तरबूज, कजला खरबूजा, मलीहाबादी, चौसा, लँगड़ा, दशहरी आम काट-काटकर मेरे सामने रखता। विभा तो गुस्से से पैर पटकती हुई फल-पार्टी ही छोड़कर चली जाती। बाकी बहनों का भी कुछ ऐसा ही हाल होता। बेपरवाह दीर्घायु मेरा ध्यान बँटाने के लिए हँसकर मेरे सामने फालसे का शरबत पेश कर देता। दीर्घायु और खिलाड़ी के व्यवहार की मिठास फलों की मिठास में घुलकर दोहरा मजा देती। मैं अपने अपमान की कड़वाहट भूल जाती। मुझे क्या पता था कि मेरे इन दो मीठे सुहृद शुभचिंतकों के जीवन में ऐसी तिक्तता आएगी, जो करेले और नीम की कड़वाहट को भी मात दे जाएगी।

प्रतिदिन जीजा सपरिवार सुबह-सुबह यमुना-स्नान को जाते थे। यमुनाजी मेरे लिए एक ऐसी अखाड़ा थी, जहाँ मैं विभा, आभा और प्रभा को आराम से पटखनी देती थी। उन लोगों में से किसी को भी तैरना नहीं आता था। मेरी बड़ी बहन और मैं तैरने के ऐसे-ऐसे दाँव दिखाती थी कि सभी चित हो जाते थे। खिलाड़ी सहित

सभी नाव पर होते थे। हम दोनों बहनें नाव के बगल में तैरती रहती थीं। सभी कौतूहल से हमारी तैराकी की कलाबाजी को देखते। मदन जीजा बीच-बीच में मुझ पर शाबाशी के जुमले फेंकते रहते थे। हमारे अगल-बगल में विश्वविद्यालय के छात्र तैरते रहते थे, और तैरते होते थे मेरे लिए उनके प्रशंसात्मक फिकरे, "यार! लड़की है या मछली? यहाँ डूबती है और वहाँ निकलती है!" मेरी तैराकी की इस विद्या को लोग खूब सराहते थे। पानी में गोता लगाने के बाद अंदर-ही-अंदर बहुत दूर तक निकल जाती थी, फिर उतराती थी। डूबना-उतराना मेरा पसंदीदा खेल था। मैं इस कम उम्र में भी तैराकी की माहिर खिलाड़ी थी। डूबती थी, निकलती थी। परंतु, खिलाड़ी मेरा सुहृदय खिलाड़ी, मेरा प्रिय खिलाड़ी नाम का ही खिलाड़ी था। यमुना में एक दिन ऐसा डूबा कि निकलने की बजाय उतराया एक लाश के रूप में।

गरमी की छुट्टियाँ खत्म हो चुकी थीं। हम लोग वापस अपने शहर लौट आए। उसके बाद प्रभा की शादी में उस घर में जाने का अवसर मिला। शादीवाले दिन ही मेरी बहन अपने बच्चों और मेरे साथ पहुँची थी। कुछ काम की वजह से मेरे जीजाजी नहीं जा पाएँगे, ऐसा हमें बताया गया था। मेहमान अधिक नहीं थे। शादी का घर लग ही नहीं रहा था। घर भी उनका वाला नहीं था, कोल्ड स्टोरेज से लगे एक गोदाम को खाली करवा, उसी में शादी की रस्में पूरी की जानेवाली थीं। घर के बाहर दो बंदूकधारी सिपाही तैनात थे, घर के अंदर मेहमान नदारद। इससे अधिक चहल-पहल तो उनके यहाँ आम दिनों में हुआ करती थी। अजीब लग रहा था, एक-से-एक आश्चर्य सामने आ रहे थे। पूरी शादी के दौरान मदन जीजा कहीं नजर नहीं आए। यहाँ तक कि प्रभा का कन्यादान उसके छोटे मामा-मामी ने किया था। गिने-चुने मेहमान ऐसे गमजदा लग रहे थे, जैसे किसी की मौत पर पुरसा देने आए हों। हमेशा इठलाती फिरती मुखर आभा-विभा के मुँह पर बड़ा सा अलीगढ़ी ताला लगा था और उसकी चाभी उनकी मुटल्ली नानी के पास हुआ करती थी। उस घर में कोई मुखर था तो यही नानी। घर में उन्हीं का आदेश-निर्देश चल रहा था। सभी कामों को जिन्न की तरह अंजाम देनेवाले खिलाड़ी का कहीं अता-पता नहीं था। यह बहुत चौंकानेवाली बात थी, शादीवाले घर में खिलाड़ी गैर-हाजिर? उससे भी बड़ा धक्का लगा था, जब प्रभा के बगल में बैठे दूल्हे को देखा।

बाँकेजी? प्रभा का दूल्हा? शक्ल में तो सचमुच बाँका था, पर चरित्र से बहुत ही कुत्सित। इस धूर्त और लंपट आदमी की पैठ इस घर में? पुलिस महकमे का मामूली सा कर्मचारी, चरित्रहीन—अपने से बड़ी उम्रवाली शादीशुदा औरतों से लेकर बच्चों में यौन-सुख खोजने में माहिर। उसके नाम के पीछे लगनेवाला 'जी' कितनों

के जी को जलाता था। सपने में भी इस घर का दामाद बनने लायक नहीं था फिर यह प्रभा के बगल में दूल्हा बना कैसे बैठा है? किसी से पूछ भी नहीं सकती थी। बाद में पता चला था कि प्रभा की चाची, यानी मेरी बड़ी बहन की वजह से ही वह इस घर का जामाता बना था। इस रिश्ते की मध्यस्था वही थीं। परी चेहरा प्रभा की बरात और दीर्घायु तथा खिलाड़ी से मिलने की लालसा मुझे वहाँ ले गई थी। अफसोस! लालसा लालसा ही रही। न प्रभा की बरात चढ़ी, न खिलाड़ी मिला।

रात को सोते समय मैंने अपनी बहन से पूछा, ''मदन जीजा ने खिलाड़ी को क्यों मार दिया?''

बहन का चेहरा फक! ऐसा लगा, जैसे उसी दम उन्हीं की हत्या होनेवाली है।

''चुप।'' मेरे मुँह को हाथ से दबा लगभग घसीटती सी पिछले कमरे में ले गईं।

''तुमसे किसने कहा यह सब?''

''दीर्घायु ने।''

मुझे छोड़ अब दीर्घायु ले जाए गए एक बंद पड़े कमरे में। वहाँ उनकी नानी और माँ ने क्या समझाया, पता नहीं। कमरे से बाहर दनदनाते हुए निकले जा रहे थे और अपना विद्रोह जताते जा रहे थे—''कहूँगा, सबसे कहूँगा पापा और बड़े मामा ने खिलाड़ी को मार दिया। कोल्ड स्टोरेज में अपनी बंदूक से।'' चेहरा विद्रोह-भाव, आँसू और लार से अत-पत दीर्घायु में दीर्घायु कहीं से भी नजर नहीं आ रहा था। अच्छा हुआ उस समय कोई नहीं था वहाँ।

दीर्घायु ने दाल की चूनी रखे जानेवाले अँधेरे कमरे की शरण ली। छिपते-छिपाते मैं भी वहाँ पहुँच गई थी। घुटनों के बीच वह सिर रखकर रो रहा था। हिचकियों के कारण बीच-बीच में कंधे हिल जाते थे। आहट पाकर घुटने से सिर उठाया। मैं कुछ बोली नहीं, एक भारी-भरकम प्रश्न मेरे गले में फँसा हुआ था। कंठ और जुबाँ ने साथ छोड़ दिया था, जबकि आँखों में हजारहा सवाल थे। उसने मेरी आँखों में देखा और फफक पड़ा—

''सच्ची मौसी! खिलाड़ी को पिस्तौल से मारकर पापा और मामा ने आलू के बोरे में भर दिया।''

श्रीमती जायसवाल ने आगे बताया, ''दिमाग का कोठा प्रश्नों और जिज्ञासाओं से ठसाठस भरे मैं अपने शहर वापस आ गई।''

सोती रात में फुसफुसाहट से जरा ऊँची आवाज में अपनी दीदी और जीजाजी की बातचीत मैं स्पष्ट सुन पा रही थी। वार्त्तालाप का मजमून कान में पड़ते ही मेरा पूरा शरीर कान बन गया था जैसे।

दीदी, ''हाँ, शादी तो संपन्न हो गई।''

जीजाजी, ''कन्यादान किसने किया था?''

''भैया के साले-सलहज ने।''

''किस साले ने?''

दीदी, ''गोपालजी ने।''

जीजाजी के प्रश्नों से याद आया, वे तो शादी में नहीं गए थे, पर उसी शहर में रहनेवाले उनके अन्य चारों भाई भी तो नहीं आए थे। पुरुषों से रहित था वह शादी का घर।

जीजाजी ने निःश्वास छोड़ा, ''बताओ! कैसी शादी हुई प्रभा की, सपने में भी नहीं सोचा था कि उसकी शादी ऐसी होगी, ऐसे लड़के से होगी!''

''चलो, किसी तरह से पार लग गई, इतना सब सुनने-होने के बाद कौन बनाता उसे अपने घर की बहू? बाँकेजी के माता-पिता भी कहाँ राजी हो रहे थे? बेटे की जिद काम कर गई।'' दीदी ने इत्मीनान जताया।

''गिरफ्तारी के भय से भैया फरार, पुलिस के भय से हम भाई लोग भी नहीं गए, बेचारी भाभी को कैसा लग रहा होगा, कितनी अकेली पड़ गई होंगी!'' जीजाजी ने अफसोस किया।

दीदी अब बिफर पड़ीं, ''आपको अपनी भाभी और उनके अकेलेपन की पड़ी है? खिलाड़ी की माँ की क्या दशा होगी? कभी सोचा? आश्चर्य है! उसकी माँ के साथ हुई नाइनसाफी आपके जमीर को क्यों नहीं झकझोरती? विधवा माँ बेचारी···

''और खिलाड़ी! वह तो अपनी जान से गया। क्या अपराध था उसका? यही न कि आपकी लाडली प्रभा का प्रेम-पत्र उसके कलूटे प्रेमी सुखई को देने जा रहा था? सबका काम करने की बीमारी जो थी उसे।'' दीदी फूट-फूटकर रोने लगी थीं मैं सन्न, पूरा वजूद शून्य में चला गया।

थोड़ा संयत होने पर दीदी ने कहना शुरू किया, ''जान लेनी ही थी तो उस काल भैरव की लेते, जो असली गुनहगार था, जिससे कुलवंती प्रभा इश्क फरमा रही थीं। पिछली बार जब मैं वहाँ गई थी तो डिब्बा भर के उसके प्रेम-पत्र पकड़े और पढ़े थे मैंने।''

''क्या कह रही हो तुम! तुमने भैया-भाभी को बताया नहीं? ओह! कनक! तुमने कितनी बड़ी गलती की! तुमने तभी बता दिया होता तो इतना बड़ा अनर्थ नहीं होता!'' शायद जीजाजी अपना माथा पीट रहे थे। ठक-ठक की आवाज आ रही थी।

''कैसे बताती? प्रभा मेरे पैरों पर गिर पड़ी थी। सुखइया से अपना रिश्ता

खत्म कर देने की कसमें खा रही थी। आपकी और बच्चों की कसमें देकर मुँह पर ताला जड़ दिया था। मेरे सामने ही पत्रों का डिब्बा पत्रों के साथ जला दिया था। एक-से-एक लजीज और लाजवाब पकवान अपनी बेटी को परोसनेवाले तुम्हारे भैया-भाभी विश्वास करते कि उनकी बेटी सड़े जूठन पर गिरेगी?''

फिर नन्हे से परिहास का पुट देकर बोलीं, ''यह बात लीक न करके तुम्हें रँडुवा होने से बचा लिया। मुझे भी खिलाड़ी की तरह मारकर जमुनाजी में फेंक देते तो? मुझे क्या पता था कि थूककर फिर चाटेगी? उसकी माफी और पश्चात्ताप पर विश्वास कर लिया था। इसी विश्वास के कारण मैंने आपको भी नहीं बताया था।''

अँधेरे में उन दोनों की प्रतिक्रियाएँ तो नहीं देख पा रही थी, पर उस गरमी की छुट्टियों की घटना का एक-एक दृश्य परत-दर-परत मैं देख पा रही थी।

उस शाम घर के सभी बड़े सदस्य किसी विवाह-समारोह में गए थे। प्रभा की निगरानी में हम बच्चे घर ही छोड़ दिए गए थे। सभी लोग दूसरे दिन लौटने वाले थे। काफी गरमी थी। दीया-बत्ती के बाद सुखई मिस्त्री अपनी पत्नी और दो बच्चों के साथ आया था। काला-कलूटा, कंधे तक बाल, माथे पर लाल चटक तेल मिश्रित सिंदूर का तिलक (हनुमान भक्त जो था), मोटे-भद्दे होंठ के कोने पान की पीक से गीले, बदन काला-चिकना जैसे तेल मिल का सारा सरसों-तेल बदन में पोत रखा हो। उसे देखकर मैं सिहर गई थी।

इतनी प्रामाणिक घटनाएँ सामने न आई होतीं तो यकीन करना नामुमकिन था समर! छूने भर से मैली हो जानेवाली गोरी-अपरूपा, धनाढ्य रईस की बेटी एक अदने से दाल-धान और सरसों मिल की मिस्तिराई करनेवाले दो बच्चों के बाप, काले गुबरैले पर आसक्त होगी!

''प्यार अंधा होता है। सच साबित कर दिया था उसने। अभी भी मुझे याद आ रहा है।''

उस दिन सपरिवार सुखई के आने पर चपला-चंचला बन गई थी प्रभा। खूब इतराई फिर रही थी। प्रेमिकाओं में यह एक अनोखा प्रकार है। प्रेमी की पत्नी से ईर्ष्या के बदले अपनापा जोड़ लेती हैं। एक प्रेमिका को अपने प्रेमी के विवाह में अपना कंगन देते हुए मैंने खुद देखा है।

प्रभा ने पूरी मेज खाद्य-पदार्थों से चुनकर रख दी थी। चपलता की साकार मूर्ति बनी बेवजह इधर-उधर कमरे में घूमती, कभी गुबरैले परिवार के इर्द-गिर्द डोल रही थी, कभी सबकी नजरें बचाकर चातकी-सी उसको ऐसा निहारती थी, जैसे सरसों तेल से बने उस कज्जल के कूट को पूरा-का-पूरा अपने खंजन-नयन में आँज लेगी।

ओह! उसने तो हद ही पार कर दी थी। अपनी गुबरैली के बगल में बैठे गुबरैले के पीछे जाकर गुबरैली की नजर बचा, उसका कॉलर उठा ढेर सारे बर्फ के क्यूब गरदन के पिछले हिस्से में डाल दिए थे। उसकी पत्नी को पता न चले इसलिए बर्फ की ठंड को सहता, मंद मुसकान के साथ वह कज्जल-कूट सा ही अडोल बैठा रहा। यह बदतमीजी भरा प्रेम-चुहल मैंने अपनी आँखों से देखा था। उस समय वह कृत्य मेरे बाल-मन को खालिस चुहल ही लगा था। क्या पता था, उस समय का यह खालिस और गुस्ताख चुहल एक भयानक अंजाम का आगाज कर चुका था।

love is blind, lovers are also blind की सत्यता को प्रभा ने अक्षरश: सिद्ध कर दिया था।

उन दोनों का प्रेम-व्यापार कब से चल रहा था, पता नहीं। एक शाम प्रभा का प्रेम-पत्र सुखई मिस्त्री के पास ले जाते समय प्रभा के पिताजी ने खिलाड़ी को रँगे हाथों पकड़ लिया था।

जोर का विस्फोट हुआ था, पर नि:शब्द। कोई आवाज नहीं, बाआवाज विस्फोट हुआ 'कोल्ड स्टोरेज' में।

खिलाड़ी पर गोली दाग दी गई।

खिलाड़ी के खून से प्रभा द्वारा दिए गए खानदान के दाग को धोने का पहला प्रयास था यह। घातक प्रेम-पत्र, दयालु, चिकने, गरीब और निरपराध खिलाड़ी की मौत का कारण बना समर! श्रीमती जायसवाल फूट-फूटकर रोने लगीं। रुदन का ज्वार कम होने पर आगे बताना शुरू किया।

खिलाड़ी को भी इस प्रेम-क्रीड़ा का खिलाड़ी समझ लिया गया था। खेल का सधा हुआ पक्का खिलाड़ी जस-का-तस रहा। उसकी दबंगई ने उसका बाल भी बाँका नहीं होने दिया, पर बेगुनाह अनाड़ी खिलाड़ी मारा गया। प्रेम-पत्र प्रभा का, पिस्तौल प्रभा के मामा का, हथियार चलानेवाले हाथ प्रभा के पिता का और मौत खिलाड़ी की। सड़न से बचने के लिए लाश आलुओं के बोरे में भर दो दिनों तक कोल्ड स्टोरेज में रखी रही। बर्फ की सिल्ली में बदल गई थी लाश। तीसरे दिन पुल से यमुनाजी में फेंक दिया गया खिलाड़ी का बोरा। जल-जंतुओं ने मुक्त किया था बंद बोरे से उसे। यमुनाजी की सतह पर उतराई लाश को मछलियों ने पहचान के लायक भी नहीं छोड़ी। धारीदार जाँघिए और कलाई के गुदने से पहचाना गया था खिलाड़ी। गरीब विधवा माँ पछाड़ें खा-खाकर गिर रही थी, दाँत लग रहे थे।

अपराधी फरार थे।

पुलिस आई थी। पुरानी पुलिसिया प्रक्रिया फिर से दुहराई गई। रसूख और

अशरफी-मोहरों की थैलियाँ खुल गई थीं। मामला ठंडा होने पर जीजा-साले फिर से नमूदार हो गए थे।

जल्दी-जल्दी बाँकेजी खोजे गए थे।

प्रभा के दिए दाग को धोने का यह दूसरा प्रयास था। रात भर स्वर्ण-शय्या पर सोने के बाद बाँकेजी ने प्रभा की बदकारी और स्वर्ण-शय्या में से स्वर्ण-शय्या को चुना। आनन-फानन में शादी हो गई। शादी के पहले भावी ससुरजी और प्रभा के काले कारनामों से बाँकेजी को पूर्णतया अवगत करा दिया गया था। उसे कोई आपत्ति नहीं थी, बल्कि पत्नी और ससुर के कुकृत्यों की जानकारी का पूरा लाभ उठाया उसने, एक दक्ष ब्लैकमेलर की तरह।

समर्थ हत्यारों की चौखट मृत खिलाड़ी की अभागी, असहाय माँ के माथे से करोड़ गुना मजबूत थी। उस पर सिर पटकने से दुखियारी का माथा क्षत-विक्षत ही हुआ होगा। बेटा खिलाड़ी तो उसकी गोद में वापस नहीं आ सकता था, पर अन्य किसी तरह का न्याय भी उसके आँचल में नहीं आया।

'समरथ को नहिं दोष गुसाईं।'

पर नहीं। गुसाईं और वक्त सर्वोपरि हैं। मृतक की माँ के दग्ध हृदय की आँच और कराह से हत्यारों का सबकुछ भस्म हो गया। सर्वविदित है कि उसके घर में देर है अंधेर नहीं। ईश्वर ने एक अद्‌भुत न्यायालय और न्यायाधीश की नियुक्ति की, जिसकी चौखट पर समर्थों ने जीवनपर्यंत अपना माथा घिसा।

खिलाड़ी की हत्या का दीर्घायु पर गहरा असर पड़ा था, पर वक्त के मरहम का दामन थामे सबकुछ भुलाने की कोशिश में लगा रहा। अतीत की कालिमा को धोने-पोंछने की हर संभावना को अपनाने की कोशिश करता, पर ऊपर से सूखे घाव के अंदर की रिसन को उसके सिवा कोई नहीं महसूस कर पाता था। फिर भी सबकुछ भूलकर दुनियादारी में रमने लगा था। बड़ा होकर अत्यंत सजीला नौजवान निकला, छह फीट का सुदर्शन युवक। किसी भी विवाह-योग्य युवती के माता-पिता को ललचा सकता था उसका आकर्षक व्यक्तित्व। पिता के व्यापार को खूब बढ़ाया। खूब तरक्की कर रहा था कि अदृश्य न्यायाधीश ने अपने न्यायालय की काररवाई का पहला चरण शुरू कर दिया।

रात को दुकान बंद कर घर वापस आते समय दीर्घायु की बाइक के सामने चीथड़ों में लिपटी एक जर्जर काया आ गई, जर्जर काया और कोई नहीं मृत खिलाड़ी की माँ थी। बाइक का पूरा संतुलन और बाइक सवार का मानसिक संतुलन बिगड़ गया। दीर्घायु ब्रेक लगाना भूल गया, बाइक सहित गिर गया। दुर्घटना बहुत बड़ी

न थी। खून का एक कतरा भी न दिखा, पर अंदरूनी चोट ने उसे ताउम्र के लिए बैसाखियों का मोहताज बना दिया।

डॉक्टर ने बताया कि रीढ़ की हड्डी में चोट लगने के कारण कमर के नीचे का अंग संवेदन-शून्य हो गया है, कोई जान नहीं। दिल में अरमान ही अरमान, नीचे कोई जान नहीं।

इलाज पर इलाज। पहले अपने नगर फिर महानगर, फिर विदेशों तक माँ-बाप दौड़ते रहे, पर कोई असर नहीं हुआ। साल-दर-साल बीतते रहे। झाड़-फूँक ऐसा कोई औलिया, पीर-फकीर नहीं, जिसकी दर पर माथा न घिसा हो, पर सब निष्फल। क्रियाविहीन काया मोटापे के कारण फूलकर कुप्पा हो गई। छह फुटे नौजवान का आकर्षक सौंदर्य न जाने कहाँ बिला गया! मन भर की काया की दौड़ बिस्तर से बैसाखी तक सिमटकर रह गई।

जमा-जमाया व्यापार उखड़ने लगा। जमाई राजा बाँकेजी अपनी कांस्टेबल की नौकरी से इस्तीफा दे ससुर का व्यापार सँभालने के बहाने आ धमके। जाहिर था व्यापार से ज्यादा वह अपने आपको सँभालने में लगे रहे। जिंदगी भर ससुराली लालकिले के तख्तेताऊस पर शाहजहाँ बने विराजमान रहे। गोरी-गजनवी बन धनकुबेर मदन जीजा के बचे-खुचे खजाने को लूटते रहे और वाजिद अली शाह बन धन खर्च कर ऐश करते रहे। विरोध करने पर प्रभा के काले कारनामों का हवाला देकर धमकी देता।

असहाय दीर्घायु धीरे-धीरे सर्वहारा होता जा रहा था। जिंदगी मुट्ठी से सरकती जा रही थी। सुंदरी संपदा से सगाई टूट गई। किसी भी माँ-बाप का इतना बड़ा जिगरा कहाँ, जो विकलांगता से अपनी संतान का नाता जोड़ सके। इलाज के लिए विदेश में रहने के दौरान बाँके अव्वल और घर के सभी सदस्य दोयम दर्जे के सदस्य बनकर रह गए। वह दीर्घायु-सदन का सम्राट् और प्रभाजी सम्राज्ञी बन गईं।

उस बार का महँगा विदेशी इलाज दीर्घायु के निचले बेजान शरीर में कुछ संवेदना तो लाया, पर बैसाखियों से निजात नहीं दिला सका। मानसिक और शारीरिक वेदनाओं से समान रूप से जूझ रहा था। बोझिल-बेमानी दिन और जागती रातें उसकी संगिनी बन गई थीं।

उस रोज की सुबह निराश मनःस्थिति के कपाट को एक मृतप्राय आस की साँकल ने खटखटाया। डॉ. डेनियल ओकले का तार आया था। जाँचों की रिपोर्ट के अनुसार सूखे ठूँठ में कोमल किसलय के लक्षण लक्षित हुए थे। दीर्घायु में पिता बनने की संभावना संभावित लग रही थी। दीर्घायु-सदन का पूरा अहाता खुशियों की

आतिशबाजी से रोशन हो गया था। जैसे बच्चे आसमान की ओर गई आतिशबाजी के फूटने का इंतजार टकटकी लगाकर करते हैं, कुछ वैसे ही माता-पिता और बहनें दीर्घायु की ओर देखने लगी थीं।

पहली बार घर में शहनाई गूँजी, बन्ना-बन्नी गाया गया। प्रभा की शादी में शहनाई नहीं बजी थी। मँझली आभा को भी प्रभा की बदकारी और बदनामी की कीमत चुकानी पड़ी थी। दूसरे शहर में जाकर चुपचाप एक लँगड़े वकील साहब से ब्याह दी गई थी। नूतन जैसी आभा को देवानंद सरीखा वर न मिल सका।

बैसाखियों और जीजाओं के सहारे, सेहरा बाँधे दीर्घायु घोड़ी चढ़ा। उधर कार पर विदा होकर सुंदरी, पितृहीना, निर्धन भाइयों पर बोझ बनी और अब दीर्घायु की अर्धांगिनी बनी शील ने दीर्घायु-सदन में प्रवेश किया। शादी के कँगना और अँगूठी से पति के साथ जुआ खेलने की रस्म में विजयिनी बनी शील ने ससुराल का जुआ सहर्ष अपने कोमल कंधों पर उठा लिया। अपने नाम को सार्थक करती बड़ी शालीनता और धैर्य के साथ पति की सुश्रुषा, सास-ससुर की सेवा, नकचढ़ी ननदों की नजरबरदारियों को निभाती थी। गृहस्थी के कामों में चकरघिन्नी की तरह घूमती कब जुड़वाँ पुत्रों की माँ बन गई, पता ही नहीं चला। दो सुंदर राजकुमारों को जन्म देने के बावजूद प्रभा और बाँके के वर्चस्व की वजह से वह घर की राजमहिषी कभी नहीं बन पाई। घर की रानी तो थी, पर पटरानी निर्लज्ज प्रभा ही थी।

जैसे-जैसे राजकुमार बढ़ रहे थे, फिर से दीर्घायु की बीमारी भी बढ़ने लगी। अब निचला हिस्सा बिल्कुल ही सुन्न हो गया था। बैसाखियों ने भी साथ छोड़ दिया। बिस्तर ने पूरी वफा के साथ अपना लिया। कोई करिश्मा या कोई पुण्य था, जिससे कुछ दिनों के लिए ही सही उसका पौरुष लौटा था। जैसे कोई राह भूले राही ने अचानक अपने बिसरे घर को फिर से पा लिया हो या शायद शोषित-चोटिल दिवंगत खिलाड़ी को दिए सुखद लम्हों ने अपना कर्ज चुकाया था या शायद ऊपरवाले ने कुछ पलों के लिए रहमतों की बारिश की थी, जिससे सिंचित होकर शुष्क और बंजर पड़ गया पितृत्व हरित और अंकुरित हो लहलहाया था। वरना अब तो निचला हिस्सा हिला भी नहीं सकता था। मल-मूत्र विसर्जन भी बिस्तर पर ही होने लगा, पीठ में बेड-शोर हो गया। सभी विषम परिस्थितिओं का शील धैर्य के साथ मुकाबला करती रही, कभी भंगन बनकर तो कभी जर्राह बनकर, पर भाग्य से मुकाबला नहीं कर पाई, बुरी तरह से परास्त हुई।

एक सुबह अल्पायु में ही दीर्घायु चल बसा।

बचपन में पिताजी से एक कहानी सुनी थी।

दो व्यापारी तिजारत के बाद स्वदेश लौट रहे थे। साथ में कमाया हुआ खूब धन था। एक के मन में लालच आ गया। बाजार से खाने के साथ-साथ उसने जहर भी खरीदा और चुपके से मित्र के भोजन में मिला दिया। खाना खाने के बाद मित्र का देहांत हो गया। उसका भी धन लेकर मित्र खुशी-खुशी घर आ गया। ऐश भरी जिंदगी बसर करने लगा। व्यापार को खूब बढ़ाया, समय उसके साथ था। दसवें महीने एक स्वस्थ पुत्र का पिता भी बना। वक्त और खुशियाँ उसकी चेरी बन गई थीं, पर पंद्रह वर्ष का होते-होते उसका एकलौता लाड़ला पुत्र किसी गंभीर बीमारी से ग्रस्त हो गया। इलाज पर इलाज हुए, पर कोई फायदा नहीं हुआ। सारा धन दवा और इलाज में पानी की तरह बह गया, फिर भी पुत्र नहीं बचा।

मरने से पहले पुत्र पिता से बोला, ''पिताजी, आप रो क्यों रहे हैं ? क्या आपका यह रुदन मेरे लिए है ?''

पिता ने हामी भरी, पुत्र ने क्षीण, व्यंग्यात्मक मुसकराहट के साथ कहा, ''मैं आपका पुत्र हूँ, यह भ्रम है आपका। मैं आपका पुत्र नहीं बल्कि वही मित्र हूँ, जिसे जहर देकर आपने मार दिया था। मैं तो अपना वही धन लेने आया था, जो मेरी हत्या करके आपने हड़प लिया था। अब तक तो वह सारा धन मेरे इलाज में खर्च हो गया होगा, है न ?'' यह कहकर उसने सदा के लिए आँखें मूँद लीं।

बचपन में पिताजी की सुनाई इस कहानी को मैंने मदन जीजा के घर में जीवंत होते देखा है समर!

खिलाड़ी की हत्या के बाद दीर्घायु की बीमारी, फिर असमय मृत्यु। बाँके की अपने अकर्मण्य जुआरी, शराबी-कबाबी भाई, कर्कशा माँ तथा कुटिला भाभी के साथ घर में पैठ से घर में एक अराजकता सी पसर गई थी। दीर्घायु-सदन की तो यह हालत हो गई कि बस 'नाग देवता मर गए डेढ़हों का राज हो गया'। अप्रत्याशित, प्रतिकूल स्थितिओं से घर का शोख-चटक रंग ऐसा बदरंग हो गया कि असली रंग तो दूर, कोई नया रंग भी नहीं पा सका। विधाता अनूठा रंगसाज और सबसे बड़ा कारसाज जो है समर! मेरा तजुरबा तो यह कहता है कि मौत मरनेवाले की नहीं, मरते हैं इस लोक में छूट जानेवाले लोग। कितनी मौतें मरी खिलाड़ी की माँ। इकलौते जवान बेटे की मौत, अन्याय, अकेलापन, भूख और मुफलिसी की मौत। दीर्घायु की मौत एक बार हुई, पर उसके माता-पिता हजारहा मौतें मरे थे। आँखों के कोए पानी भरे कटोरे में धरे जान पड़ते थे। आँखों की नमी ने कभी साथ नहीं छोड़ा। जवान बेटे की अरथी का बोझ और भी गुरुतर महसूस होता होगा, जब आँखों के सामने जवान बहू अपनी सूनी माँग लिये अपने मासूम बच्चों के साथ

फिरती होगी। खँडहर में निर्बाध रूप से पसरती मनहूस हवा के समान उदासी, मायूसी, कुछ न कर पाने की बेबसी घर के लोगों में पसरती घर करती जा रही थी। गज भर से ज्यादे कपड़े का ब्लाउज पहननेवाली दीर्घायु की स्थूल काया माँ सूखकर काँटा हो गई थी। पिता की लहीम-शहीम शख्सियत हर समय सिसकती रहती थी। कड़कती-खनकती आवाज मिमियाहट में बदल गई। उनकी खामोशी में भी मिन्नतें साफ दिखाई पड़ती थीं। आरजू-मिन्नतों के ताबेदार बनकर रह गए थे। बड़े-बड़े घोड़ों को नाल ठोंक देनेवाले मदन जीजा की चाल पहले दुलकी, फिर लड़खड़ाहट और फिर घिसटन में बदल गई।

खुद को खुदा समझनेवाले जीजा ने खिलाड़ी की तथाकथित गुस्ताखी की सजा खिलाड़ी को मौत देकर दी, पर उनकी सजा खुदा ने उनके लखते जिगर, आँखों के तारे दीर्घायु को छीनकर नीयत की।

थोड़ी देर के लिए स्टाफ-रूम में मातमी सन्नाटा छा गया। समरीन ने एक साँस भरी और कहा, "खत के इस रूप की तो हमने कल्पना भी नहीं की थी शैलजा! खत संदेशों का संवाहक हो सकता है। खत दिलों को जोड़ने की कड़ी हो सकता है। खत एक कालखंड का दस्तावेज हो सकता है। खत किसी उत्प्रेरक या मार्गदर्शक की तरह भी शायद काम कर सकता है, लेकिन कोई खत किसी की मौत की वजह भी बन सकता है, वह भी लिखनेवाले की नहीं, खत संवाहक की, ऐसी तो कोई कल्पना भी नहीं कर सकता था। खत का जो विस्फोटक रूप और गरीब खिलाड़ी का जो हश्र तुमने देखा है, तुम्हारे बाल-मन पर जो उस समय चस्पाँ हो गया था, आज तक उसके भार को तुम सिंदबाद के कंधे पर सवार बूढ़े के समान वहन कर रही हो, उसके बाद खतों, प्रेम-पत्रों को देखकर तुम्हारी जो प्रतिक्रिया होती है, वह सर्वथा लाजिमी और न्याय-परक है।"

दूसरी पाली की शिक्षिकाओं की आमदरफ्त स्टाफ-रूम में गई थी। श्रीमती जायसवाल को यों निढाल बैठी देखकर वे चकित थीं। मुसकराहट, खिलखिलाहट, कहकहों और अट्टहासों के गारे-चूने से बना श्रीमती जायसवाल का पूरा अवयव यों खँडहर के मलबे में क्यों तब्दील हो गया है ?

सभी शिक्षिकाएँ हैरान-परेशान थीं।

□

कहानी 5

मेरा सिनेमाई खब्त

मैं डायनासोर के जमाने की नहीं हूँ, पर हमारा शहर मीरजापुर सिनेमा देखने के मामले में अस्सी के दशक में भी डायनासोर के युग जैसा ही था, इसीलिए इसमें वर्णित घटनाएँ डायनासोर के जमाने का ही आभास देती हैं।

हमारे बचपन और किशोरावस्था में सिनेमा देखना बदचलनी माना जाता था। लड़कियों की बात तो दरकिनार, लड़कों के लिए भी यह कुटेव था। विवाह योग्य पुत्री के लिए भावी वर-संधान से लौटा पिता मोहल्ले से जुटाई जानकारी का वर्णन कुछ यों करता, "लड़का जुआरी है, शराबी है, सिनेमा देखता है।"

घर में भैया ने अपना दबदबा कुछ ऐसा बनाकर रखा था कि पिताजी के रहते हुए भी हम उन्हीं को घर का अलिखित सुलतान मानते थे। हमेशा हम भाई-बहनों पर उनकी निगहबानी बनी रहती थी। सिनेमा के मामले में तो उनके अनुसाशन का अदृश्य चाबुक हमारी चमड़ी उधेड़ने के लिए लपलपाता रहता था। उनकी नजरों में उपन्यास पढ़ना, सिनेमा देखने जैसे शौक घर की इज्जत को मिट्टी में मिलानेवाले घटक थे।

मेरे पिताजी भैया के बिल्कुल बरखिलाफ। उलट।

सन् 1901 में पैदा हुए मेरे पिताजी जितने एडवांस थे, उतने हम आज भी नहीं हैं। यह मेरा दावा है।

'भैया डाल-डाल तो हम पात-पात।'

बाबू की आज्ञा और छूट की सपोर्ट से जब-तब जुगाड़ कर 'इधर आ सितमगर हम हुनर आजमाएँ, तू तीर आजमा हम जिगर आजमाएँ' वाले अंदाज में हम कभी-कभी पिछली गली से प्रभात टॉकीज और द्वारिका पैलेस के लिए सटक लेते।

घर वापसी पर हम डरी हुई नन्ही सी गौरैयों को भैया के अबाबीली पंजे के झपट्टे से बचने के लिए पिताजी के महफूज डैने की दरकार होती। स्नेही पिताजी बहुत ही फराखदिली से अपने डैने में छिपा भी लेते। बेफिक्री से कहते, ''उहँ! अभी तो सो गया है। कल तक वह (बड़े भैया) भूल जाएगा, नहीं तो मैं देख लूँगा।''

भैया की डाँट से बचने का जुगाड़ तो हो जाता पर एक दूसरे संकट से हम घिर जाते।

पिताजी हमें बदस्तूर सिनेमा की कहानी सुनाने का फरमान जारी कर देते। यही फरमान हमारे संकट का सबब बनता था।

मिर्जापुर जैसे छोटे से शहर से सैकड़ों मील दूर कलकत्ता (कोलकाता) जाकर सिनेमा और नाटक देखनेवाले मेरे पिताजी उम्र के इस पड़ाव तक फिल्में देखने के मामले में वानप्रस्थी हो चुके थे, पर कहानी सुनने के मामले में संन्यास नहीं लिया था।

बड़े भैया से बच-बचा, छिपते-छिपाते सिनेमा देखने की जोखिम से भी मुश्किल घड़ी होती यह मेरे लिए। ऐसा नहीं कि मैं कहानी सुना नहीं पाती या घर आते-आते कहानी बिसर जाती थी। किस्सागोई भी मेरी ठीक-ठाक थी, सुनाती भी थी, पर उस जगह पर आकर गाड़ी रुक जाती थी, जीभ तालू से चिपक जाती थी, जब आगे यह कहना पड़ता कि मीना और मोहन (हिरोइन और हीरो) में प्यार हो गया। हे भगवान! कितने शर्म की बात थी। पिताजी के सामने प्यार जैसे शब्द कैसे उचारूँ? इतनी निर्लज्जता कहाँ से लाऊँ? मुआ यह प्यार का लफड़ा हर फिल्म में हीरो-हिरोइनों के साथ रहता ही रहता था।

फिर एक तरकीब सूझती, शब्दों और वाक्यों से थोड़ा खेल जाती मैं और जल्दी से कह डालती, ''दोनों एक-दूसरे को चाहने लगे।''

ओह! छुटकारे की साँस लेती। ऐसा लगता, जैसे बहुत कस के बँधी कोई गट्ठी खुल गई। मैं खुद ही अपनी स्मार्टनेस पर इतरा जाती।

पर इसके आगे फिर एक ऐसा बीहड़ गड्ढा आ जाता कि मेरे 'स्मार्टनेस' की गाड़ी फिर अड़ जाती, बोलती बंद हो जाती। भारी समस्या से जूझने की घड़ी आन पड़ती।

अब यह कैसे कहूँ कि मीना गर्भवती हो गई। उस समय 'पाँव भारी होना, पेट से होना' जैसे मुहावरों से वाकिफ नहीं थी।

मेरे मुश्किलकुशाँ पिताजी ताड़ जाते और रास्ता आसान कर देते, ''अच्छा तो हामिला (गर्भवती) हो गई।''

ओह! 'गर्भवती' जैसे बेशर्म शब्द उचारने से बच गई।

सिनेमा देखना पातकी शौक माना जाता था।

मुझे याद है, एक बार छोटे भैया अंग्रेजी सिनेमा 'हरक्युलिस' देखकर आए थे। तब वे बारहवीं में पढ़ते थे। 6 से 9 बजे वाला शो देखकर आए थे। चुपके से दबे पाँव नीचे मुँह किए सीढ़ियों से अपने कमरे की ओर जा रहे थे। जैसे ही आखिरी चौड़ीवाली सीढ़ी पर पहुँचे, चौंक गए, नीचे गिरते-गिरते बचे। मुझे यकीन है कि वे अपने सामने अगर साँप, बाघ देख लेते तो शायद उनका भी सामना अपनी हेकड़ी दिखाकर या अपने मसखरे स्वभाव से कर लेते, परंतु उन्होंने तो वह देख लिया था, जिसके भय ने कदमों की आहट को पूरी तरह से अपने वश में कर लिया। जहाँ थे वहीं जड़ की मानिंद खड़े रह गए, जम से गए।

सामने साक्षात् बड़े भैया खड़े थे। खड़े क्या थे, छोटे भैया का ही इंतजार कर रहे थे।

उनके किसी दोस्त द्वारा प्रभात टॉकीज के टिकट विंडो से छोटे भैया टिकट खरीदते और हरक्युलिस देखते धरा गए थे।

बड़े भैया ने छोटे भैया के घर से बाहर रहने से आने तक का टाइम कैलकुलेट करके पता भी लगा लिया कि उनका दोस्त सही था। फिर क्या था? छोटे भैया कमरे में ले जाए गए, कमरे में क्या हुआ? किसी को पता नहीं, हाँ, दूसरे दिन छोटे भैया का पछतावा काबिले-गौर था।

उन्होंने कहा, ''मामा ने जो पैसे दिए थे, तुम लोगों ने जसोदा अइया की चाट में उड़ा दिया। मैं सिनेमा देखने चला गया।

बहुत दिनों से अंग्रेजी सिनेमा देखने को मन था। रोज कक्षा में 'हरक्युलिस' सिनेमा की धुआँधार चर्चा चलती थी। चला तो गया, पर कुछ भी समझ में न आया। पूरे डेढ़ घंटे के सिनेमा में एक ही लाइन समझ में आई 'Where is Harcules?'

हम सभी उनके पैसों की क्षति पर सिर धुन बैठे, इससे अच्छा था चाट ही खा लेते या बद्री बब्बा के यहाँ से मिठाई ही खरीद लेते। मामा ने पैसे देते हुए कहा भी था कि मिठाई खा लेना।

'अब भुगतें! न मानें बड़ों की बात!'

किस्मत में तो भैया की डाँट खाना लिखी थी तो मिठाई कैसे खाते?

शायद बड़े भैया की सख्ती या घर में पैसों की बेहद तंगी की वजह से ही मेरा सिनेमा देखने का शौक पैदा हुआ था, जिसके पास जो चीज नहीं होती, उसकी प्राप्ति की उत्कट चाहत होती है। मेरे पास न पैसे थे, न आसानी से मिलनेवाला परमिशन। अगर ये दोनों सुलभ होते तो शायद यह चाहत इतनी बलवती नहीं होती।

हमको सिनेमा देखना तभी मयस्सर होता था, जब हमारे घर कोई मेहमान आएँ या हम किसी के यहाँ मेहमानी में जाएँ। दोनों सूरत में कुछ पैसे हमारे हाथ में आ जाते थे। उसका सदुपयोग मैं सिनेमा में ही करती थी।

हमारे जमाने में शहर में कुल दो सिनेमा हॉल थे—प्रभात टॉकीज और मोती टॉकीज। बाद में दोनों के नाम बदल दिए गए थे। प्रभात अप्सरा और मोती टॉकीज द्वारिका पैलेस में तब्दील हो गए थे।

कहते हैं, द्वारिका पैलेस किसी दामाद को अपने ससुर से दहेज में मिला था।

बाप रे! 'कहीं घनी घना कहीं मुट्ठी चना, कहीं वो भी मना।'

मुझे तो सिनेमा जाने के लिए पैसे और परमिशन दोनों के लाले पड़े थे और किसी को पूरा-का-पूरा सिनेमा हॉल ही मिल जाए, गजब!

या खुदारा! तेरा तू ही जाने!

सिनेमा के मामले में पूरा मना नहीं था। कभी-कभी चने से मुट्ठी भर जाती थी यानी कभी-कभार सिनेमा देखने का अवसर मिल जाता था।

सती अनसूया सिनेमा की शहर में बहुत धूम थी। धार्मिक सिनेमा था, इसको देखने से पुण्य मिलता। सो दल बना-बनाकर लोग देखने जा रहे थे। मेरी माँ-बहनें भी देख चुकी थीं, मैंने भी देखने की जिद की।

मेरे घर की महरी, जिन्हें हम बुआ कहते थे, ननदविहीना मेरी माँ ने उनको अपनी ननद का दर्जा दे रखा था। छुट्टी लेकर 'सती अनसूया' देखने जा रही थीं। माँ ने उनके साथ ही मुझे भी लगा दिया। मैं उस समय नौ-दस साल की थी। बुआ ही मुझे नया 'नरखा' (बुआ कपड़े को नरखा ही कहती थीं। शायद यह अँगरखा का अपभ्रंश होगा) पहनाकर उँगली पकड़ सिनेमा दिखाने ले चलीं। मैं भी इतराई हुई जा रही थी कि सामने से बड़कावाला बाघ आता दिखाई पड़ा। मैं हिरन-शावक सी उसे देखकर बुआ के पीछे छुप गई।

बड़े भैया सामने से आते दिख गए थे। उन्होंने मुझे बुलाया और पूछा, ''कहाँ जा रही हो?''

मेरी तो बोली कहाँ फूटती, बुआ ने ही मेरे बिहाफ में जवाब दिया, ''सलीमा जा रहे हैं हम।''

भैया ने कुछ कहा नहीं, बस मेरी उँगलियों की जगह बदल गई। बुआ के हाथ से भैया के हाथ में चली गईं। बुआ के हाथ से मेरा हाथ छुड़ाया, अपने हाथ में लिया और मेरे मुँह की दिशा बदल दी। मोती टॉकीज की तरफ से घर की ओर

मोड़ दिया। मुझे लेकर घर आने लगे। बुआ समझ गईं। भैया के अनुशासनात्मक जुल्म से वे भली भाँति परिचित थीं।

मेरी तो हिम्मत ही नहीं थी कुछ बोलने की। बुआ ने हिम्मत की, ''अरे बड़कऊ! जाए द बिटिया के।''

भैया ने अपने मुखारविंद से एक शब्द भी नहीं निकाला। पीछे मुड़कर हाथ से बुआ को इशारा किया कि आप जाओ।

बुआ ने फिर तर्क रखा, ''अरे भैया, जाए द भक्ति क खेला हौ, सती क किस्सा एमे दिखाए हएन।''

''कैसी भक्ति, कैसी सती! सिनेमा तो सिनेमा, निषिद्ध वस्तु।''

***

उस दिन कक्षा में चार-चार आने जमा हो रहे थे। दो दिन बाद 'हम पंछी एक डाल के' सिनेमा दिखाया जानेवाला था। चंदा जमा करने का काम मुझे दिया गया था। मॉनिटर जो थी मैं। जिसने दे दिया, उसके नाम के सामने सही का और जिसने नहीं दिया है, उसके सामने कट्टम-कुट्टम (×) का निशान मैं बहुत जिम्मेदारी और मुस्तैदी से लगा रही थी। कोई गफलत न हो जाए। काम बहुत सरल नहीं था।

दो दिन के अंदर ही पैसा जमा हो गया, सभी ने दिया था। सबके नाम के आगे सही का निशान लग चुका था। एक साफ पन्ने पर सुंदर हरफ में सबका नाम फेयर करके बहनजी (टीचर) को दे दिया। इतनी लड़कियों से पैसा वसूलना, रखना, गिनना आसान काम नहीं था। आसान तो मन पर काबू पाना भी नहीं था। नामवाले फेयर पेपर पर मेरी सभी सहपाठिनों का नाम था। केवल जमाकर्ता, मेरा नाम नदारद था। पर मैं क्या कर सकती थी, चार आने की लाचारी कोई छोटी-मोटी लाचारी नहीं थी।

आज सिनेमा जाने का दिन था। चौथी घंटी के बाद पढ़ाई स्थगित कर दी गई थी। सिनेमा जानेवाली खुशनसीबों की लाइन लग रही थी। मेरी कक्षा की लाइन भी स्कूल के महालाइन के सागर में समा गई।

प्रेमवती बहनजी ने मुझे सहेजा कि तुम अपनी कक्षा की लाइन में सबसे आगे रहकर लड़कियों को अनुशासित करोगी।

''जी बहन जी! मैं नहीं जा रही हूँ।''

''क्यों?''

मैं खामोश रही। मुझे कुछ कहना नहीं पड़ा। डबडबाई आँखों ने बहनजी को

सब बयाँ कर दिया। बहनजी जानती थी, मैं पढ़ाई के मामले में फ्रंट पर और पैसे के मामले में सबसे पिछली कतार में होती थी।

खैर, आखिरी पल में मेरी प्रिय सहपाठिनों—सरोज, उमा, लक्ष्मी, रानी सबने दो-दो, चार-चार पैसे, जो उन्हें खाने की छुट्टी में सतरंजी सेव और परोरावाला बिस्किट खरीदने के लिए मिलते थे, जमा करके सोलह पैसे मेरे लिए जमा कर दिए।

अब मेरा नाम भी अपनी बनाई लिस्ट में जुड़ गया था। मैं भी उन खुशनसीबों की कतार में शामिल हो गई थी, जिन्हें सिनेमा में कोई दिलचस्पी नहीं थी। सब जा रही थीं तो जा रही थी। न जाती तो सबके सामने नक्कू बनती चार आने की ही तो बात थी। भेड़ों की तरह सब लाइन में चली जा रही थीं, पर कोई मुझसे पूछे मेरी खुशी।

उम्र के साथ-साथ सिनेमा के लिए मेरी खब्त बढ़ती जा रही थी। मेरी खब्ती के रास्ते में कई रोड़े थे। हर रोड़े पर बड़े भैया का नाम नहीं लिखा था। और भी सितम थे सिनेमा और हमारे बीच में। घर से सिनेमा हॉल का बहुत दूर होना भी एक रोड़ा था।

हम शहर के बाहरी हिस्से में रहते थे। सिनेमा तक जाने के लिए सवारी की बहुत दिक्कत थी। 6 से 9 बजे रातवाला शो देखने का मतलब था रात को बड़ी बहन के घर में रुकना। अपने घर आने में रात की निर्जनता का सामना करना पड़ता था। रास्ते में घोड़े शहीद बाबा की मजार से लेकर अंग्रेजों का वीरान पड़ा कब्रिस्तान तक पड़ता था। अनेक बार बड़ी इमली के दरख्त की चुड़ैल और विशाल बेल के पेड़ के भूतों से लोगों का सामना होने, फिर घोड़े शहीद बाबा के द्वारा उनको बचाने की कहानी सुनी थी। निस्संदेह हनुमान चालीसा भी मदद करता रहा होगा। सो हम लोग इस शो से बचते थे। नाइट शो जाने का सवाल ही न था।

महिला मानुस भूतों और मुरदों से तो एक बार बच भी जाएँ, पर जिंदों से बचना असंभव तो नहीं, कठिन अवश्य है। रात को सुनसान सड़क पर अगर कोई लड़की किसी मानव पशु की पशुता की शिकार हो जाती तो पशु को दंड मिलने की बजाय शिकार लड़की को धिक्कार मिलती कि और जाओ सिनेमा देखने। कोढ़ में खाज जैसी बात हो जाती।

इसीलिए 'नाइट और इवनिंग शो' देखना और घर लौटना एक साथ नहीं हो पाता था। बड़ी बहन के घर एक रात का हॉल्ट लेना ही पड़ता था। उनका घर शहर में था। हमारे स्कूल-कॉलेज भी उधर ही थे सो दूसरे दिन वहाँ से भी निपटकर स्कूल की छुट्टी के बाद शाम को ही घर लौट पाते थे। एक सिनेमा और इकतीस घंटे।

जाहिर है, घर से इतनी देर तक की गैरहाजिरी बड़े भैया की आँखों में न आए,

असंभव था और खटकना भी लाजिमी था। रात को न आना मतलब बड़ी बहन के यहाँ रुकना, मतलब सिनेमा जाना। घर आने पर भैया के दरबार में पेशी और फिर…

मार कभी-कभी ही पड़ी थी, पर उनका रुआब और विष बुझे हुए नपे-तुले अल्फाज सौ कोड़ों की मार से भी ज्यादा घाव करते थे। बिल्कुल सतसैया की दोहरे की तरह, देखन में छोटे लगें, घाव करे गंभीर। सिनेमा से भी ज्यादा चिढ़ उन्हें बहन के यहाँ रुकने से थी। मेरे लिए यह हैरानी वाली बात थी। बहन के यहाँ रुकने पर रोष क्यों? उनके और उनके बच्चों के साथ सिनेमा जाने में क्या खराबी थी? उनके पाँच बच्चे थे, मुझे उनके साथ खेलना-खेलाना अच्छा लगता था। उनके साथ सिनेमा जाने में भैया को क्यों बुरा लगता था?

ताज्जुब होता था, एक ही शहर में रहते हुए भी बड़े भैया कभी भी उनके यहाँ नहीं गए। वे बहन-जीजा से बात भी नहीं करते थे। सिनेमाई रास्ते का यह दूसरा रोड़ा था। इन बड़े लोगों में बातचीत क्यों नहीं थी, मेरा बाल-मन नहीं जानता था।

गरमी की छुट्टियों में प्रभा बहन के ससुर उनकी विदाई के लिए आए। मेरी बहन का रो-रोकर बुरा हाल था, जाना नहीं चाहती थीं खासकर गरमियों में। उनकी ससुराल थी भी वैसी ही, किसी का भी उनके घर जाने का मन नहीं करेगा। कुएँ जैसा अँधेरा मकान, हवा आने का कोई रास्ता नहीं, दिन में भी अँधेरा, शौचालय तक नहीं। प्राकृतिक जरूरतों के लिए खेतों की शरण लेनी पड़ती थी। तमाम खामियों के बावजूद मुझे उनकी ससुराल जाना अच्छा लगता था।

गरमी की छुट्टियाँ थीं सो इस बार मैं भी उनके साथ गई। मैं उनकी ससुराल की पुरानी मेहमान थी। उनके सास-ससुर, जेठानियाँ, जीजा सभी मुझे बहुत मानते थे, आवभगत करते थे। बहुत सारे फन थे वहाँ—खेतों में लगे भुट्टे, पेहटा, खीरा, फूट, देखना-तोड़ना बहुत भाता था। भुट्टे को हाथ से तोड़ना खूब आनंद दे जाता था।

उनकी सास के हाथ की बनी शकरकंद की पूरी, बाजरे की खिचड़ी, कटहल का अचार, आम का गुड़म्मा; ओहो! अनिर्वचनीय!

मेरा इस बार का जाना तो और भी सफल हो गया। जीजा ने बताया, यहाँ सिनेमा खुल गया है।

अरे वाह! अब तो मेरे लिए यह जगह किसी हॉलीवुड से कम न थी।

जिस दिन उनके घर पहुँची, उसी शाम को पहली फिल्म देखी—'दीदार'। बस मैं और मेरी बहन ही गई थीं, साथ में उनकी सास भी गई थीं। सिनेमा देखने नहीं, वे तो गई थीं सिनेमा में हमारी सीटों का इंतजाम करने। जी हाँ, सभी दर्शकों को अपनी सीट का प्रबंध करना पड़ता था। हमारी दोनों सीटें थीं दो बोरे, जिन्हें

उनकी सास पकड़कर हमारे साथ गई थीं। बहू थोड़े ही हाथ में बोरे पकड़कर ले जाएगी। लोग-बाग क्या कहेंगे कि फलाँ की बहू हाथ में बोरा पकड़कर सलीमा देखने जा रही थी। सास बेचारी तो बोरा पहुँचाकर चली गईं। हम दोनों बहनों ने बोरा बिछाया और ठाठ से सिनेमा देखा, सिनेमा था—'दीदार'।

दिलीप कुमार, नरगिस मुख्य किरदार में थे। मेरी बहन के जमाने की फिल्म थी। जब यह फिल्म नई-नई आई थी तो उनसे छूट गई थी, जिनका उन्हें बहुत पछतावा था। आज बहुत खुश हो गई थीं। यहाँ मेरी बहन के जमाने की पुरानी-पुरानी फिल्में ही आती थीं, जो दो दिनों में बदल जाती थीं। मुझे इसका गाना 'बचपन के दिन भुला न देना' और छोटी बच्ची का घुड़सवारी करना बहुत अच्छा लगा था। छोटी बच्ची की भूमिका तबस्सुम ने निभाई थी, जो उन दिनों बेबी तबस्सुम नाम से मशहूर थीं। मेरी माँ उन्हें 'बेबी तपेस्सुम' कहती थीं।

दो दिन बाद फिर मैंने देखी—'उड़नखटोला'। दिलीप कुमार और निम्मी थे। इसका यह गाना, 'मेरा सलाम लेजा, मेरा पयाम ले जा, ओ उड़नखटोलेवाले राही।' मुझे पूरा याद था। इतनी छोटी बच्ची के मुँह से यह गाना सुनकर सब बहुत तारीफ करते थे मेरी।

इस सिनेमा का वह दृश्य मुझे बहुत ही लुभावना लगा था, जिसमें हीरो के गले से उड़कर फूलों का हार नायिका के गले में आ जाता है। पर पूरी फिल्म में उड़नेवाले खटोले का इंतजार करती रही, जो अंत तक नहीं दिखा। फिल्म खत्म होने के बाद मैंने अपनी बहन से पूछा तो पता चला कि इस फिल्म में उड़नखटोले का मतलब हवाई जहाज से था।

मैं कितनी रोमांचित थी कि जिस खटोले पर मैं सोती थी, वह उड़ भी सकता है। सिनेमा देखने के बाद कुछ ऐसा ही प्रयोग अपने खटोले के साथ भी किया जा सकता है।

मेरी दो बहनों का विवाह गंगा-पार गाँव में हुआ था। एक तो जिनकी चर्चा अभी ऊपर हुई है। दूसरी सबसे बड़ी बहन की ससुराल घोर देहात में थी। घर के सामने के हिस्सों में तो बसावट थी। लोगों के घर कच्चे और खपरैलवाले थे पर पीछे की तरफ जितनी दूर तक नजर जाए, खेत-ही-खेत दिखाई पड़ते थे। पता नहीं क्या देखकर पिताजी ने बहन की शादी खेतों के बीच में स्थित इस घर में की थी। जबकि हमारा घर तीन मंजिला और पक्का था। बचपन में घुड़सवारी करने, संगीत सीखनेवाली सर्वगुण संपन्न मेरी बहन की ससुराल कैसी थी? हाँ, घर बहुत विशाल, पर मिट्टी का खपरैलवाला था। बड़ा आँगन, खुले-खुले कमरे, दो-दो

कोठे, पर घर के लोगों के दिमागी कोठे बंद और संकुचित। औरतों पर, चाहे वह छोटी बच्ची ही क्यों न हो, बहुत परदा और पाबंदी होती थी। मेरे ऊपर भी यह परदा सख्ती से लगाया जाता था। बहू की बहन के नाते भी कोई छूट नहीं थी।

बावजूद इन विसंगतियों के उनके यहाँ जाना मुझे दो कारणों से अच्छा लगता था। एक तो यह कि उनकी एकलौती बेटी उमा से, जो मुझसे तीन साल बड़ी थी, मेरी बहुत पटती थी।

दूसरा उनके यहाँ खाना बहुत अच्छा मिलता था। बिना सब्जी के वे लोग नहीं खाते थे। हर दिन उनके यहाँ सब्जी बनती थी। हमारे यहाँ उस समय बहुत गरीबी थी, बहुत मुश्किल से घर चलता था, इसलिए खाने में से अकसर सब्जी कट हो जाती थी। अचार से काम चला लिया जाता था, पर बिना सब्जी के मैं एक गस्सा भी नहीं खा सकती थी। मेरे लिए सब्जी का विकल्प केवल सब्जी थी। न अचार, न सलाद, न प्याज, कुछ भी नहीं। जिस दिन सब्जी नहीं बनती थी, उस दिन मैं भूखी ही रह जाती थी। उमा मेरी इस आदत से वाकिफ थी। वह कहती थी, 'चलो मेरे घर, मेरे घर में तो रोज सब्जी बनती है।'

बकरीद के समय वह मुझे अपने घर ले गई थी। इस दिन गाँव के मुसलिम लोग कुरबानी का गोश्त सिन्नी-तबर्रुक के रूप में हिंदुओं के घरों में भी दे जाया करते थे। उमा के पिता और दादा को छोड़कर घर के सारे लोग निरामिष थे। इतने सारे गोश्त की खपत घर में नहीं होती थी। उसने सोचा, मैं उसके घर जाऊँगी तो छककर खाऊँगी। मुझे सामिष खाना बेहद पसंद था।

मैं दो दिनों तक स्कूल से गैरहाजिर रहने का इरादा कर लार टपकाती दुर्गम रास्ते तय करती बड़ी बहन के घर पहुँची। पहुँचने पर जो बात पता चली तो मुँह का पानी ही सूख गया।

इस बार बकरीद के दिन ही एकादशी पड़ गई थी। एकादशी के दिन घर में सामिष खाना निषिद्ध था। इसलिए माफी के साथ उन लोगों ने गोश्त का तबर्रुक मुसलिम भाइयों को वापस कर दिया था।

विधाता एक खुशी छीनता है तो दूसरी दे देता है।

हुआ यों कि मेरी बहन के छोटे ननदोई को मेरे शहर आना था सपत्नीक विंध्याचल का दर्शन करने। उन्हीं के साथ मुझे और मेरी बहन को भी आना था। उनके घर का रास्ता बड़ा ही बीहड़ था। मेरे घर से उनके घर की दूरी पचास किलोमीटर होगी। इतने से रास्ते को तय करने के लिए साइकिल, रिक्शा, नाव, पैदल, ट्रेन और घोड़ागाड़ी सभी का सहारा लेना पड़ता था। एक से उतरो, दूसरे में चढ़ो, घर के मर्द लोगों के लिए सरल था। वे अपनी बाइसिकल से ही रास्ता नाप लेते थे।

हम लोग भिनसहरे-भिनसहरे निकले और ठीक मैटिनी शो के समय प्रभात टॉकीज के सामने से गुजर रहे थे। मैं ललच रही थी कि अचानक उनके ननदोई किशन जीजा ने बहुत ही मीरा-लुभावन प्रस्ताव रखा।

"क्यों न हम लोग सिनेमा देखकर चलें? (तयशुदा कार्यक्रम में सिनेमा देखना भी शामिल था।) अभी तो बहुत दूर जाना है। जब सामने से गुजर ही रहे हैं तो थोड़ा सुस्ता भी लेंगे।"

विश्वास ही नहीं हो रहा था इस दिव्य वाणी पर। मन-ही-मन कई देवी-देवताओं का जप कर डाला, "हे विंध्याचल माई! किशन जीजा का मन बदल मत देना। यह वाक्य मेरे कानों में कतई मत डालना कि नहीं, अभी घर चलो, बाद में देखेंगे।"

असंभव नहीं था, पाँच लोगों में से कोई अपना भी नकारात्मक मत दे सकता था। भई, जो काम जरूरी है, पहले उसको करो, माता के दर्शन के लिए आए हो, पहले दर्शन करो।

इन वार्त्तालापों के बीच मेरा तो दिल धड़के ही जा रहा था। अभी सिनेमा देख लेना कितना निष्कंटक था। घर जाने का मतलब भैया और टिकट के पैसे जैसी समस्या से दो-चार होना।

खैर, अंत भला तो सब भला! परिणाम सकारात्मक हुआ। बैग-झोलों के साथ ही हम हॉल में घुस गए और लगातार दो शो देखे।

मैटिनी शो में 'जबक' और इवनिंग शो में 'घूँघट' छह घंटे तक सीट से उठे ही नहीं। दोनों सिनेमा देखकर ही सीट और हॉल की जान छोड़ी।

'जबक' का गाना, 'तेरी दुनिया से दूर चले होके मजबूर, हमें याद रखना' और 'घूँघट' का, 'मोरी छम-छम बाजे पायलिया' मैं खूब गाती थी।

दोनों सिनेमा के गाने की किताब भी किशन जीजा ने मुझे दिलवा दी थी। ओह! मज्जा ही मज्जा!

***

स्कूल के रास्ते में मेरी रंभा बहन का घर पड़ता था। आते-जाते दोनों समय उनके घर जरूर जाती थी। पता चला, आज सब लोग सिनेमा देखने जाएँगे, बस मेरा भी मन क्यों दोलायमान न होता। मेरे और सिनेमा के रास्ते में हमेशा मुख्य रूप से तीन ही रुकावटें आती थीं—एक भैया की आज्ञा, दूसरा टिकट के पैसे, तीसरा मेरे घर से सिनेमा हॉलों की दूरी। यहाँ से एक साथ तीनों सध जाते।

एक रुपए दस पैसे में टिकट आती थी, पर उतना भी नहीं हो पाता था। बस्ता खँगाला तो कुछ रेजगारी निकल आई थी।

किशन जीजा घर से विदा होते समय पूरे पाँच रुपए देकर गए थे। उसमें से कुछ पैसे से सफेद लट्ठे का कपड़ा खरीदा था। आठवीं कक्षा का सालाना इम्तिहान पास आ रहा था। गृह-विज्ञान की प्रैक्टिकल परीक्षा में अन्य कई कपड़ों के साथ पायजामा भी सिलकर दिखाना था। सब लड़कियों ने सिलकर जमा कर दिया था। पैसे की वजह से हमेशा की तरह मैं ही पिछली कतार में रह गई थी। जैसे ही पैसे हाथ में आए, कपड़ा खरीद लिया और रंभा बहन की मदद से सिल भी दिया। परीक्षा में बाह्य-परीक्षिका को दिखाना था।

पायजामा बढ़िया इस्त्री करके बहन के पास रख दिया था। कल गृह-विज्ञान की शिक्षिका प्रेमवती बहनजी के पास जमा करना था, टाइम-बार पार हो चुका था।

सिनेमा रात 9 से 12 जाना था। कड़ाके की ठंड पड़ रही थी। मैं तो अपने घर से सुबह की निकली हुई थी। स्कूल के यूनिफॉर्म में थी, पैर ढकने के लिए कुछ नहीं था। सिनेमा जाते समय पैरों में बहुत ठंड लगेगी, पर पहनूँ क्या? सलवार-गरारे तो घर पर थे। आज का कार्यक्रम तो अभी पता चला है। पैरों में ठंड लगेगी, ठंड की वजह से सिनेमा छोड़ना अव्वल दर्जे की बेवकूफी कही जा सकती।

उस समय जब खुशी बिल्कुल सामने खड़ी थी, मेरी बहन निष्ठुर हो गई थीं—इतनी सर्दी में तुम्हें खुले पैर सिनेमा नहीं ले जा सकती, तुम घर जाओ।

सिनेमा के मामले में अत्यंत उदारमना मेरी बहन को क्या हो गया! क्यों वैंप बन गईं? अचानक उनके मुँह में मुझे दो लंबे-नुकीले दाँत और माथे पर दो सींग नजर आने लगे। मैं डर गई, रोने लगी।

बहन घबरा गईं।

बहुत वाद-विवाद-विमर्श के बाद तय हुआ कि मैं परीक्षा में दिखाया जानेवाला पायजामा ही पहनकर चली जाऊँ, सिनेमा का आनंद उठाने के बाद फिर से इस्त्री करके स्कूल में जमा कर दूँगी। किसी को पता भी नहीं लगेगा।

ठाठ से फिल्म 'कानून देखी', 'न हलदी लगी, न फिटकिरी, रंग चोखा' हो गया।

फिल्म में अशोक कुमार और शायद नंदा थीं। बिल्कुल मेरी पसंद की फिल्म थी। मुझे गाने अच्छे लगते हैं, पर फिल्म के बाहर (कुछ गानों को छोड़कर) फिल्म में मुझे बाधा लगते थे। जबरदस्त 'डायलॉग' वाले खासकर कोर्ट-सीन मुझे बहुत प्रिय लगते थे। 'अंधा क्या चाहे दो आँख' इस फिल्म ने मेरी सारी इच्छाओं को एक साथ पूरा कर दिया। लगभग पूरी-की-पूरी फिल्म कोर्ट में ही शूट की गई थी (जहाँ तक मुझे याद है) और एक भी गाना नहीं था उसमें।

सर्दी अपने शबाब पर थी। वह तो फिल्मी खब्त ने खून गरम कर दिया था।

सर्दी सह गए थे, कहीं और जाना होता तो न जाने के सौ-सौ बहाने खोजती। फिल्म खत्म, गरमी खत्म। आकर सीधे रजाई में घुसनेवाली थी। गृह-विज्ञान की परीक्षा के नायक पायजामे को न उतारना होता तो सबकुछ छोड़कर रजाई की शरण लेती। ठंड से अकड़ी उँगलियों से पायजामे को उतार ही रही थी कि सहसा मेरी बहन की लड़की, जो मुझसे तीन साल छोटी थी, चिल्लाई—

"मौसी!"

मैं डर गई।

"क्या हुआ?"

"आपका पैर!"

उसने मेरे पैरों की ओर इशारा किया।

मेरे पैर तो सलामत थे। पंजे भी अपने सही जगह पर थे। पीछे घूमकर चुड़ैल के पैर नहीं बने थे। पर ठीक से जब मैंने देखा तो लगा निस्संदेह, मेरी सलामती अब खतरे में थी। डर से तो मेरा खून ही जम गया। दाहिने पैर की तरफ का नया पायजामा, जो मेरे इम्तिहान की शोभा और नंबर बढ़ानेवाला था, पीछे की ओर से पान की पीक से पूरा रँगा हुआ था। मीरजापुरी पान के शौकीनों ने मेरे पायजामे को उगालदान में बदल दिया था।

***

आज जीजा का इंतजार बड़ी बेसब्री से हो रहा था। 'हकीकत' फिल्म देखने जाना था। जीजा ने वादा किया था। 3 बजे के मैटिनी शो में चल रही थी 'हकीकत'। मैटिनी शो में पुरानी फिल्में ही दिखाई जाती थीं।

2 बजे से हम लोग, हम लोग यानी मेरी छोटी बहन नीरा, जो ग्यारह साल की थी, तेरह वर्षीया रजनी, जो जीजा की बेटी थी, सोलह वर्षीया मैं, बत्तीस वर्षीया रजनी की माँ यानी मेरी बड़ी बहन।

संप्रति, इन नाना वयस की महिलाओं के आसरा थे जीजा।

लक्ष्मण की पत्नी उर्मिला की प्रतीक्षा से भी बड़ी थी हमारी प्रतीक्षा।

बार-बार हममें से कोई एक छोटी बालकनी से झाँककर देखता कि जीजा आ रहे हैं या नहीं, झाँकना स्वैच्छिक था।

सब्र का बाँध टूट रहा था, कब आएँगे? कब आएँगे जीजा? उनका इंतजार वस्ले यार वाले इंतजार से भी बढ़ गया था।

धीरे-धीरे इंतजार बढ़ रहा था और बालकनी से झाँकनेवाले सिलसिले का अंतराल कम हो रहा था। पहले पाँच मिनट, फिर दो मिनट, फिर एक।

''जीजा आ गए,'' यह सुखद वाक्य बोलने का सुनहरा अवसर मेरे हिस्से में आया। उस समय बालकनी से झाँकने का महत्त्वपूर्ण काम मैं ही कर रही थी। खब्त भी तो मेरी ही थी पहले दर्जे की खब्ती।

बालकनी में एक चौकी रखी हुई थी, उसी पर से हम खड़े होकर झाँकते थे। जैसे ही मैंने जीजा को गली के मुहाने पर देखा, अतिशय खुशी से कि जीजा आ गए, बताने के लिए चौकी से कुदक्का मारकर उतरने जा रही थी कि मेरी आँखों के सामने अँधेरा छा गया। बुरी तरह से सिर छत के टीने से टकराया।

''अरी मेरी माँ!'' भर मुँह से निकला और मैं अर्ध-मूर्च्छित सी हो गई। बहुत जोर की चोट लगी थी।

'क्षणार्द्धपूर्वं न जानामि विधाता किम करिष्यति?'

कहाँ तो 'जीजा आ रहे हैं' जैसा हर्षद वाक्य मुँह से निकलनेवाला था और निकला क्या, ''अरी मेरी माँ!''

मुँह पर पानी के छिड़काव ने जितना लाभकारी असर नहीं किया, उतना जीजा का यह अस्फुट सा वाक्य असर कर गया, ''छोड़ो अब सिनेमा नहीं जाते हैं। बेचारी शकुन!'' (शकुन नाम से मुझे घर में बुलाया जाता था)

शकुन तो कपड़े झाड़, 'पुरजा-पुरजा कट मरे तबहूँ न छोड़े खेत' के अंदाज में खड़ी हो गई जैसे कुछ हुआ ही न हो।

हम 'हकीकत' देखने गए। देर हो जाने की वजह से लेडीज क्लास का टिकट नहीं मिला। बालकनी का लेना पड़ा, उन दिनों अठारह सीटवाली श्रेणी औरतों के लिए अलग से होती थी। बालकनी का पैसा ज्यादा लगता था। इसमें औरतों का बैठना अच्छा नहीं माना जाता था। अधिकांशतः इसमें केवल मर्द जाति ही बैठती थी। प्रायः पति-पत्नी भी साथ आते थे तो पत्नी लेडीज में और पति बालकनी में बैठता था। बालकनी में बैठना अमीरी और स्टेटस की निशानी मानी जाती थी।

खैर भाई, उस दिन हम भी बालकनी में बैठे। आज तो दोहरी खुशी हाथ लगी थी। एक तो सिनेमा देखना, दूसरा बालकनी में बैठना।

बहुत ही अच्छी थी 'हकीकत', गाने भी बहुत अच्छे थे। बलराज साहनी की अदायगी ने मुझे बहुत प्रभावित किया था।

मध्यांतर हुआ, जीजा चीनिया बादाम लेकर आए। सबके हाथ में ठोंगा पकड़ा दिया। बादाम टूँगते-टूँगते हॉल में अँधेरा हो गया। फिल्म शुरू हो गई। बाहर से आया एक दर्शक टटोल-टटोलकर अपनी कुरसी खोज रहा था।

उसकी कुरसी मिली, इत्मीनान से बैठ गया। तभी मेरी छोटी बहन नीरा की झिड़कने की आवाज आई, ''हट, हट।''

दर्शकों में खलबली सी मच गई, 'क्या हुआ? क्या हुआ?' का शोर दर्शकों के आनंद में खलल डालने लगा।

थोड़ी देर में मामला समझ में आ गया। अँधेरे में अपनी कुरसी टटोलनेवाला दर्शक नीरा की गोद में आकर चौचक बैठ गया था।

मेरे मजाकिया जीजा ने घर आने का भी इंतजार नहीं किया। रास्ते से ही नीरा पर अपने मजाक के गोले दागने लगे।

"वाह नीरा! पहले से ही गोद में बैठनेवाले आदमी से कोई साँठ-गाँठ रही होगी। है न?"

बेचारी ग्यारहसाला मेरी बहन!

"न-न, तुम्हीं बताओ, लाइन से हम सभी लोग बैठे थे। तुम्हारी दीदी रजनी, शकुन, मैं, वह तुम्हारी ही गोद में क्यों बैठा?"

नीरा उनकी बेटी से भी छोटी थी। मेरे परिहासी जीजा के परिहास की गहराई को तो क्या ही समझ पाती, अभियोग समझकर रोने लगी।

मेरी बहन ने समझा-बुझाकर उसे शांत किया। मेरे प्यारे जीजा ऐसे ही थे, मजाक करने में उम्र, रिश्ते का खयाल नहीं रखते थे।

छुटपन में अपनी ससुराल होने की कल्पना केवल दो शहरों में किया करती थी—आगरा और इलाहाबाद।

आगरा ताजमहल की वजह से और इलाहाबाद...

इलाहाबाद इसलिए कि मियाँ की दौड़ मसजिद तक, इसके सिवा तब तक और कोई शहर ही नहीं देखा था। देखा तो आगरा भी नहीं था। आगरा और चंद्रलोक मेरे लिए दोनों समान थे। दोनों जगह मैं नहीं गई थी, पर तसवीरों के ताजमहल ने आगरा और चंद्रमा ने चंद्रलोक का कई बार भ्रमण करा दिया था।

मैं आगरावासियों के भाग्य को सराहती थी कि वे आगरा में रहते हैं। हर दिन ताजमहल को वैसे ही देखते होंगे, जैसे हम अपने शहर के घंटाघर को देखते हैं। यही नहीं उनका आगरा-निवास तो मेरे लिए काबिले-रश्क भी था।

मेरे हिसाब से इलाहाबाद संगम की वजह से कम, ढेर सारे सिनेमा हॉलों की वजह से मशहूर होना चाहिए था।

इलाहाबाद!

कम-से-कम बीस सिनेमा हॉलों का शहर। अजंता, रूपबाणी और मानसरोवर तो बिल्कुल पास-पास में थे।

वाह! क्या बात थी!

मिर्जापुर में जब हम सिनेमा जाते थे तो एक अनुष्ठान सा हो जाता था। मैं तो छोटी थी। दोपहर से ही बड़ी बहनें मिल-जुलकर रात का खाना बनाकर रखती थीं। आकर कब बनाएँगी और कब लोग खाएँगे!

तब तक हम बाहर चबूतरे पर बैठकर रिक्शे का इंतजार करते थे। उधर से रिक्शे कम ही गुजरते थे। कोई एक रिक्शा दिखता था तो हम उसे दौड़कर रोकते थे और किराए के लिए मोल-भाव करते थे।

''ऐ रिक्शावाले! धुंधी कटरा चलोगे?'' मोल-भाव करते समय हम चालाकी बरतते थे। अगर उससे पूछते मोती टॉकीज चलोगे? तो हमें गरजू समझ लेता, सिनेमा के नाम पर पैसे ज्यादा माँगता। मोती टॉकीज, धुंधी कटरा में ही तो था। वहाँ उतरते और सिनेमा हॉल में घुस जाते बस। रिक्शेवाले को क्या मालूम कि असल में हम तो सिनेमा देखने जा रहे हैं। अगर सिनेमा में घुसने की हमारी चालबाजी देख लेता तो 'ठेसुआ' जाता, हा, हा।

जब तक हमारी बहनें और माँ खाना-पीना निपटा, चोटी-कंघी कर तैयार होतीं, हम दरवाजे पर एकाध रिक्शा तो खड़ा कर ही देते।

कभी-कभी तो यह हाल हो जाता कि रिक्शा एक और सिने-दर्शनार्थी सवारियाँ अनेक। कोई मेरा घर ही अकेला नहीं होता था, अगल-बगल की चाचियाँ, बुआएँ भी तो होती थीं, सब साथ मिलकर सिनेमा जाती थीं। रिक्शा न मिलने पर उतनी दूर तक पैदल जाना पड़ता, जहाँ तक रिक्शे नहीं मिलते थे। जैसे-जैसे रिक्शे मिलते, वैसे-वैसे कारवाँ बढ़ता जाता जानिबे मंजिल।

लौटते समय तो और भी बुरा हाल होता था। रिक्शे तो बहुत मिलते थे, पर बियाबान रास्ता और वापसी में सवारी न मिलने के भय से जाना नहीं चाहते थे। सिनेमा जाते समय वाली चुस्ती और उत्साह लौटते समय दम तोड़ देता था।

एक बात का अनुभव था, मुझे सिनेमा देखने में जितना मजा आता था, हॉल से निकलकर उसके दृश्यों और टुकड़े-टुकड़े कहानी पर बातें करने में भी उतना ही आनंद आता था, इसी आनंद का सूत्र पकड़कर, मेले से वापसी जैसा भाव लिये हमारा दल घर के लिए चल पड़ता था। हम पैदल चलने का दर्द भूल जाते थे।

इलाहाबाद में ऐसा नहीं था। जनसमुद्र से भरे शहर में न रिक्शों की कमी थी, न सिनेमा हॉलों की। जैसे ही नई फिल्में रिलीज होती थीं, इलाहाबाद में तुरंत लग जाती थीं। बड़ा ही मुफीद शहर था। मेरे सिनेमाई खब्त की पूर्ति के लिए बहुत माफिक आता था। पूरा शहर नई-नई फिल्मों के पोस्टरों से सजा हुआ होता था।

शुक्रवार के दिन हर एक-दो घंटे के बाद ढोल-ताशों के साथ बजनियों का

दल बाजा बजाते हुए सड़क से गुजरा करता था। उनकी साजों से कुछ इस तरह की आवाज निकलती थी—कुड़म-कुड़म कुड़ झइयम, झइयम। कुछ लोग रिक्शों पर बैठकर उस सिनेमा के कट आउट और पोस्टर के साथ लाउडस्पीकर पर जोर-जोर से सिनेमा किरदारों और टॉकीज का नाम बताते थे।

उन दिनों सिनेमा के प्रमोशन का यही तरीका था। कभी-कभी पंफलेट भी लुटाते थे। बच्चे अपनी जान पर खेलकर उसे हासिल करने की होड़ में जख्मी भी हो जाते थे, जिसके हाथ पंफलेट लग जाता था, वह अपने को सिकंदर से कम नहीं समझता था।

इस संदर्भ में एक दिलचस्प वाकया याद आया।

जैसा कि मैंने पहले बताया है, मेरा घर शहर के दोनों सिनेमाघरों से काफी दूर था। किस टॉकीज में कौन सी फिल्म लगी है, इसकी जानकारी पाने का एकमात्र साधन यही था। रिक्शे या जीप पर लाउडस्पीकर से घोषणा और परचा।

मैं काफी छोटी थी जब बड़ों के बीच में 'मदर इंडिया' की काफी चर्चा थी। सिनेमाबाज लोग उसके लगने का इंतजार कर रहे थे।

एक दिन मोहल्ले में एक गाड़ी आई, रंग-बिरंगे पोस्टरों, कपड़े के बैनरों से ढकी हुई। उसमें से लाउडस्पीकर से कुछ अनाउंस हो रहा था। हर बार की तरह बच्चों का हुजूम गाड़ी के पीछे-पीछे दौड़ रहा था।

मेरे पड़ोस की शकुंतल दौड़ती हुई मेरे घर में दाखिल हुई। हाँफती-हाँफती मेरे पिताजी से बोली, "बड़का बाबू, बड़का बाबू! 'मलेंडीया' सलीमा (मदर इंडिया सिनेमा) लग गवा।"

"तुमको कैसे पता?"

उसने होंठों पर उँगली रखकर चुप होने का इशारा किया। बोली, "ध्यान से सुनिए लौडिस पीकर(लाउडस्पीकर) क्या कह रहा है?"

पिताजी ने ध्यान से सुना, फिर से सुना, फिर सुना।

फिर बाहर निकल गए।

अंदर आए तो दुहरे होकर आए। हँसते-हँसते बुरा हाल था उनका। जब संयत हुए तो जो बताया, सुनकर हम भी बहुत हँसे।

लाउडस्पीकर और बैनरों के साथ जो गाड़ी आई थी, वह 'मदर इंडिया' के प्रचार के लिए नहीं आई थी, बल्कि 'मलेरिया उन्मूलन योजना' से संबंधित कुछ अनाउंसमेंट हो रही थी उस गाड़ी से।

सुंदरी शकुंतल ने मलेरिया को 'मलेंडिया' (मदर इंडिया) समझ लिया था।

अनपढ़ होने के कारण बैनर पर लिखा मजमून—मलेरिया उन्मूलन वह पढ़ नहीं पाई थी।

मेरे पिताजी ने अपना माथा ठोंका था, "काश, शकुंतली सुंदर होने के साथ साक्षर भी होती!"

हमारे मोहल्ले के लोग उन दिनों मलेरिया बुखार से ज्यादा मदर इंडिया (मलेंडिया) के बुखार से ग्रसित थे।

इस समय इलाहाबाद में हूँ मैं।

अभी एक घंटा पहले बहुल सितारोंवाली फिल्म 'वक्त' के लिए सड़क पर बाजा बजा था। थोड़ी देर में साधना और जुबली स्टार राजेंद्र कुमार द्वारा अभिनीत 'आरजू' के लिए बजने लगा। सितारों के कटआउट और पोस्टर सड़क की शोभा बढ़ा रहे थे। कटआउट तो बिल्कुल जीवंत लग रहे थे, ऐसा मालूम पड़ रहा था, जैसे साधना और राजेंद्र कुमार खुद अपने पैरों पर सड़क पर चल रहे हों।

रोकना मुश्किल था अपने आपको। मन जहाज के पंछी की तरह सिनेमा हॉलों के चक्कर काट रहा था।

उन दिनों मैंने इलाहाबाद शहर को धन्य किया हुआ था। एक शादी में यहाँ आई हुई थी। शादी का घर वैवाहिक रस्मों को अंजाम देने में व्यस्त था और मैं और मेरी बहन निकल पड़े अपने सिनेमाई आशना को माशूक से मिलाने।

पहले 'वक्त' देखी, इसका गाना 'आगे भी जाने न तू, पीछे भी जाने न तू, यही वक्त है पूरी कर ले आरजू' न केवल बहुत अच्छा लगा था, वरन् प्रेरक भी लगा था, 'पूरी कर ले आरजू।'

और आरजू पूरी करने के लिए हम उस हॉल से निकले 'आरजू' वाले हॉल में घुस गए, यही तो वक्त था आरजू पूरी करने का। वहाँ से निकले तो राज कपूर और नरगिस की 'बरसात' देखी।

'हैक्ट्रिक' कर दिया हमने।

'चलती है क्या नौ से बारह' गाने में आमिर खान ने एक ही शो का निमंत्रण अपनी नायिका को दिया था और हम? हमने तो कमाल ही कर दिया!

बारह से तीन, तीन से छह, छह से नौ एक दिन में तीन-तीन शो। बिना खाए-पिए। भूख भी किसको थी। जिसकी भूख थी, वो ठूँस-ठूँसकर खाया, सिनेमाई भूख।

जैसा कि मैंने बताया कि हमारे बचपन में सिनेमा देखना दुर्गुण माना जाता था। कम-से-कम हमारे घर में लड़कियों का अकेले सिनेमा देखने जाना कल्पना

से बाहर की बात थी। सिनेमा जाने के मेरे लिए तीन स्रोत थे—बड़ी बहन का घर, सहेलियाँ, सहेलियों के साथ जाने पर भी मेरे घर से स्कॉट के रूप में माँ-बहन या भाभी जरूर जाती थीं। सहेलियों की आजादी से रश्क होती थी। उनके घरवाले अकेले जाने देते थे, पर हमारे घर से यह छूट नहीं थी।

'मेरे महबूब' फिल्म देखना था। किसी का साथ नहीं मिल रहा था, कैसे जाऊँ? जीजा से मिन्नत की, उन्होंने बहुत बड़ी शर्त रख दी मेरे सामने, 'दिखाउब, एक शर्त पर, जब मेरे साथ बैठकर देखबो तब्ब वह भी बालकनी में।'

मेरी मिन्नत यह थी कि आप हॉल तक ले जाएँ, टिकट खरीद दें और जनाना दर्जे तक बैठाकर आ जाएँ। मेरे हँसोड़ जीजा, जो मेरे पिता समान थे, जिनकी बेटी मुझसे केवल तीन साल छोटी थी, मेरे हर बार के इसरार पर यही शर्त रख देते, 'दिखाउब एक शर्त पर, जब बालकनी में मेरे बगल में बैठकर देखबो तब्ब।'

मैं मिनमिनाती, 'नहीं, नहीं।'

'बस सिनेमा तक ले जाकर जनाने में बैठा दीजिए।'

जीजा नहिकार देते।

मेरी बहन मुझे समझातीं, 'अरे, हाँ बोल दो न वे तुम्हारे साथ 'मेरे महबूब' देखेंगे नहीं, बस तुम्हें चिढ़ा रहे हैं।'

मैं भी समझ रही थी, छोटी नहीं थी, बारहवीं में पढ़ती थी, पर धुकधुकी लगी थी कि शर्त मान जाने पर जीजा तैयार हो गए तब?

विकट समस्या थी मेरे सामने।

मुझे डर था, अगर बालकनी में बैठूँगी तो निश्चित भैया के किसी परिचित द्वारा देख ली जाऊँगी, तो डाँट-फटकार का पहाड़ टूट पड़ेगा, दोहरे पाप की सजा मिलेगी। 'एक त तितलौकी दूजे नीम चढ़ी' बालकनी में बैठना मतलब बेशर्मी की इंतहा। क्योंकि बालकनी में बैठनेवाले दर्शक अधिकांश मर्द होते थे। एक तो सिनेमा देखने का पाप दूसरे बालकनी में बैठने का अपराध! कितनी देर लगती भैया के पास यह बेहयाई पहुँचने में।

मैंने बताया था कि पति-पत्नी दोनों अलग-अलग बैठते थे। पति बालकनी में और पत्नी अठारह सीटोंवाले जनाने दर्जे में, जिसके दरवाजे पर एक महिला चौकीदारनी बैठी रहती थी। उसका काम था—महिला दर्शकों के टिकट फाड़ना, जनाने दर्जे और बालकनी को अलग करने के लिए टँगे परदे को खींचकर खोलना और बंद करना। उस समय तो नहीं, पर अब सोचती हूँ तो बड़ा हास्यास्पद लगता है। जब तक हॉल की बत्ती जली रहती थी, तब तक पर्दा बंद रहता था, जैसे ही गुल

हो जाती थी, पर्दा खुल जाता था। स्क्रीन पर 'THE END' पीछे आता था। अठारह सीटोंवाले जनाने दर्जे का पर्दा पहले खींच दिया जाता, बड़ी मुस्तैदी और बेरहमी के साथ। जैसे ही चौकीदारनी तार पर पड़े पर्दे को खींचती तो तार से झन्न-झन्न की आवाज आती और ऐसा लगता, जैसे पर्दा खींचा न हो बल्कि पहली पंक्ति में बैठी औरतों के मुँह पर पर्दा दे मारा हो।

इंटरवल में पति लोग बाहर से खाने-पीने की चीजें चौकीदारनी को पकड़ा देते थे और चौकीदारनी पत्नियों को। पति लोग फिर जैसे थे के अंदाज में बालकनी में अपनी सीट पर जाकर बैठ जाते थे। फिल्म खत्म होने पर युगल जोड़ी बाहर आकर साथ हो लेती थी। भीड़ भरी खुली सड़क पर पति-पत्नी साथ चल सकते थे, पर सिनेमा हॉलों के लिए इतनी तंगदिली क्यों थी कि वहाँ साथ नहीं बैठ सकते थे।

अभी तो धड़ल्ले से लड़के-लड़कियाँ साथ में फिल्म देखते हैं। हमारे जमाने में बालकनी में कोई परिचित आदमी बैठा है और कोई ऐसा-वैसा सीन आ जाता था तो जनाने दर्जे में बैठी लड़कियाँ यह ऐसा-वैसा सीन देख लेती थीं तो पानी-पानी हो जाती थीं।

हम कुछ सहेलियाँ राजेंद्र कुमार और वहीदा रहमान अभिनीत 'पालकी' देखने गए थे। जैसे ही हम हॉल के बरामदे में घुस रहे थे, सामने से हमारे समाज-शास्त्र के प्रोफेसर आते दिख गए। हम दोनों ने एक-दूसरे को देख लिया। उन्होंने बालकनी की ओर जानेवाले जीने का रास्ता अपनाया, हमने जनाने का।

फिल्म में सुहागरात का दृश्य दिखाया तो मेरी सहेली प्रोमिला जेम्स ने कहा, 'हे भगवान! सर भी ये सीन देख रहे होंगे, कल क्लास में हम उनका सामना कैसे करेंगे?'

सच में दूसरे दिन हम कक्षा में उनसे नजर नहीं मिला पा रहे थे। उनका भी यही हाल था।

अभी कुछ दिन पहले टी.वी. पर प्रदर्शित हो रही किसी फिल्म में एक महिला उल्टियाँ कर रही थी। आठ साल के एक बच्चे ने तुरंत घोषणा की, 'देखना, अब इसको बच्चा होगा।'

'तुम्हें कैसे मालूम?' दूसरे बच्चे ने पूछा।

'देखा नहीं, अभी-अभी उसने सुहागरात मनाई है?'

'मेरे महबूब' की कहानी यह रही कि मेरे प्यारे जीजा ने अपनी साइकिल की पिछली सीट पर मुझे बैठाया और ले गए मुझे प्रभात टॉकीज। मैं जल्दी से छिपती-छिपाती एक के बदले दो सीढ़ियाँ फलाँगती जनाने दर्जे के दरवाजे पर जाकर खड़ी

हो गई, बाद में जीजा ने मुझे टिकट पकड़ा दिया। जनानियों का विंडो से टिकट लेना भी बेशर्मी मानी जाती थी।

बेचारे जीजा! मेरी इच्छा तो पूरी कर दी उन्होंने, पर मैं उनकी साध पूरी न कर सकी, बालकनी में अपने बगल में बैठाने की।

वे घर चले गए और तीन घंटे बाद आकर मुझे ले गए।

जीजा तो मर्द-मानुस थे, साइकिल उठाई घर चले गए थे।

मेरी माँ बेचारी ने कई बार मुझे सिनेमा दिखाया है। खुद जनाने दर्जे के दरवाजे के बाहर बैठकर पूरे तीन घंटे बेंच पर बैठी चौकीदारनी के साथ गप्पें मारकर बिताती थीं, क्योंकि मेरा घर वहाँ से बहुत दूर था, दो बार नहीं आ सकती थीं।

माँ के मेरे साथ फिल्म न देखने के दो कारण थे।

एक तो पैसे की कमी, एक रुपए दस नए पैसे टिकट की कीमत थी। एक साथ दो रुपए बीस पैसे नहीं होते थे हमारे पास। जाहिर है, बलिदान माँ करती थीं।

दूसरा कारण, उन फिल्मों को वह दुबारा देखना पसंद नहीं करती थीं, जो मौसी बुआओं के साथ पहले ही देख चुकी होती थीं।

कई लोगों को कहते सुना है, 'मेरी माँ दुनिया की सर्वश्रेष्ठ माँ है।'

असंख्य माँओं के साथ बहुत सारी बलिदानी विशेषताएँ जुड़ी होंगी, पर तीन घंटे खुद हॉल के बाहर बैठकर बेटी को सिनेमा दिखाने का यह अनोखा बलिदानी कीर्तिमान संभवत: मेरी माँ के नाम ही होगा।

माँ का तीन घंटे बाहर बैठना अकारथ नहीं हुआ था। चौकीदारनी सुमित्रा से वार्त्तालाप के दौरान माँ से दोस्ती होते-होते बहनापा सा जुड़ गया था, जिसका बहुत फायदा होता था मुझे, मसलन—कभी-कभी हम जल्दी पहुँच जाते थे तो वे हमें हमसे पहलेवाले शो में चल रही फिल्म को देखने की छूट दे देती थीं। इस तरह वे फिल्म हम डेढ़ बार देख लेते थे।

घर में मेरी शादी की चर्चा शुरू हो गई थी। जबकि मेरे मन में हमेशा से था कि मैं शादी नहीं करूँगी। शादी से भी अच्छे काम हैं दुनिया में करने को। इसके बदले में मैं जो चार चीजें करना चाहती थी, उसकी घोषणा मैंने पिताजी के सामने कर दी थी। यह जानते हुए कि मेरी पहली ही इच्छा भैया के द्वारा बुरी तरह से कुचल दी जाएगी।

ये चार चीजें थीं, 'शादी नहीं करूँगी।'

'खूब दुनिया घूमूँगी।'

'खूब अच्छे-अच्छे कपड़े पहनूँगी।'

'खूब नॉनवेज खाऊँगी।'

'खूब सिनेमा देखूँगी।' (दूसरे को छोड़कर सभी तामसिक इच्छाएँ)

हमारे जमाने में यह सोचा भी नहीं जा सकता था कि किसी लड़की-लड़के की शादी न हो और शादी के बदले में चाह भी क्या रही थी। पिताजी के सामने मैंने वह प्रस्ताव भी रखा था कि मेरी शादी में जो खर्च होगा, उसी पैसे से मुझे इलाहाबाद भेजकर कानून की पढ़ाई करवा दें, पिताजी को कोई आपत्ति नहीं थी। पर बड़े भैया को यह कभी मान्य नहीं था। शादी के पैसों का गलत उपयोग? मेरे इस फैसले को मनवाने के मामले में पिताजी को छोड़कर पूरा परिवार गूँगे-बहरों की जमात बन गया था।

भगवान एक दरवाजा बंद करते हैं तो दूसरा खोल देते हैं। जिस शादी को मैं अपनी तीनों ख्वाहिशों की काल-कोठरी समझती थी, वही शादी मेरे सपनों को साकार करने के दरवाजे को खोल देगी, इसका मुझे सपने में भी गुमान न था। मैं जानती थी कि वह गुफा जिसमें मेरे ये चारों अरमान बंद हो जाएँगे, मुश्किल से ही खुलेंगे, पर हुआ इसका उलट। मैं कहाँ जानती थी कि शादी के बाद इस कोठरी के कानों को सिमसिम शब्द सुनाई पड़ेगा और उसका दरवाजा खुलते ही एक फरिश्ता खड़ा मिलेगा।

ये फरिश्ता थे मेरे पति, जिन्होंने पाबंदियों और वर्जनाओं की अर्गला को बड़ी ही सहजता और उदारता से खोल दिया था।

शादी मेरे लिए वरदान सिद्ध हुई।

उनका परिवार जितना ही दकियानूस था, वे उतने ही सहृदय और खुले विचारों वाले थे। उम्र में उनमें और मुझमें दस वर्षों का अंतर था। दिमागी परिपक्वता में यह अंतर परिलक्षित होता था। यह मैंने उनसे बिछड़ने के बाद महसूस किया।

शादी के चार दिन हुए थे।

बंगाल के छोटे-से कस्बे से दो घंटे की दूरी पर हम दो दिनों के लिए अस्थायी और संक्षिप्त हनीमून पर गए थे। उल्लेखनीय यह है कि मैं अपने मायके और ससुराल के खानदान की पहली थी, जो हनीमून मनाने गई थी। उम्र थी मेरी बाईस वर्ष, हनीमून का शहर था—जमशेदपुर। यहीं मेरे पति टिस्को में मुलाजिम थे।

जमशेदपुर टॉकीज में मेरे प्रिय अभिनेता संजीव कुमार की फिल्म 'खिलौना' का पोस्टर देखा। मेरी तो बाछें खिल गईं। यहाँ न तो मना करनेवाले बड़े भैया थे और न तो रिक्शा लेने की झंझट, सिनेमा हॉल दस कदम पर था।

अहा! मजा आ गया।

मैंने अपनी उत्कट इच्छा अपने दूल्हे के सामने रखी। चार दिन पहले की ब्याही दुलहन को मना कैसे कर सकते थे दूल्हा मोशाय, हालाँकि उनका मन नहीं था।

हम नाइट शो में 'खिलौना' देखने गए। सारे जहाँ से गाफिल मैं मनोयोग से देख रही थी। सहसा मेरे पति मेरे कानों में कुछ फुसफुसाए, मैंने कोई ध्यान नहीं दिया—मैंने हाथ से उन्हें बरजा कि 'डिस्टर्ब मत करो'।

थोड़ी देर बाद कानों में फिर फुसफुसाहट, अब मुझे ध्यान देना ही पड़ा। फुसफुसाहट स्पष्ट होने पर मैं हैरान हो गई।

उन्होंने कहा, "मैं बहुत थक गया हूँ। चलो, अब चलते हैं।"

"कहाँ?"

"घर।"

"हें! क्या कह रहे हैं?"

कानों पर विश्वास नहीं हो रहा था।

हे भगवान! कहीं बिना देखे कोई आधी फिल्म छोड़ सकता है? मन-ही-मन मैंने सोचा—कैसा खब्तुल आदमी है यह! उस समय मेरा सद्य:विवाहित वर मुझे सिरफिरा ही लगा।

माना कि चार दिन पहले हुई शादी की गहमा-गहमी, रवायतें निभाने की कवायद, दो दिन बाद मायके के लिए मेरी विदाई, थकान होना लाजिमी था, पर अकेले वे ही तो नहीं थके थे। थकान ने मुझे भी तो दबोचा था। पर मैं तो···

उनका अनुनय मानकर हारकर मुझे सीट छोड़कर उठना ही पड़ा। अँधेरे में हम अपनी कतार से निकल गए। वे आगे-आगे, मैं उनके पीछे-पीछे। मेरा हाथ उनके हाथ में, मुझे खींचते हुए से बाहर निकाला। मैं पीछे मुड़-मुड़कर तब तक नेह और बेचारगी से स्क्रीन देखती जा रही थी, जब तक पतिदेव हॉल से बाहर खींच नहीं ले गए। उस समय सीन चल रहा था, खलनायक शत्रुघ्न सिन्हा बलात्कार की कोशिश में मुमताज की साड़ी खींच रहे थे। मैं साड़ी सहित पूरी-की-पूरी हीरो के द्वारा खींची जा रही थी, अपने जीवन के हीरो द्वारा।

कमरे में आकर मैं बच्चों की तरह बहुत रोई थी। जैसे मेरे हाथ से चंद्र-खिलौना छूट गया हो।

मेरा आधा सिनेमा छुड़वाकर मेरे बगल में सोया हुआ आदमी उस क्षण मुझे पूरा खलनायक ही लग रहा था।

पंद्रह दिनों के बाद हम दुबारा अपने लंबे हनीमून पर आगरा, दिल्ली गए।

इन शहरों में भी मेरा वही हाल था। शहर से ज्यादा मुझे सिनेमा के पोस्टर आकर्षित करते रहे। सजन-सान्निध्य से उतना रोमांचित नहीं हो रही थी। खूब सिनेमा देखूँगी वाले आकांक्षा-भाव की गुदगुदी से अधिक रोमांचित थी।

शादी के पहले केवल इलाहाबाद और बनारस देखा था। घूमने का शौक भी बहुत था, पर अभी तो दिल्ली का मेट्रोपन भी मुझे नहीं लुभा पा रहा था। बस सिनेमा देखना है, सिनेमा देखना है, का राग अलापती रही। 'पूरब-पश्चिम', 'महुआ' 'दो रास्ते' और न जाने कितनी नई-नई फिल्में, कोई कैसे अपने मन पर काबू पा सकता था।

पति का कुछ भी समझाना-बुझाना जहर में बुझा मालूम पड़ता था। उनका कहना था, 'फिल्म तो तुम कहीं भी मिर्जापुर, इलाहाबाद, बनारस में भी देख सकती हो, पर दिल्ली-आगरा तो दिल्ली-आगरा में ही देख सकती हो न? फिल्मों में तीन घंटे क्यों बरबाद करना! इतने में तो हम शहर के हिस्से देख सकते हैं।'

बहुत देर बाद समझ में आया कि कह तो ठीक ही रहे हैं। बात खोपड़ी में घुस जाने की खुशी में उन्होंने एक फिल्म तो दिखा ही दी 'पूरब-पश्चिम'।

मैं तो सुध-बुध भूलकर फिल्म देखती रही और मेरे बगल में बैठे आदमी यानी मेरे पतिदेव के खर्राटे भी मुझे बाधित नहीं कर पा रहे थे। वे सुध-बुध खोकर नींद की आगोश में पड़े रहे। पूरी फिल्म में दर्शक उनके खर्राटों से परेशान और मैं शर्मिंदा होती रही। कुहनी से टहोका देकर जगाती तो उन्हें अपनी नींद बाधित लगती।

कुछ दिनों बाद साथ रहते-रहते एक-दूसरे के स्वभाव और आदतों से हमारा परिचय होने लगा। मुझे बहुत धक्का लगा, जब मैंने जाना कि मेरे पतिदेव को फिल्मों में कोई रुचि नहीं है। विशेषकर हिंदी फिल्मों में। उनका कहना था, 'हिंदी फिल्में स्वाभाविकता से कोसों दूर होती हैं। हिरोइन जब नदी में नहाने के लिए घुसती है तो लाल साड़ी में, जब बाहर निकलती है तो साड़ी का रंग हरा हो जाता है, जैसे वह नदी न होकर किसी रँगरेज की रंगोंवाली नाँद हो!'

हिंदी फिल्मों की बजाय उन्हें बँगला फिल्में ज्यादा जमीनी लगती थीं। बँगला फिल्में कभी-कभार देख लेते थे।

मुझे भी जया भादुड़ी की 'धन्नो में' (धन्य लड़की) दिखाने ले गए थे। तब मुझे बँगला भाषा का 'क' भी नहीं मालूम था।

कॉमेडी फिल्म थी। पूरा हॉल हास्य-रस में सराबोर था। एक संवाद के बाद हँसी के ठहाके, जिसमें इनका भी ठहाका शामिल होता था। फिर ठहाके, मैं चुप बेजार होकर इनसे पूछती, 'क्या कहा इसने (पात्र ने)?'

ये कहते, 'रुको! बाद में बताता हूँ।' उस समय तो हँसने में मशगूल होते थे। जब पूरे हॉल की हँसी थम जाती, सन्नाटा हो जाता, दर्शक फिर से फिल्म देखने में मशगूल हो जाते, तो ये पिछले संवाद की व्याख्या मुझसे करने लगते। तब पूरे हॉल में अकेली मैं कहकहे लगाती। गलत समय पर उनकी व्याख्या और मेरी हँसी से अगल-बगल के दर्शक बाधा महसूस करते। एक-दो बार तो नहीं बोले। बाद में जैसे ही उन्होंने मुझे किसी हास्यास्पद संवाद का हिंदी में अनुवाद समझाना शुरू किया, कई बंगाली दादा लोग एक साथ टूट पड़े, 'मोशाय! चुप कोरे थाकुन, शांति धोरे बोशुन।'

बाद में तो बँगला फिल्मों की मैं रसिया हो गई। अच्छी तरह से बँगला भाषा न जानने के बावजूद मैंने कई अच्छी बँगला फिल्में देखीं—'खुदित पाषाण', 'चमेली मेम साहब', 'सात पाखे बाँधा', 'फाल्गुनी', 'सिस्टर', 'चोख' जैसी बेहतरीन फिल्में और अपने पतिदेव के विचारों से इत्तफाक रखा कि ये फिल्में वास्तव में वास्तविकता के करीब थीं।

मेरे पति ने थोड़े समय में ही मेरी आदतों को न केवल पहचान लिया बल्कि उनका आदर किया और मेरे अनुरूप अपने को ढाल भी लिया।

अपने परिचितों और रिश्तेदारों में शायद मैं वाहिद औरत थी, जो उन दिनों (सत्तर-अस्सी के दशक में) अकेले सिनेमा देखने जाती थी।

दो सिनेमा हॉल तो घर के इतने नजदीक थे कि नाइट शो के संवाद और गाने सुनाई पड़ते थे। घर से हॉलों की इस नजदीकी ने मुझे इतनी खुशी दी थी कि शायद किसी भगवान-भक्त को अपने घर के नजदीक के भव्य मंदिर से भी न हो।

'चलिए न फिल्म देखने।'

ऐसा कहने पर मेरे बेचारे पति को अजीब सी स्थिति का सामना करना पड़ता था। वे न तो मेरे इसरार को टाल पाते थे, न तीन घंटे तक अँधेरे हॉल में बैठकर अपने कीमती वक्त की हत्या कर सकते थे।

निराकरणस्वरूप अपने साथ ले जाकर फिल्म का टिकट खरीदने, सीट पर बैठाने, गेटकीपर को सहेजने की जिम्मेदारी का काम बड़ी मुस्तैदी से निभाकर घर चले जाते थे। दोनों हॉल अपने मोहल्ले में होने के कारण लगभग सभी गेटकीपर और कर्मचारी उनके पहचान के थे।

मध्यांतर में फिर आकर मिल जाते थे। 'सिनेमा अच्छा है या बुरा' पूछ जाते थे। खाने-पीने की चीजें ले आते थे, पर तीन घंटे बैठकर सिनेमा नहीं देख पाते थे। ऐसे ही उन्हें फरिश्ते का दर्जा नहीं दे रखा था मैंने, नतमस्तक हूँ उनकी 'सपोर्टिंग स्पिरिट' पर।

'दुलहन वही जो पिया मन भाए' देखने गई थी। मैं उस दिन अकेली नहीं थी, साथ में मेरी छह महीने की बच्ची थी।

इंटरवल के कुछ देर पहले उसने आराम से ढेर सारा पॉटी कर दिया। उन दिनों डायपर था या नहीं, याद नहीं, पोतड़े तो कई पर्स में डालकर ले गई थी, पर वो तो शू-शू के लिए थे। फिल्म का मजा किरकिरा हुआ ही, घनघोर मुश्किल में पड़ गई। माँ-बेटी दोनों नारकीय क्षणों से गुजर रही थीं। बेचारी बच्ची तब तक गजालत में पड़ी रही, जब तक मेरे सिनेमाई तारणहार पति नहीं आ गए। हमेशा की तरह इंटरवल में मिलने आए और बच्ची को उसके विशेष सामान के सहित घर ले गए।

'काकचेष्टा बकोध्यानम', श्वाननिद्रा वाले अंदाज में मैं सिनेमा देखती थी। देखते समय किसी तरह का व्यवधान पसंद नहीं था। अकसर पर्स लेकर नहीं जाती थी। टिकट चेकर द्वारा फाड़े हुए टिकट का बचा हुआ आधा भाग और बचे हुए रेजगारी पैसे हाथ में लेकर सिनेमा देखने में मुझे बाधा महसूस होती थी। जब इंटरवल में ये आते थे, उन्हें पैसे पकड़ाकर, मैं आजाद महसूस करती थी और सिनेमा का भरपूर आनंद उठाती थी।

उस दिन तो मेरी बिटिया रानी ने अपनी नैसर्गिक क्रिया द्वारा मेरी खब्त को बुरी तरह से खँगालकर रख दिया था।

गर्भकाल में मेरी तबीयत बहुत खराब रहा करती थी। पूरे नौ महीने भयानक उल्टियाँ हुआ करती थीं, खाना-पीना दुश्वार रहता था। हर चीज से दुर्गंध आती थी। रुमालों की जगह हाथ से बदलकर नासिका हो जाया करती थी। हर समय नाक के रंध्रों को रुमाल से दबाए रहती थी। ऐसी दशा में ही एक बार मुझे इलाहाबाद जाना पड़ा। इलाहाबाद मेरे घर यानी मायके से रेल से डेढ़-दो घंटे की दूरी पर है। अपने दस-ग्यारह साल के भतीजे को साथ लेकर गई। छोटे भैया से उनके ऑफिस रेडियो-स्टेशन में मिली, काम पूरा किया।

भैया को मेरा जुनून मालूम था।

उन्होंने पूछा, 'सिनेमा देखोगी?'

मैं चुप रही। बिना खाए-पिए भी उल्टियों ने नाक में दम कर रखा था। असमंजस की स्थिति थी। सिनेमा के लिए हामी भरूँ या घर के लिए प्रस्थान करूँ।

भैया ने देर नहीं की, पैसे दिए और प्यार से कहा, 'जाओ देख लो।'

हिम्मत करके चली तो गई और कोई परेशानी नहीं थी, बस उल्टियाँ डरा रही थीं।

'हरे राम हरे कृष्ण' देखने गई, जैसे ही हॉल में घुसी, नाना तरह की गंधों ने मेरा स्वागत किया। एक उल्टी वहीं आई, भागकर वॉशरूम गई। अंदर फिल्म आगे बढ़ती रही और बाहर कमबख्त मेरी उल्टियों का सिलसिला जारी रहा। मेरा दस साल का भतीजा अकेला बैठकर फिल्म देखता रहा और मैं वॉशरूम को धन्य करती रही। बीच में कई बार अंदर गई, पर गंधों को मंजूर नहीं था कि मैं फिल्म देखूँ।

कोई यकीन नहीं करेगा, पर्दे पर जीनत अमान और उसके हिप्पी दोस्तों के गाँजा-चरस के दम की गंध भी महसूस कर रही थी और दे उल्टियाँ।

किचन में माँज-धोकर रखे खाली कुकर को भी देखकर मैं उल्टी कर देती थी कि इसी में दाल बनती है। हलदी पाउडर देखकर उल्टी होती थी कि यह दाल में पड़ती है।

बहरहाल, बड़ा दुःख दीनो 'हरे राम हरे कृष्ण' ने हालाँकि यह दुःख तो मेरा ही ओढ़ा-बिछाया हुआ था।

सालोसाल बाद अब भी मैं इस फिल्म के गाने सुनती हूँ तो उल्टी नहीं तो उबकाई तक की नौबत आ ही जाती है। खासकर ये गाने, 'काँची रे काँची रे' और निस्संदेह 'दम मारो दम'।

अविश्वसनीय लगता है न ?

जमशेदपुर में घर से काफी दूर वाले सिनेमा हॉल में तनुजा और संजीव कुमार की फिल्म 'अनुभव' लगी हुई थी। बहुत मन था देखने का। उस हॉल में जाना टेढ़ी खीर था। उससे भी बड़ी बात थी कि गर्भ में मेरा पहला सात महीने का बच्चा था। पतिजी किसी तरह का खतरा नहीं मोल लेना चाहते थे। ऐसी हालत में तीन घंटे हॉल में बैठना…

मैंने उन्हें याद दिलाया कि अभी बच्चे के जन्म की 'ड्यू डेट' तीन हफ्ते यानी 5 सितंबर है। (राधा कृष्णन का जन्मदिन, शिक्षक दिवस) अभी तो दिल्ली दूर है, 'सो प्लीज, प्लीज मुझे 'अनुभव' देख लेने दें।'

काफी विनती के बाद प्रार्थिनी की प्रार्थना उन्होंने मान ली, पर आदतानुसार, साथ देखने नहीं गए।

मैं अपनी एक सहेली और भतीजे के साथ सिनेमा देखने आई।

5 सितंबर को दुनिया में आनेवाले मेरे गर्भस्थ राधा कृष्णन 13 अगस्त को ही मेरी गोद में आ गए, तीन हफ्ते पहले।

शायद मेरे सिनेमाई एडवेंचर का परिणाम था यह।

अच्छी फिल्में भी जैसे चुनौती बनकर, चुन-चुनकर मेरी परीक्षा ले रही थीं।

मेरे नवजात के आते-आते मीना कुमारी और मेरे बेहद पसंदीदा अभिनेता राज कुमार की 'पाकीजा' शहर के एकमात्र वातानुकूलित हॉल नटराज में लगी।

प्रसव के बाद अस्पताल से आते-आते मैंने रास्ते में पाकीजा का पोस्टर देखा, मेरे मुँह से जोर की चीख निकल गई।

'अरे!'

बगल में बैठे मेरे पति का का कलेजा मुँह को आ गया। उन्होंने सोचा नवप्रसूता उनकी पत्नी यानी मुझको कुछ हो गया या फिर ढाई दिन के उनके लख्ते-जिगर के ऊपर कोई आफत आन पड़ी। घबराकर उन्होंने पूछा, 'क्या हुआ?'

मैंने कहा, 'पाकीजा लग गई।'

'तो?'

'तो, तो मैं अचकचा गई।'

मेरी चीख में दो मिश्रित बातें थीं।

एक तो यह कि इस बहुप्रतीक्षित फिल्म की आमद मेरे शहर में हो चुकी है। दूसरी यह कि मैं इस समय प्रसूति में होने के कारण फिल्म देखूँगी कैसे? अपने इस दुधमुँहे को लेकर हॉल तक जाऊँगी कैसे? पेट में थे तो और बात थी अब तो बाहर आ चुके हैं।

मैं उन्हें ये सब नहीं बता सकती थी, क्योंकि मेरी यों ही निकल गई चीख से वे बुरी तरह से झल्ला उठे थे, बल्कि क्रोधित हो गए थे मुझ पर। बुरी तरह से बरस भी पड़े थे मेरी इस सिनेमाई खब्त पर।

घर आने पर प्रसूति से संबंधित रस्में—छठी, बरही, बच्चे के टीकाकरण आदि में बारह-तेरह दिन निकल चुके थे। इन सब व्यस्तताओं के बीच निरंतर मन में हर समय चल रहा था 'हाय पाकीजा', 'हाय पाकीजा!' कहीं खत्म हो गई तब?

यह यक्षप्रश्न मैंने अपने पतिदेव के सामने रखा तो जवाब मिला, 'खत्म हो जाने दो, खत्म हो जाने पर कौन सा पहाड़ टूट पड़ेगा! अभी बच्चा कुल सत्रह दिनों का है। बाद में देखना।'

'बाद में चली जाएगी।'

'चली जाएगी तो क्या? दूसरी देख लेना।'

अब मुझे झल्लाहट होने लगी। दूसरी फिल्म 'पाकीजा' कैसे हो सकती है?

इनके अहमकपने पर आँखों में आँसू आ गए।

उन्हें तरस आ गया, अस्पताल से आते समय की डाँट का भी उन्हें पछतावा था। इन सबको कंपनसेट करने के लिए उन्होंने दिखाने की हामी भर दी।

तुमने इतना बड़ा उपहार (पुत्ररत्न) दिया है। मुझे हाँ कहना ही होगा। मैंने उनके इस एहसानमंदी से कृतार्थ होने का भाव प्रदर्शित किया।

कहना नहीं होगा, अठारह दिन के बच्चे को लेकर हम 'पाकीजा' के पुण्य दर्शन को गए। इस बार ये भी साथ गए। बच्चे को खूब लपेट-लपाटकर ले गए थे।

घुसने के पहले गेट पर इन्होंने कहा, 'यह हाल वातानुकूलित है। अगर बच्चे को ठंड लगी या और कुछ हुआ तो आज से तुम्हारा सिनेमा देखने का यह खब्त खत्म।'

मैंने हाँ में सिर हिलाया और अंदर चले गए। भगवान का लाख-लाख शुक्र बच्चे को एक छींक भी नहीं आई।

चार दिन के बाद फिर यानी बाईस दिन के बच्चे को लेकर 'ललकार' फिल्म देखने गई। यह फिल्म युद्ध पर आधारित थी। जितनी बार बम फेंका जाता, उतनी बार मेरा नवजात बच्चा मेरी गोद में चिहुँक जाता था। यह मैंने उसके पिताश्री को कभी नहीं बताया।

पहली बार जब गर्भवती हुई थी, तो हमारे शिशु सुपुत्र डॉक्टर द्वारा बताए नियत समय से तीन हफ्ते पहले ही दुनिया में आ गए।

दूसरी बार जब गर्भवती हुई तो मेरी गर्भस्थ कन्यारत्न ने काफी इंतजार करवाया। उनके आने का नियत समय पार हो चुका था, बाहर आना ही नहीं चाह रही थीं, जैसे अपने भैया के बराबर हक माँग रही थीं शायद।

'हूँ, भैया तो सिनेमा देखने के बाद बाहर आए थे, मैं बिना फिल्म देखे क्यों आऊँ?'

गर्भभार से उनकी माँ दबी जा रही थी, शिथिल पड़ती जा रही थी, फिर भी कोई रहम नहीं। ऐसा लगता था, जैसे वे अपना बराबरी का दर्जा लेकर ही रहेंगी।

मैंने अपने पति से कहा, 'जब तक मैं सिनेमा नहीं देखूँगी, तब तक ये अंदर ही रहेंगी। मेरा पहला प्रसव याद करिए, जिस दिन मैं फिल्म 'अनुभव' देखकर आई थी, उसके दूसरे दिन ही...'

उन्होंने जवाब दिया, 'जाओ देख आओ, मना किसने किया है?'

मैंने अपनी समवयस्का जेठानी की बेटी को साथ लिया और अपने उन्हीं पाँचसाला बेटे की उँगली पकड़ी, जो अठारह दिन की उम्र से ही अपनी माँ के इस खब्त के साथी और शिकार थे।

पासवाले हॉल में जाकर बैठ गई।

क्या हुआ अगर बैठने में दिक्कत हो रही थी। 'अमर अकबर एंथोनी' तो देख ली।

रात 9 बजे सिनेमा देखकर आई और उसी रात प्रसव वेदना शुरू हुई, 3 बजे

अस्पताल में भर्ती हुई और 10 बजे सुबह मेरी सुकन्या गोद में थीं।

अपने भैया से बिल्कुल बराबरी का दर्जा लिया मेरी सुकन्या ने।

एक बार हम तीन सहेलियों ने 3 से 6 वाले शो में 'प्रेमनगर' देखने की योजना बनाई। दिक्कत यह थी कि दूसरे हॉल में 12 से 3 वाले शो में क्लासिक फिल्म 'दो आँखें बारह हाथ' लगी थी, मुझे वह भी देखनी थी, मसला टाइमिंग का था। मैंने उन लोगों से कहा, 'तुम लोग मेरी भी टिकट लेकर गेटकीपर को सहेजकर अंदर 'प्रेमनगर' में बैठ जाना, मुझे पाँच-दस मिनट देर हो जाएगी। 'दो आँखें बारह हाथ' देखने के बाद मैं भी प्रेमनगर में आ जाऊँगी। तुम लोगों को ज्वॉइन कर लूँगी।'

योजना के तहत सब क्रियाकलाप संपन्न हो रहे थे। 'दो आँखें बारह हाथ' देखकर बसंत टॉकीज से करीम टॉकीज पहुँची, फिल्म शुरू हो गई थी। घुसते समय गेटकीपर ने टिकट माँगा। मैंने हॉल के अंदर इशारा करते हुए कहा, 'मेरी दो साथिनें अंदर हैं उनके पास ही मेरी टिकट भी है।' उसकी हाँ-न सुनने का भी मैंने इंतजार नहीं किया, हॉल में घुस गई, अँधेरा था। अपनी सहेलियाँ कुसुम और मालती को मैं नहीं देख पा रही थी। सच पूछो तो मैंने देखने की कोशिश भी नहीं की। इस खोज को इंटरवल के उजाले तक के लिए मुल्तवी कर दिया।

किसी एक खाली सीट पर बैठ गई।

इंटरवल में जैसे ही हॉल रोशन हुआ, मेरी बेचैन नजरें कुसुम और मालती को ढूँढ़ने लगीं। बैठे-ही-बैठे गरदन घुमा-घुमाकर, फिर खड़ी होकर भी खोजा, पर नहीं मिलीं।

'हे भगवान! क्या ये दोनों नहीं आईं? फिर मेरी टिकट? क्या मैं मुफ्त में फिल्म देख रही हूँ?'

मन में तरह-तरह की आपाधापी चल ही रही थी कि हॉल की रोशनी गुल हो गई।

बत्तियों के गुल होने के तुरंत बाद एक दस-बारह साल का लड़का मेरे पास आया और कोल्ड ड्रिंक की बोतल मुझे देने लगा।

'मैंने नहीं मँगाया है, किसने भेजा है?'

अँधेरे में ही उसने पीछे की कतारों की ओर उँगली दिखाकर इशारा किया, 'बाबू ने भेजा है।'

अँधेरे में न किसी बाबू का चेहरा और उजाला होने पर न किसी कुसुम और मालती का चेहरा दिखाई पड़ा।

विदाउट टिकट मुफ्त में सिनेमा देख लिया। चाहती तो तथाकथित बाबू का

कोल्ड ड्रिंक भी पी लेती मुफ्त में, पर नहीं पिया।

दूसरे दिन पता चला कुसुम और मालती सिनेमा देखने गई ही नहीं थीं। ये दोनों तो नहीं मिलीं, पर मेरा एक सहकर्मी लालजी मिश्र मिल गया, ठीक एग्जिट गेट पर।

उसने पूछा, 'दीदी! सिनेमा देखने आई थीं?'

मन-ही-मन मैंने सोचा, कह दूँ, 'नहीं आर्यसमाज का जलसा हो रहा था, उसमें शामिल होने आई थी।'

ऐसा तिक्त जवाब देने की बजाय उस दिन पहली बार मैंने अपने इस अकेले सिनेमा देखने की खब्त पर शर्म महसूस की। लोग क्या कहेंगे, का एहसास पहली बार हुआ। तत्कालीन मानसिकता के तहत ऐसा सोचना स्वाभाविक था।

घर लौटने पर सिनेमा देखने की अतिरेक खुशी, फिर उस पर चहक-चहककर चर्चा करना, सब तिरोहित था।

मेरे मलिन चेहरे को देखकर उनका चेहरा मलिन हो गया।

उन्होंने पूछा, 'चेहरा उतरा हुआ क्यों है? क्या फिल्म अच्छी नहीं थी?'

मैं भरभराकर रो पड़ी, फिर खूब झगड़ा किया और खूब रोई। शराब, जुआ, चाय, सिनेमा क्या अकेले पीने-देखने की चीज है?

पतिजी हैरत में आ गए, 'इसमें नई बात क्या है? तुम तो यहाँ आने के बाद से अकसर ही अकेले जाती रही हो, आज क्या हो गया?'

'आज ही मुझे बोधिज्ञान हुआ है। जीवन साथी के रहते सिनेमा में मुझे उसका साथ न मिले, यह अच्छी बात नहीं है, शर्मिंदगी की बात है।'

वे हँसने लगे।

उस दिन के बाद से जब तक मेरा साथी जीवित रहा, हमने प्रायः साथ-साथ ही फिल्में देखीं। यह अलग बात है कि हॉल में आते ही वे सो जाते थे। बीच-बीच में घड़ी देखना नहीं भूलते थे कि अभी फिल्म खत्म होने में कितनी देर है। फिल्में उन्हें बहुत उबाऊ लगती थीं, केवल मेरा साथ देने के लिए जाते थे। उस दिन के मेरे रोने का मान उन्होंने ताउम्र रखा।

मुझे और उन्हें कहाँ पता था कि ताउम्र का रोना मुझे मिलनेवाला है।

आज मेरा 'शरीके-हयात' साथ नहीं है।

वर्षों बीत जाते हैं सिनमा हॉल का मुँह देखे हुए। दूसरे कमरे में रखी हुई टी.वी. का रुख भी कम ही करती हूँ। दोनों बच्चे खुद के अपने-अपने आशियाने में हैं।

अकेलेपन और अवसाद से निजात पाने के लिए कभी-कभी कोई फिल्म देख भी लेती हूँ अकेले ही। अब तो ऊपर से लाइसेंस ही मिल गया है अकेले देखने का।

मेरी 'पतिवाली' सहेलियों को अजीब लगता है, मेरा अकेले सिनेमा देखना।

मुझे अजीब लगती है इनकी सोच, जब मैं अकेले बच्चों की पी.टी. मीटिंग अटेंड कर सकती हूँ, दूसरे शहरों में उनकी पढ़ाई का जिम्मा अकेले उठा सकती हूँ, उनके लिए बैंकों में ड्राफ्ट अकेले बनवाने से लेकर कूरियर तक अकेले कर सकती हूँ, बिजली की मरम्मत के लिए ऑफिस के चक्कर अकेली लगा सकती हूँ, गैस अकेले ला सकती हूँ तो अकेले सिनेमा देखना अजूबा क्यों है?

आज भी जब मैं विंडों पर टिकट माँगती हूँ तो शीशे के पीछे बैठे टिकट बेचनेवाले शख्स के मुँह के सामने रखे सुबुक से माइक से आवाज आती है, 'कितने टिकट?'

'एक।'

सिर उठाकर मुझे कुछ अजीब नजरों से देखता है। पता नहीं उन नजरों में मेरे लिए क्या होता है। अकेले? 'शौकीन बुढ़िया चटाई का लहँगा' या 'बूढ़ी घोड़ी लाल लगाम' जैसा व्यंग्य या मखौल?

और यह टिकट विक्रेता एक अत्याधुनिक मल्टीप्लेक्स सिनेमा हॉल का होता है।

□

कहानी 6

सफरगाथा गोलगप्पों की

प्रायः हम किसी के घर खाली हाथ नहीं जाते, विशेषतः बेटियों के घर-ससुराल। जाहिर है, मैं भी जब अपनी बेटी से मिलने जाती हूँ तो कुछ-न-कुछ सौगात लेकर जाती हूँ। मेरा यह कुछ-न-कुछ बड़ा अनोखा होता है। बल्कि यों कहिए कि इसे अनोखा बना देती हैं सात समंदर पार बसी मेरी बेटी जान।

एयर लाइंसवालों का यात्रियों के साथ ले जानेवाले सामानों के वजनवाले नियम का दबाव बहुत वजनी होता है। वीजा तीन महीने का और सामान ले जाने का प्रावधान केवल तेईस किलो। नब्बे दिन का वीजा दिया तो कम-से-कम नब्बे किलो तो ले जाने दो। नब्बे न सही सात समंदर पार जा रहे हैं तो कम-से-कम सत्तर किलो तो ले जाना वाजिब ठहराओ। ऊपर से कहर यह कि सूटकेसों का वजन भी इसी में शामिल होता है।

अब 'नंगा नहाए क्या और निचोड़े क्या!'

काश! यूरोप जानेवाले यात्रियों को भी अमेरिका जानेवालों की तरह कुछ अधिक वजन ले जाने की सुविधा मिलती।

वजन से संबंधित इस नियम पर हम आपस में टीका-टिप्पणी तो कर सकते हैं, पर उन्हें कुछ कह नहीं सकते। हाँ, अपनी उस हैसियत पर रो जरूर सकती हूँ, जो मुझे फर्स्टक्लास में यात्रा करने की अनुमति नहीं देती और न ही मेरा जमीर इकोनॉमी क्लास में यात्रा करते हुए प्रति किलो तीन हजार रुपए अतिरिक्त अदा करने की आज्ञा देता है। 'जितने का बबुआ नहीं, उतने का झुनझुना', फिर न तो मैं कोई धन्ना सेठ हूँ न कारूँ का खजाना है मेरे पास और न ही 'अली बाबा चालीस चोरों' के लूट की वह गुफा, जो खुल जा सिमसिम कहने के साथ ही खुल जाए

और सामने ही धन का अंबार खड़ा मिल जाए, जिससे मैं अपनी अकिंचनता को यकबारगी धो-पोंछ डालूँ।

अस्तु, जाने से पहले शुरू होती है, सूटकेस में सामानों की रख-निकाल की जद्दोजहद। सूटकेस में अपने लिए मुश्किल से चार साड़ियाँ और चार ब्लाउज…

'चार?'

वजन क्राइसिस की इस संकट की घड़ी में चार ब्लाउज ले जाना विलासिता लगती है। सो खोज-खोजकर एक ही ऐसा ब्लाउज निकालती हूँ, जो चारों साड़ियों की मैचिंग का हो, कम-से-कम चालीस ग्राम वजन तो कम होगा।

इन तीन महीनों के प्रवास में इन्हीं चारों साड़ियों को पहन और देख-देखकर उबकाई आने लगती है। एकरसता की ऊबन क्या होती है, ये तीन महीने बखूबी समझा देते हैं।

बाकी बची जगह में मेरी बेटी की खासमखास खाने की चीजें होती हैं। खास दुकान की बेहद पसंदीदा मूढ़ी (मुरमुरे लाई), जमशेदपुर का मशहूर फकीरा और गिरीश चनाचूर, श्री राम पापड़, बड़ियाँ-मुँगौड़ियाँ और अचार तो खैर सनातन काल से बेटियों के औपहारिक सामानों का शाश्वत सौगात रहा है।

मूढ़ी के पैकेट, कम-से-कम छह तो होने ही चाहिए। हलके होने के बावजूद सूटकेस की अधिकतम जगह ये पैकेट्स ही अधिगृहीत कर लेते हैं। मुए एयरलाइंस वाले बड़ा स्ट्रेसफुल बना देते हैं सफर को, अपने वजन की हदबंदी के बावजूद इस स्ट्रेस का तुर्रा यह है कि बेटी की स्पेशल डिमांड पर अब दो-तीन बार से गोलगप्पे के पैकेट्स भी ले जाने लगी हूँ।

गोलगप्पों की नाजुकता सर्वविदित है। इस नाजुकता से उलझना, फिर उनसे जीतना टेढ़ी खीर है।

पहली बार जब गोलगप्पे ले जाने की सोची तो उनकी नाजुकता और क्रिस्पीपन के ठीक उलट आठ हजार किलोमीटर की दूरी तय कर सलामती के साथ गंतव्य तक पहुँचाने की योजना, लोहे के चने चबाने जैसा कर्म लगा।

सही-सलामत या न्यूनतम रिस्क पर गंतव्य तक पहुँचाना 'कोशिश-ए-दशरथ माँझी' से कम न थी। वही 'दशरथ माँझी' जिनकी सराहनीय कोशिश की कहानी आप कुछ ही दिनों में बड़े रुपहले पर्दे पर केतन मेहता द्वारा निर्देशित फिल्म के रूप में देखेंगे।

कई दिन लग गए, यह सोचने में कि बेटी की यह इच्छा कैसे पूरी की जाए? कैसे ले जाऊँ? कभी-कभी ऐसा भी जी में आया कि हटाओ, नहीं ले जाते हैं। फिर

लगा कि बेटियों की विदाई या उनके घर जाने पर मायकेवाले क्या नहीं देते! मेरी बेटी ने सौ गोलगप्पे ही तो माँगे हैं, कोई चाँद तो नहीं माँगा, किस हिये से मना कर दूँ?

बहुत विमर्श के बाद अपने हैंड पर्स में ही गोलगप्पों को जगह देने की सोची। हैंड लगेज में रखती तो लगेज को केबिन तक पहुँचाने के क्रम में ही गोलगप्पों का कचूमर निकल सकता था।

फिर अटैची! वह भी उन सौ गोलगप्पों की सुरक्षा की दृष्टि से बिल्कुल सेफ नहीं थी। मेरे साथ उनकी भी तो फ्लाइट बदलती थी। मुंबई से ज्यूरिख, ज्यूरिख से जेनेवा।

फ्लाइट का बदलना और गोलगप्पों का अपने सही आकार में जस-का-तस रह जाना, चमत्कार ही होता।

मुझे याद आ रहा था, पिछली यात्रा में जेनेवा में सूटकेसों का हश्र, उनका कन्वेयर बेल्ट से गुल्टनियाँ खाते हुए जमीन पर औंधे मुँह गिरना (हमेशा नहीं) सूटकेस किसी और का गिरा था और कलेजा मेरा मुँह को आ गया था। हाय! इन सूटकेसों के अंदर के सामान कितने जख्मी हुए होंगे।

मैं खयालों से बाहर आई।

नहीं-नहीं अटैची में नहीं, इसमें रखकर गोलगप्पों की हड्डी-पसलियों का चूरमा नहीं बनवाना है।

बहुत अंतर-विमर्श के बाद यह तय पाया कि मेरा हैंड पर्स ही उन गोलगप्पों का खैरियतगाह बनेगा। पर्स का वजन तेईस किलो में शामिल नहीं होता था। इसलिए एयर ट्रैवेल के लिए खास साइज का पर्स खरदीना मेरे लिए दूरदर्शिता जैसे गुणों में शामिल रहता था। कोशिश हमेशा बड़े-से-बड़ा पर्स खरीदने की होती थी।

लेकिन बड़े साइज की भी हद होती है।

इतना ही बड़ा खरीद सकती थी, जो काउंटर के पीछे खड़े चेक-इन करानेवाले कर्मचारी बच्चों की नजर में पर्स लगे, न कि एयर बैग।

पर्स में पहले से ही चार किलो वजनधारी श्रीराम पापड़ के दस पैकेट थे। फिर भी उस जंबो पर्स के कुएँ सरीखे पेट में अभी बहुत जान बाकी है, टाइप से जगह बची थी। उसमें पचास-पचास के दो नहीं तीन पैकेट गोलगप्पे धर ही तो लिये। पापड़ और गोलगप्पे संसार-कूप में पड़े प्राणी की तरह पर्स में पड़े रहे।

मेरी यात्रा शुरू हुई।

डेढ़ सौ नाजुक और 'फ्रजाइल' गोलगप्पों के पर्स में आते ही मेरा पर्स खुद मेरी ही नजरों की जेड प्लस की सुरक्षा में आ गया। गोलगप्पों के अंग-प्रत्यंग हर हालत

में सही-सलामत रहें, इसके लिए पर्स की सलामती बेशक अहम मसला था भई!

बोर्डिंग के समय जहाज की सीढ़ियों के दोनों ओर खड़े बाल-गोपाल से कर्मचारी, जो उम्र में तो थे मेरे नाती-पोते जैसे, पर अपनी चुस्त-दुरुस्त मुद्रा से शरलॉक होम्स के दादा होने का आभास दे रहे थे। मेरे गुब्बारा बने पर्स को लेजर सी बेधती उनकी चाक-चौबंद नजरें, उफ! कल्पना में ही चीर-फाड़ किए दे रही थी। पर्स खुलवाकर देखा तो नहीं, पर वजनी और ओवर ईटिंग से फूले पेट की तरह मेरे पर्स को अपनी नजरों से ऐसे तौल रहे थे, जैसे उसे मैं नहीं, स्विस पायलट ही अपने कंधों पर लटकाकर ले जाएँगे।

'अल्ला-अल्ला खैर सल्ला!' जहाज पर मेरा आरोहण हुआ, सीट पर आसीन हुई। बगलवाले को देखकर मुसकराई, उनका जायजा लिया। और पर्स ? गोलगप्पों की क्षणभंगुरता के खयाल से पर्स को लगेज केबिन में नहीं रखा। अपनी लाडली पोती की मानिंद बहुत प्यार से उसे अपनी गोद में रखा, जिसे बाद में परिचारिका ने मेरी आगेवाली सीट के नीचे, पैरों के पास रखवा दिया। बड़ा गुस्सा और मलाल हुआ, कहाँ गोद, कहाँ पैर! पर नियम तो नियम है। मैं जिम्मेदार और जागरूक यात्री हूँ भई!

आधी रात के बाद मेरी बगलवाला यात्री कहीं जाने के लिए जैसे ही खड़ा हुआ, मैंने हड़बड़ाकर कहा, "रुकिए।"

उसकी हैरान निगाहें मेरे ऊपर और मेरी चौकन्नी निगाहें सामने की सीट के नीचे, जहाँ पर्स था।

नीचे से पर्स को हौले से निकालकर गोद में रखा, फिर उसे जाने की जगह दी, अगर पर्स उसके पैरों के नीचे आ जाता तो मेरे गोलगप्पे बेचारे!

मैं सिहर गई, बेगम अख्तर की गाई हुई मशहूर गजल की लाइन कानों में उतर ही तो गई, 'ऐ मोहब्बत तेरे अंजाम पे रोना आया'।

सहयात्री के द्वारा पद-दलित गोलगप्पों के अंजाम के तसव्वुर से ही मुझे भी रोना आ गया। देसी धरती पर छूट गए गोलगप्पों से मेरी बेटी को भी बेइंतहा मोहब्बत थी।

'मिशन गोलगप्पा बचाओ' के तहत मंजिल तक पहुँचने में इतने-इतने एहतियात बरतने पड़े कि जिंदगी में आई भारी प्रतिकूल ग्रे शेड परिस्थितियों के लिए इतना एहतियात बरतती तो शायद जिंदगी को और बेहतरी और खुशनुमाई के साथ जी पाती, बहरहाल!

हमारे यहाँ की शादियों में सिन्होरा की खास जगह होती है। सिन्होरा सिंदूर

रखने की बहुत ही सुंदर, लंबोतरे और गोल साइज की पारंपरिक काठ की डिबिया होती है। यह सिन्होरा सुहाग की बहुत जबरदस्त निशानी है। इस सिन्होरे के नष्ट होने का सीधा संबंध बहुत ही सेंसेटिव विचार दुलहन के विधवा होने के साथ है। शादी संपन्न होने के बाद भी सिन्होरे को बहुत एहतियात और आदर के साथ रखने-सहेजने की प्रथा है।

अपनी शादी के कई सालों के बाद मैंने अपनी एक सखी को बताया था कि आज हाथ से सिन्होरा छूट गया, पूरे फर्श पर सिंदूर बिखर गया, झाड़ू से मैंने साफ किया। बात खत्म करने के पहले ही वह हत्थे से उखड़ गईं, 'सिंदूर? झाड़ू से?' आग्नेय नेत्रों से खूब लतियाया मुझे। मेरे लिए उसकी हिकारत भरी नजरें साफ-साफ कह रही थीं, 'नादान औरत! तुझे मालूम नहीं दो चुटकी सिंदूर की कीमत? मूर्ख! अपने आँचल से साफ करना चाहिए था।' 'साफ' शब्द भी वो कहना नहीं चाह रही थीं, सिंदूर के लिए खत्म, साफ शब्द अपशकुनी मानती थीं।

सोचिए, जब सिंदूर इतना महत्त्वपूर्ण है तो उसके कंटेनर की अनदेखी कैसे कर सकते हैं? शादी की रात विवाह-वेदी पर पाणिग्रहण रस्म के संपन्न होने के दौरान वधू के पाणि में वर का हाथ बाद में आता है, सिन्होरा पहले। दुलहन के विदा होने, फिर ससुराल पहुँचने तक यह सिन्होरा उसके हाथ में ही रहता है। उसको जमीन पर रखना भी अशुभ माना जाता है। लुब्बेलुआब यह कि शादी के कर्म-कांडों के दरमियान सिन्होरे की बड़ी अहम भूमिका होती है।

यकीन मानिए, वह गोलगप्पोंवाला पर्स भी मेरे हाथ में सिन्होरे जैसा ही तवज्जो पा रहा था।

जहाज के लैंड करने पर हमेशा ही अपने आगेवाले सारे यात्री मुझे अपने रास्ते के बहुत बड़े रोड़े लगते हैं। अमूमन एक साथ खड़े होकर सामान लेने की चेष्टा में मेले जैसा माहौल पैदा कर रास्ते को जाम कर देते हैं। अगली फ्लाइट लेने के लिए मेरे पास बहुत कम समय रहता है, भागना पड़ता है। मुझे लगता है, एक मिनट में जहाज का पैसेज खाली हो और मैं दौड़ लगा दूँ।

गोलगप्पेवाला पर्स धारिणी मैं, मेरे सामने इस बार तो और भी भयावह स्थिति थी। जैसे ही जगह मिली, मैंने भागना शुरू किया। इस क्रम में कभी दाहिने तो कभी बाएँ हाथ में टँगा पर्स, कभी इस्केलेटर की दीवार से तो कभी किसी सहयात्री से टकरा जाता, तो मुझे लगता हाय! मेरा सिन्होरा!

बावजूद इतनी सावधानी बरतने के भी कंधा बदलते समय पर्स कंधे से सरक गया। उस समय मैं सड़क जैसे लंबे इस्केलेटर के पुलसरात को पार कर रही थी।

पर्स खोलकर देखा तो मैं गश खाने की हालत में आ गई हाय! मंजिले मकसूद के नजदीक पर ये बरबादी!

पर्स में आधे से अधिक गोलगप्पे खेत छोड़ चुके थे, बाकी के जख्मी हालत में अपने पॉलथिनी पैकेट में कराह से रहे थे, घायल हुए थे, मरे नहीं थे। 'जिसको मौला रक्खे, उसको कौन चक्खे!'

कुछ तो बच गए, बेटी की रसना को कुछ तो रस मिलेगा। इस खुशी में सराबोर और मुतमईन थी मैं। बस यही बात सालती रही कि वह इस्पाती पुलसरात पार करते ही तो थी आखिरी मंजिल। सही कहा गया है—'क्षणार्द्धवं न जानामि विधाता किं करिष्यति।'

पर्स में रखे श्रीराम पापड़ों के भारी-भरकम पैकेटों ने पापड़ी बना दिया था बेचारे निरीह गोलगप्पों का। शायद पापड़ी बनाकर उन्हें अपनी बिरादरी में शामिल करना चाह रहे हों या फिर बहुसंख्यक-बाहुबली पापड़ों ने अपने बल-प्रयोग से उन्हें धराशायी करने का हिंसक आनंद लिया हो।

कमोबेश पहला मिशन कामयाब हुआ।

एक बार जब गोलगप्पों ने घिसटते, गिरते-मरते लँगड़ाते अपना सफर पूरा कर लिया, तो मैं भी ढीठ हो गई और फिर अगली बार लाने के लिए भी कमर कस ली।

इस दरमियान मैं गोलगप्पों के बिना क्षत-विक्षत हुए लाने के नए-नए हथकंडों और उपाय के बारे में वैसे ही सोचती, जैसे तस्कर सोने के बिस्किट,चरस या अन्य निषिद्ध सामानों को बिना बाधा के मंजिल तक पहुँचाने के लिए सोचते होंगे।

दूसरी बार की यात्रा में बेटी ने एक प्रेशर कुकर मँगवाया था। हम भारतीयों की रसोई कुकर के बिना असंभव है। इस बार इसी साढ़े तीन लीटर के कुकर में गोलगप्पे रखकर ले गई। गोलगप्पे कुकर में और कुकर मेरे सैम्सोनाइट के बृहत् सूटकेस में।

वाह! 'व्हाट एन आइडिया मीराजी!' शाबाश!

खुद ही अपनी पीठ को थपथपाया।

अब मेरा सूटकेस कन्वेयर बेल्ट पर चाहे जितनी गुल्टनियाँ खाए, कोई चिंता नहीं।

हॉकिंस कुकर की सख्त इस्पाती दीवारों ने एक भी गोलगप्पे को हताहत नहीं होने दिया।

चूर होने से बचे, सूखे, क्रिस्पी गोलगप्पे जैसे ही मेरे सामने जैसे थे, वाली हालत में आए, उसी दम स्विट्ज़रलैंड की पावन और नैसर्गिक धरती पर मुझे इस

ज्ञान की प्राप्ति हो गई कि किसी भी मोटी दीवार से घिरे बर्तन में लाने से ये गोलगप्पे महफूज मिलेंगे। इस गंभीर ज्ञान का गुरु बना हॉकिंस प्रेशर कुकर।

इस ज्ञान के तहत इस बार की यात्रा में वही किया। बस वजनवाला मसला अभी भी जस का तस था। हर बार कुकर तो साथ में नहीं जा सकता था।

सख्ती के साथ कंटेनर का भार हलका और आकार इतना बड़ा तो हो ही कि कम-से-कम सौ गोलगप्पे तो आ ही जाएँ। मैंने एक नया तरीका सोचा, मुफीद आकार का प्लास्टिक का एक नया डस्टबिन खरीदा। नए डस्टबिन में ढेर सारे गोलगप्पे डालकर, उसके मुहाने को सेलोटेप से नढ़कर, अपने जंबो साइज सूटकेस में डाल लिया।

एयरपोर्ट पर स्क्रीनिंगवालों ने सूटकेस में डस्टबिन देखकर क्या धारणा बनाई होगी, नहीं पता, पर स्विट्जरलैंड में दो लोगों की जो प्रतिक्रियाएँ थीं, वो कुछ इस तरह थीं, मेरे स्विस दामाद ने आश्चर्य से कहा था, 'पूबेल ?(डस्टबिन) पूबेल क्यों ? यहाँ तो मिलता है ?'

जब उसने पूबेल में गोलगप्पों को देखा तो चकरा गया और बेसाख्ता बोल पड़ा, 'ओह नो ! कचरे के साथ पूबेल ?'

इसके ठीक उलट मेरी बिटिया रानी पति से बोलीं, 'कचरा ?'

'मेरे लिए तुम्हारे 'राकलेट' और फोंद्यू से बढ़कर है ये कचरा।'

खुशी से चहक पड़ी थीं, 'वाव ! इतने सारे गोलगप्पे !' उन्होंने मेरे दोनों हाथ पकड़े और चूम लिया। ये उनकी अतिरेक खुशी की अभिव्यक्ति थी। माँएँ ही कर सकती हैं ये करिश्माई कारनामे।

दूसरे दिन मेज पर गोलगप्पे अपने लाव-लश्कर उबले मटर-आलू, पुदीने-वाले जलजीरा, इमली और सोंठ की मीठी चटनी, दही, काले नमक और भुने जीरे पाउडर के साथ चुन दिए गए और जैसे ही मेरी बेटी के मुँह मुबारक में गोलगप्पों को जगह मिली, मुझे मिला एक अनिर्वचनीय तृप्ति का आनंद।

उनके चहरे पर ऐसी खुशी थी, जो शायद उन्हें माँ से सोने या प्लैटिनम का सतलड़ी हार या गुलूबंद भी पाकर न होती।

गालिबन गुलूबंद गोलगप्पे का पर्याय हो ही नहीं सकता था उनके लिए।

□

कहानी 7

मिशियो फ्रोंसुआ शोजों

बाहर से बेइंतहा खूबसूरत दिखनेवाले स्विस घरों को अंदर से देखने को मेरा मन हमेशा लालायित रहता था। जब मैं यहाँ पहली बार आई थी तो मेरी यह चाहत पूरी नहीं हो सकी थी। मेरी इस प्रबल लालसा को मेरी पुत्री ने अपने जेहन में सहेजकर रखा था। इस बार उसने मेरी इच्छा पूरी कर दी। छात्रावास छोड़कर उसने एक पारंपरिक स्विस मकान ही किराए पर ले लिया। उस घर में आने के पहले उसने मुझे घर दिखाया था। मकान का रंग लाल और क्रीम था, सामने की तरफ दो-दो बालकनी, सुंदर बाग, बाग में कई क्रिसमस ट्री, गुलाबी मिश्रित सफेद फूलोंवाला घना, आकर्षक चेरी का पेड़, ढेर सारे लाल-पीले, काले, नारंगी ट्यूलिप के फूलोंवाला मखमली घास से युक्त लॉन। चेरी के पेड़ पर पक्षियों के लिए लटकता हुआ, खूबसूरत नन्हा सा घोंसला, घोंसला भी स्विस घरों की डिजाइनवाला ही था। यह मकान अंदर से भी उतना ही खूबसूरत था, जितना बाहर से।

मकान-मालिक फ्रोंसुआ नीचे के हिस्से में रहते थे। पेशे से वह एक इलेक्ट्रीशियन थे।

शयनकक्ष, रसोईघर, स्नानघर अत्यंत सुसज्जित। शीशे के दरवाजे अत्यंत साफ-शफ्फाफ। सभी दरवाजों पर दोहरे पर्दे, एक मोटा, दूसरा लेस का। रसोईघर का झीना-आसमानी पर्दा बेहद खूबसूरत। सभी कमरों में सुंदर कट वर्क के आधुनिक और पारंपरिक फर्नीचर। रसोईघर में सभी उपकरण आधुनिक थे। भाँति-भाँति के चाकू, लहसुन पीसने का यंत्र, चीज रेतने-काटने का यंत्र, डिश वाशर, फ्रिज, खूब बड़ा फ्रीजर, माइक्रो वेव, कॉफी बनाने की मशीन, और भी बहुत कुछ। कोई भी काम हाथ से करने की जरूरत नहीं, सबके लिए मशीनें थीं। बस हाथों को मशीनों का अभ्यस्त होना चाहिए। घर की एक-एक वस्तु इस घर की समृद्धि बयान कर

रही थी। एक इलेक्ट्रीशियन का इतना आलीशान घर अपने देश में जरा मुश्किल लगता है। हाँ, यदि आय के स्रोत कई हैं तो वहाँ भी संभव है। घर का एक भी इंच फर्श नंगा नहीं। हर जगह कीमती कालीन या मैट्स बिछे थे। सीढ़ियों पर भी। स्नानघर इतना सुंदर और साफ कि उसके फर्श के कालीन पर बैठकर खाना खा लो, बल्कि यों कह लीजिए कि इस घर की सबसे खूबसूरत जगह बाथरूम ही था। शीशे की चमचमाती अलमारियाँ, जिसमें साबुन, सौंदर्य-प्रसाधन रखने की सुविधा थी। बाथ-टब को टॉयलेट से विभाजित करने के लिए छींट का प्लास्टिक का पर्दा। टॉयलेट सीट का कवर भी था, वह भी बेहद आकर्षक।

पीछे खुलनेवाली खिड़की का दरवाजा खोलें तो दूर-दूर तक ऐसी सुंदरता बिखरी दिखाई देगी कि आँखों में न समाए! वहाँ मुझे ऐसा महसूस हुआ कि स्विट्जरलैंड की खूबसूरती निहारने के लिए दो आँखें कम हैं। कोई भी कैमरा इसकी खूबसूरती के साथ न्याय नहीं कर सकता। पड़ोस का लंबा-चौड़ा सेबों का बाग। मनभावन रंगों के फूलों से लदे पेड़, एल्प्स की बर्फीली चोटियाँ, मनोहर लेमान झील, झील के उस पार दिखतीं फ्रांस की इमारतें, रात में उन पर झिलमिलाती बत्तियाँ, ऐसी लगती थीं मानो पूरे शहर के ऊपर बत्तियों से बना एक जाल डाल दिया गया हो। ऐसे घर में रहने की चाहत किसकी नहीं होगी! मेरा मन भी बहुत आतुर था, उसमें रहने को, पर एक ऐसा भयानक भय मेरे और मेरी बेटी के मन में समा गया था, जो हम दोनों को इस दिलकश मकान में आने से रोक रहा था। बेहद असमंजस की स्थिति में थे।

इस भय और असमंजस की वजह थी, मेरी बेटी के हिंदुस्तानी मित्रों की शंका। शंका थी, इस मकान के मालिक के दरियादिली के प्रति। ये मित्र इस देश में पहले से ही रह रहे थे।

मकान में आने के आठ-दस दिन पहले से ही सभी मित्र अपने-अपने तरकश से शंकाओं का एक-एक तीर निकालकर हम माँ-बेटी को बेध रहे थे। योगेश कहते, 'जो-जो तुमने माँगा, वह सब वह तुरंत देने को तैयार है। क्यों?'

'वह अकेला घर में रहता है।' चंदन ने कहा।

दूसरा कहता, 'अरे भाई! जो-जो नहीं माँगा, वह भी देने को तैयार है। क्यों?' कभी सुना है, देखा है, ऐसा मकान मालिक? सभी की बातों को छान-कूटकर जो सत्त्व आया, वह यह था कि मालिक-मकान फ्रोंसुआ जरूर साइको है।

हम दोनों सोच में पड़ जाते।

मेरी बेटी सरगुन ने कहा, 'सच में मम्मी ये ठीक कहते हैं। मैंने उसके घर से

यूनिवर्सिटी की दूरी के बारे में कहना शुरू ही किया था कि झट साइकिल दिलाने को तैयार हो गया। क्यों?'

उसके सभी मित्र अमन, नीरज, चंदन, मेघा सब एकमत थे। फ्रोंसुआ जरूर संदेहास्पद व्यक्ति है। उसका केवल लड़कियों को ही मकान देने का इरादा हमें और भी डरा रहा था।

नीरज कहता, 'उसे एशियाई लड़कियों की हत्या करने में मजा आता होगा।' मेरे एक सहकर्मी ने बताया था, 'उसकी एक जापानी किराएदार नूरिये एक दिन अचानक उसके घर से गायब हो गई थी। आज तक उसका पता नहीं चला। कोई कहता, जापान वापस चली गई, कुछ ने कहा, किसी रूसी लड़के से शादी करके रूस चली गई। अब सच्ची बात है या अफवाह, शक होना तो लाजिमी है। जहाँ आग होती है, वहीं तो धुआँ होता है।'

मैं अंदर से सर्द हो जाती, सरगुन बाहर से।

वह डरती जाती और कहती जाती, 'तुम लोग डराओ मत।'

सरगुन के बताने पर कि वह कद में छोटा है। अमन ने झट अपना विश्लेषण सामने रखा, 'और झुकी हुई मूँछें भी तो हैं। नाटा कद और झुकी हुई मूँछें तो व्यक्ति के साइको होने की निशानी हैं। सीरियल किलर्स को नहीं देखा? नहीं देखा, तो आज किसी अंग्रेजी फिल्म में देख लेना।'

इस विषय में उन्होंने हमें अपना काफी शोधपरक ज्ञान दिया।

मेघा ने सचेत किया, 'अब तुम भी वहाँ शिफ्ट होने का इरादा छोड़ दो।'

हम दोनों बहुत ही द्वंद्व की स्थिति में थे। स्वदेश से आठ हजार किलोमीटर की दूरी पर बैठकर हम कर भी क्या सकते थे, फिलहाल इस देश के रहमोकरम पर ही रहना था।

क्या करें, क्या न करें की बेबसी ने समझ को हर लिया था। मैं और तो कुछ कर नहीं सकती थी। हाँ, इतना किया कि चिढ़ और फ्रस्टेशन में उसका नाम ही बिगाड़ दिया। 'फ्रोंसुआ' से 'फोसुआ' नाम रख दिया। हसुआ के तर्ज पर हसुआ भी काटने का काम करता है और शायद फोसुआ भी।

फ्रेंच भाषा में पटु होने के कारण सरगुन तो उसके नए नामकरण पर हँसी ही, उसके मित्रों ने भी उसके नए नाम को हाथोहाथ लिया। अब तो हर समय फोसुआ यह, फोसुआ वह, फोसुआ ऐसे, फोसुआ वैसे, फोसुआ ऐसे करेगा, फोसुआ वैसे करेगा, फोसुआ, फोसुआ बेचारा! उसको पता भी नहीं चला और कभी चलेगा भी नहीं कि वह कब और कैसे फ्रोंसुआ से फोसुआ बन गया।

हम दोनों रात में सोते तो डरे-डरे रहते।

सरगुन कहती, 'माँ! नीरज, चंदन और अमन ठीक ही कहते होंगे, आई. आइटियन जो हैं।'

'लो इसमें आई.आई.टी. कहाँ से आ गया?'

आई. आइटियन बुद्धिमान होते हैं। वह हमेशा से आई. आइटियन से प्रभावित रही है।

वह फुसफुसाती, 'जानती हो माँ, 'उससे मैंने कहा था कि मेरी माँ आनेवाली हैं, पर मेरे पास एक ही रजाई है, वह तुरंत नई रजाई के साथ गद्दा-तकिया भी देने को तैयार हो गया। यही नहीं, मैंने उसके अत्यंत सुघड़-सुसज्जित रसोईघर की सफाई देखकर कहा था कि खाना बनाते समय हमारे भारतीय मसालों से आपका रसोईघर खराब हो जाएगा। हमारे यहाँ के मिलावटी हलदी-मसालों के जिद्दी दागों से अनजान, उसने तुरंत अलमारी खोलकर धुले हुए करीने से रखे साफ-सुथरे तौलिए-नैपकिंस निकालकर दिखाते हुए कहा कि कोई बात नहीं, हमारे पास पोंछने के लिए कपड़े हैं।'

मेरा मन धक् से हो गया। सच में कोई मकान मालिक इतना उदार मन क्यों होगा! घर किराए पर देने के लिए इतनी आतुरता क्यों! कोई आर्थिक अभाव भी नहीं यहाँ के निवासियों में!

रात में दोनों मन बनाते कि नहीं जाते उसके घर में, मेघा के ही घर में रह जाते हैं, पर, सुबह होते ही जमीर जाग जाता कि उसको जुबान दे दी है, अब मना कैसे करें।

हम लोग ऐसे ही हैं वादा निभाने के मामले में। चाहे वह हमें मारकर रातोरात अपने चेरी, ट्यूलिप और क्रिसमस ट्री वाले बगीचे में दफना ही क्यों न दे!

चलो, अगर हिम्मत करके यह कह भी दें कि आपके घर हम नहीं जाएँगे तो बहाना क्या बनाएँगे।

अब बैठकर नए-नए बहाने सोचे-गढ़े जाते, 'कह दो मुझे इधर ही एक नया ट्यूशन अचानक से मिल गया है, आपके घर से दूर होगा, सो हम आपके किराएदार नहीं बन सकते।' मैंने सलाह दी।

किसी ने सुझाव दिया, 'कह दो मेरी माँ, आपके घर में बोर हो जाएँगी। यहाँ कम-से-कम अपने भाषा-भाषी लोग तो हैं।'

मेरी बिटिया रानी को ये बहाने मनोनुकूल नहीं लगे।

फिर बिटिया रानी ने ही एक नायाब तरीका निकाला। मैं फोन कर देती हूँ कि

मैं अपने एक पुरुष-मित्र के यहाँ शिफ्ट होना चाहती हूँ, इसलिए मैं आपके घर में...

एक क्षण को मैं चकराई, क्या कह रही है लड़की? पर बाकी सब उछल पड़े, 'वाह! क्या स्विस आयडिया सोचा है सरगुन ने!'

यहाँ अठारह साल की उम्र हो जाने के बाद बच्चे माता-पिता का घर छोड़ देते हैं और अपने पुरुष-मित्र या महिला-मित्र के साथ रहने लगते हैं। यह बुरा नहीं माना जाता है, बल्कि माता-पिता के साथ रहना बदनामी की बात समझी जाती है माता-पिता और नवयुवाओं दोनों लिए ही।

सरगुन की तरकीब से सभी ने राहत की साँस ली। साँप भी मर गया और लाठी भी नहीं टूटी। इस बहाने पर फ्रोंसुआ बुरा मानेगा तो उसी का नैतिक पतन होगा। वह कभी नहीं चाहेगा कि दो प्रेमियों को अलग कर वह पाप के गर्त में गिरे।

मेघा ने तुरंत सरगुन को फोन पकड़ा दिया, 'लो, अब बात करो, उसे कॉल करके बता दो कि तुम नहीं आ रही हो।'

फोन पकड़ते ही सरगुन के हाथ काँपने लगे, दाहिने हाथ में फोन पकड़ती तो दायाँ हाथ, बाएँ में पकड़ती तो बायाँ हाथ काँपने लगता। उसने फोन रख दिया। कहा, 'मुझसे नहीं बोला जाएगा।'

मैं समझ गई उसकी नैतिकता आड़े आने लगी। उसने कहा, 'कल ही मैंने उसे फोन किया था कि कल हम शिफ्ट कर रहे हैं, आज किस मुँह से मना करूँ, हमें उसको पर्याप्त समय देना चाहिए था।'

किराएदार को घर के साथ साइकिल, रजाई, गद्दा, किचन के गंदा होने की परवाह न करना, अपनी कार से शिफ्ट कराने जैसे पर्क्स हम दोनों को किंकर्तव्यविमूढ़ बनाने में सहायक हो रहे थे।

कभी-कभी मन में यह सवाल भी उठ रहे थे कि कहीं ये बच्चे डराने का मजाक तो नहीं कर रहे थे या सरगुन के इस घर से चले जाने से उसके हाथ के बने हुए भारतीय व्यंजनों के स्वाद से महरूम हो जाने का भय उन्हें सता रहा था।

अस्तु, वजह जो भी हो, हम भारतीय माँ व लड़की के मन में डर का एक बीज तो बो ही दिया गया था। रात भर में यह बीज पौधे के रूप में खड़ा हो गया।

दूसरे दिन सर्वसम्मति से यह तय पाया गया कि बॉयफ्रेंड वाले बहाने को कागज पर फ्रेंच-भाषा को देवनागरी लिपि में लिख दिया जाए और मेघा सरगुन बनकर फोन पर फ्रोंसुआ को बोल दे, बोल क्या दे, पढ़ दे, क्योंकि पूरी भारतीय मित्रों की जमात में केवल सरगुन ही फ्रेंच जानती थी, और फ्रोंसुआ फ्रेंच के अलावा दूसरी कोई भाषा नहीं जानता-समझता था।

हम दोनों को फ्रोंसुआ के मुँह का कौर बनने से और सरगुन के संकोच को दूर करने का यह उपाय कारगर लग रहा था।

मन के किसी कोने में यह बात भी आ रही थी कि इस विकसित देश के लिए यह कोई नई बात तो नहीं होनी चाहिए कि कोई अकेली लड़की किसी स्विस घर की किराएदार बने। सितंबर माह में जब यूनिवर्सिटी का सत्र शुरू होता है तो तमाम स्विस घर दुनिया भर से आए छात्रों से भर जाते हैं, फिर हम कोई अनोखे तो नहीं, न कोई अनोखा कदम उठा रहे हैं। शायद अनोखा इसलिए लग रहा है कि प्रायः भारतीय मकान मालिक इतने उदारमन नहीं होते। उनकी उदारता के आदी नहीं होते हम, मैंने सरगुन को भी यही समझाया।

'अल्ला अल्ला खैर सल्ला' वह दिन भी आ गया। दस बजे फ्रोंसुआ का फोन आ गया।

''कब आऊँ कार लेकर?''

''2 बजे।''

सरगुन ने जवाब तो दे दिया, पर बहुत ही भयभीत नजरों से मेरी ओर देखा। उसकी डरी हुई आँखें मुझसे कह रही थीं—माँ, तैयार हो जाओ, उसका शिकार बनने के लिए।

प्रकट में इतना कहा, 'याद करो वे दिन, जब दो वर्ष पहले तुम यहाँ आई थीं, यूरोप दर्शन के लिए तो हॉस्टल से मेरी बेनेजुएलियन सहेली के घर तक सामान शिफ्ट करने में कितनी तकलीफ हुई थी। हाँफ गए थे हम। किसी स्विस ने हमारी मदद नहीं की थी, न तो किसी हॉस्टल के मित्र ने। जब हम माँ-बेटी टी.वी. पकड़कर बामुश्किल घिसट-घिसटकर रोड पार कर रहे थे तो किसी कार का दरवाजा हमारी मदद के लिए नहीं खुला था।'

जब वे दिन मुझे याद आए तो थोड़ी ही देर पहले बना दृढ विचार ताश के पत्ते सा ढह गया। लगा, अमन का कथन सच तो नहीं कि विभिन्न एशियाई देश की लड़कियों की हत्या का उसका शौक पूरा हो गया हो, अब केवल भारतीय लड़की के खून से अपना हाथ रँगना चाह रहा होगा।

भय के घटाटोप बादलों से घिरे दिमाग में कैसे-कैसे विचित्र नकारात्मक विचार आ रहे थे।

मैं अपने को धिक्कारने लगी, क्यों खयाली पुलाव पकाने में ही लगी रही? क्यों बचाव के लिए कोई ठोस कदम नहीं उठाया? हाँ ही क्यों किया उसके घर जाने के लिए, और यदि हाँ किया भी तो चंदन की बात मानकर पुलिस से फ्रोंसुआ के बारे

में पूछताछ क्यों नहीं की कि उसका कोई आपराधिक रिकॉर्ड तो नहीं है। क्यों सरगुन के अफ्रीकी मित्र मुहम्मद को फोसुआ के घर नहीं भेजा, जो अत्यंत बलिष्ठ होने के साथ-साथ अपराध-विज्ञान का अध्ययन करने यहाँ आया था, फोसुआ से मिलकर उसका चरित्र अध्ययन कर लेता। दूसरी बात, मुहम्मद के दैत्याकार आबनूसी शरीर को देखकर डर जाता और अपना हिंसक इरादा छोड़ देता। क्यों नहीं सरगुन की स्विस प्रोफेसर मादाम फोर्नेरो को उसकी लोकल गार्जियन बनाकर फोसुआ से मिलवाया।

ऐसे न जाने कितने काश और क्यों मन में कुलबुला रहे थे।

अमूमन अपने देश में अकेली लड़की को घर किराए पर लेने पर माँ-बाप को जो आशंकाएँ होती हैं, सबने मन में घर कर लिया।

दूसरे दिन ठीक 2 बजे अपनी लाल खूनी रंग की कार लेकर फोसुआ हाजिर।

धक्...

कभी किसी से अतिरिक्त फेवर लेने के आदी न होने के कारण मन धड़कने लगा। अब कुछ नहीं किया जा सकता था, सिवाय इसके कि अंतिम बाजी के रूप में ही सही सभी बच्चों को एक बार तो फोसुआ के घर अवश्य ले चला जाए, जिससे उसको हमारे मैन पावर का अंदाजा लग जाए और भारतीय लड़की का हत्या-सुख उठाने के पहले उसे थोड़ा सोचना पड़े।

दो खेप में उसकी कार से उसके साथ योगेश ने हमारा सामान पहुँचा दिया। तीसरी बार मैं, सरगुन, मेघा, चंदन, नीरज और अन्य बच्चे मेट्रो ट्रेन से गए। योगेश और फोसुआ रनों स्टेशन पर हम सभी की प्रतीक्षा कर रहे थे। नए मकान मालिक फोसुआ ने हमें कुछ खिलाने-पिलाने की पेशकश की।

धक्...

सबकी सशंकित नजरें एक-दूसरे से मिलीं। फोसुआ ने हमारी शंका का निवारण अपनी समझ से किया, ''मैं अपने पैसे से खिलाऊँगा।''

धक्...

रेस्तराँ में सबने अपना पसंदीदा पेय पिया। मैंने भी सेब का जूस लिया, परंतु किस मनोस्थिति में पिया, किसी को अंदाजा भी न होगा। जैसे-तैसे रनों स्टेशन पर परिचय-सत्र समाप्त हुआ। अतिरिक्त सावधानी के मद्देनजर सरगुन ने मेरा परिचय अपराध विज्ञान की प्रोफेसर के रूप में दिया था।

सफेद झूठ! उस समय अगर फोसुआ तथाकथित अपराधशास्त्र की प्रोफेसर के दिल की धड़कन सुन-समझ लेता तो 'जोक ऑफ द डे' या 'जोक ऑफ द ईयर' मानकर अट्टहास लगाता।

नए घर के रास्ते में चंदनजी ने अपने स्विट्ज़रलैंड के दो वर्ष के प्रवास का अनुभव सरगोशी के साथ सुनाया, स्विस लोग तो अपनी बीवी को भी मुफ्त में कॉफी नहीं पिलाते फिर यह। (चंदन ने रेस्तराँ में कॉफी ही पी थी।)

धक्...

फोसुआ का घर रनों स्टेशन से बहुत दूर नहीं था, फिर भी रास्ता नहीं कट रहा था। पैर में जैसे मन भर के पत्थर बँधे हों। बध-स्थल का रास्ता आसानी से कैसे कट सकता था, पर समय किसके लिए और कब रुका है। खैर, हम सब स्विस घर में पहुँच गए। मेन पावर तो हमारे सामने तरह-तरह की शंकाएँ और सुझाव परोसकर और टेक केयर की सलाह देकर 9 बजे रात चला गया। रह गईं हम दोनों एशियाई माँ-बेटी।

अंदर से दरवाजा अच्छी तरह से बंद कर, कमरे के जितने चलायमान सामान थे, सबको खींचकर दरवाजे पर लगाया। अंदर से बंद दरवाजे को बाहर से दूसरी चाबी से फोसुआ के खोलने का अंदेशा हो सकता था। जब पहली बार मैं घर देखने आई थी तो इन फर्नीचरों ने मेरा मन मोह लिया था, इस समय उनके अतिरिक्त और सटीक इस्तेमाल ने और भी मोहित किया, थोड़ा निश्चिंत भी किया। बालकनी में जाकर जमीन से अपने कमरे की ऊँचाई का थाह लिया, ज्यादा ऊँचा न था। यदि चाकू लेकर फोसुआ हलाल करने आता तो हम आसानी से बालकनी से नीचे कूद सकते थे। वरना सिंथेटिक साड़ी की रस्सी बनाकर लटकना पड़ता।

चलो, एक अतिरिक्त कष्ट से तो बचे।

रात गहराती जा रही थी। जरा सा भी खटका होता, हम उठकर बैठ जाते। भारतीय जन-कोलाहल का आदी मेरा मन पहली बार के स्विट्ज़रलैंड के भ्रमण-काल में ही यहाँ के सन्नाटे से आतंकित रहता था। दूर-दूर तक न मानुस, न मानुस की जात। इस बार के प्रवास और फिर इस घर के निवास का तो कहना ही क्या! गहराती रात के इस क्षण का कोई भी सन्नाटा भंग होता तो दिल इतने टुकड़ों में भंग होता जान पड़ता कि उन्हें चुनते तो चुनना कठिन होता। मन में भाँति-भाँति की शंकाएँ, सवाल, पछतावे उठते, बनते-बिगड़ते थे। अपने को धिक्कारती—क्यों मैंने स्विस घर में रहने की इच्छा जताई! अच्छी-भली होस्टल, फिर मेघा के घर में रह रही थी। क्यों इसे यहाँ पढ़ने भेजा?

सरगुन की उच्च शिक्षा-प्राप्ति की महत्त्वाकांक्षा को कोस रही थी।

जे.एन.यू के वे दिन याद आ रहे थे। दाखिले के बाद हॉस्टल मिलने में देर होने की वजह से सरगुन को वापस घर बुला लेना चाहती थी। वहाँ के लाइब्रेरियन

वर्माजी ने समझाया था, "जे.एन.यू. छुड़वाने की मूर्खता मत करें, कितने बच्चे जे.एन.यू. तक पहुँच पाते हैं! आप अपनी बच्ची पर गर्व करें, जो यहाँ शिक्षा पाने का गौरव पाएगी।"

मैंने सोचा, इस समय तो पहले से भी भयावह स्थिति है। उफ! लोजान यूनिवर्सिटी में शिक्षा पाने की इच्छा ने किस अजाब में ला पटका है!

जे.एन.यू. तो स्वदेश था, यह परदेस! 'अबकी बचे तो घर-घर नचे।'

भाड़ में जाए इसकी पी-एच डी. की पढ़ाई। जुलाई में यह कोर्स समाप्त हो, अपने घर चलें, तरह-तरह की आशंकाओं ने दिलोदिमाग को घेर लिया। कमरे की मनभावन लाइट्स को देखते-देखते ही पूरी रात आँखों में कटी। भय और बेचैनी की इस काली घड़ी में कमरे की लाइट, बादशाह अकबर के शाही महल की बुर्ज की उस लाइट में तब्दील हो गई थी, जिसको देख-देखकर घाट पर कपड़े धोते धोबी ने रात काटी थी।

तड़के मुँह-अँधेरे ही दरवाजे पर दस्तक हुई।

धक्...

कलेजा मुँह को आ गया। हम एक-दूसरे का मुँह देखने लगे, गला सूखने लगा, थूक निगलते हुए सरगुन ने पूछा, "कौन?"

"फ्रोंसुआ।" जवाब आया।

धक्...

मन-ही-मन हनुमान चालीसा का पाठ करते हुए मैंने दरवाजा खोला। सामने गोरे रंग का यमदूत, बिना चाकू-दराँती, कटार-हँसुआ के ही, खाली हाथ, मुसकराता हुआ खड़ा था। थोड़ी राहत मिली। बिना हथियार के वह हमें मारने आता तो हम दो हैं, संघर्ष करके भाग सकते हैं, पर ऐसी स्थिति नहीं आई।

उसने फ्रेंच में कुछ कहा, जिसका मतलब था कि 'मैंने रजाई-गद्दा देने को कहा था। मुझे खरीदने का समय नहीं मिला। आप दोनों एक ही बिस्तर पर ठीक से सो नहीं पाई होंगी। मैं क्षमा माँगने आया हूँ, एक-दो दिन में ला दूँगा।'

और चला गया।

हम दोनों भौचक थे। अपने तथाकथित नाटे कद, झुकी मूँछें, थोड़ी तोंद से साइको लगनेवाला अपनी हत्या का शौक को पूरा करने के लिए रजाई-गद्दे की पेशकश और क्षमा-याचना का चुग्गा फेंकने आया है या सचमुच, पता नहीं, एक ही दिन में किसी के अंदर की थाह पाना मुश्किल है।

खैर, हम ऊपर चौकन्ने बैठे-बैठे नीचे की गतिविधियों की आहट लेते रहे।

जब पूरी तरह से यकीन हो गया कि वह चला गया है, घर खाली है तो हम नीचे आए, रसोईघर में गए। (रसोईघर साझा था)

धक्...

वह डायनिंग टेबल पर बैठा कॉफी पी रहा था, हमारी ओर उसकी पीठ थी। उसने हमें नहीं देखा, हम जल्दी-जल्दी पर दबे पाँव वापस ऊपर आ गए। जब वह दफ्तर चला गया, तब हम लोगों ने डरते-डरते घर का मुआयना करना शुरू किया। उसके शयन-कक्ष और स्नानघर का दरवाजा ताले के साथ बंद था। (हमारा बाथरूम हमारे कमरे से लगा हुआ ऊपर ही था।) केवल तहखाने का दरवाजा खुला था। डरते-डरते हम सीढ़ियों से नीचे जाने लगे। आपस में फुसफुसानेवाले लहजे में बात भी करते जाते थे। हमारी यह फुसफुसाहट हमीं को समझ में नहीं आ रही थी, उल्टा डरा रही थी। हम नीचे पहुँच भी न पाए थे कि एक अजीब, किंतु परिचित सी आवाज आई।

धक्! फिर कलेजा हलक तक आ गया। धड़कते दिल से हम एक-दूसरे को देखने लगे।

सरगुन ने कहा, 'माँ! कहीं तुम भी तो वही नहीं सोच रही हो, जो मैं सोच रही हूँ? कहीं फ्रोंसुआ दूसरे रास्ते से आकर तहखाने में छुपकर बैठ न गया हो।' जैसे ही यह खयाल मन में आया और मन ने सही ठहराया, तहखाने में जाने का खयाल तहखाने की सीढ़ियों पर छोड़ा और धमाधम सीढ़ियाँ चढ़ते हुए हम ऊपर अपने कमरे में भागे।

अंदर से दरवाजा बंद किया, फिर से सभी खूबसूरत चलायमान फर्नीचर, सामानों से भरे अपने जंबो साइज के सूटकेसों को दरवाजों पर लगा दिया। थोड़ी राहत मिली, पर इत्मीनान नहीं। हम आपस में विमर्श करने लगे, ऐसे कैसे चलेगा? कब तक कमरे में कैद रहेंगे? विश्वविद्यालय तो जाना ही होगा, लेकिन वह हमारे दरवाजे के पास ही घात लगाकर बैठा हो, हम जैसे ही दरवाजा खोलें, दबोच ले और फिर खचाक!

अंदर से तो महसूस हुआ कि गरदन खचाक हो गई, पर ऊपर से निडर होकर मैं बोली, 'हमारी गरदनें क्या गाजर-मूली हैं, जो वह काट देगा।'

यह वाक्य कहने के साथ ही अचानक मैंने अपने अंदर एक अजीब साहसिक परिवर्तन महसूस किया। शायद प्राण-दीपक के बुझने के पहले का प्रज्वलन या काल के गाल में समाने से पहले की आखिरी कोशिश। जिजीविषा ने फुफकार भरी, मरेंगे, पर लड़कर मरेंगे, कीट-पतंगों की तरह वह हमें मसल नहीं सकता।

मेरे अंदर एक अदम्य साहस आ गया। मैं उठी। ताबड़तोड़ दरवाजों से लगे सूटकेसों और फर्नीचरों को हटा दिया। मेरे इस अविवेकी कृत्य को सरगुन विस्फारित नेत्रों से देख रही थी। मैंने भी उसकी ओर भरपूर नजर डाली, जिसमें यह भाव छिपा हुआ था कि चलो, देखते हैं, कुछ नहीं होगा, जो होगा, देखा जाएगा। मौत से क्या डरना, वह तो अटल है, आज नहीं तो कल आएगी ही। हम दोनों फिर से तहखाने में गए। तहखाना शब्द ही अपने आपमें डरावना लगता है (बाद में पता चला, यहाँ हर घर में तहखाने होते हैं।)। वहाँ रखे सामानों की वजह से तहखाना और भी डरावना लग रहा था, इससे इनकार नहीं किया जा सकता।

खूब बड़ी सी वाशिंग मशीन, बड़ा डिश-वाशर, होटल साइज का फ्रीजर, बहुत बड़े आकार का फ्रिज, जो रसोईघर में रखे फ्रिज से भी बड़ा था। फिर दिमाग सशंकित हुआ, तहखाने में इतना बड़ा फ्रिज क्यों? स्टील के दरवाजेवाली लोहे की एक भीमकाय अलमारी, खड़े-पड़े आदमकद बक्से, खूब बड़े-बड़े कंटेनर और भी अटर-पटर सामान। पूरे तहखाने का जायजा लिया, फोसुआ कहीं नहीं दिखा।

हाँ, वही पहले वाली आवाज फिर आई, घूम के देखा तो फ्रिज के कंपन की आवाज थी। लौटने के लिए हम जैसे ही घुमावदार सीढ़ियों से ऊपर आने लगे, तहखाने की कोनेवाली चौड़ी सीढ़ी पर लकड़ी के एक स्टैंडिंग हैंगर पर अन्य सामानों के साथ एक चीज जो टँगी थी, उसे देखकर भय से झुरझुरी हो आई। खून सर्द हो गया। वह था गोश्त का सीनेनुमा टुकड़ा। ठीक वैसा ही, जैसे चिकवा (कसाई) की गोश्त की दुकान में बकरे का कटा हुआ सीना लटका रहता है। हैंगर पर लटका हुआ गोश्त का टुकड़ा न बहुत बड़ा था, न छोटा, कुछ पुराना सा था। अब तो भई, तहखाने में रखी हुई अलमारियाँ, फ्रिज, फ्रीजर, बक्से अपने स्वाभाविक उपयोग को छोड़ ममी रखनेवाले ताबूत नजर आने लगे।

शिथिल कदमों से हम भी अपने ताबूत, यानी अपने कमरे में आ गए। फिर से आत्म-कोसना कार्यक्रम शुरू हो गया। पश्चात्ताप-सत्र आरंभ हो गया। क्यों उसका मन रखने के लिए स्वयं को ममी बनने के लिए उस ड्राकुला को इतना हसीन मौका दिया। पता नहीं, किस देश की हसीना का सीना हैंगर पर लटक रहा है। अच्छी तरह से उसकी पसलियों को गिना जा सकता था, पर गिन कौन सकता था? रगों में जम गए खून वाली दो एशियाई औरतें? खौफ की मारी हम दोनों का वजूद सिफर में तब्दील हो गया था।

हे भगवान! कम उम्र में पति की मौत के बाद जीवन के बहुत 'ग्रे शेड' देखे। समय ने बहुत कुछ दिखाए, पर इस समय, इस समय तो जान के ही लाले पड़े थे।

गलती हमारी ही थी, मौत के मुहाने पर खुद ही तो चलकर आ खड़े हुए थे। मन में तरह-तरह के विचार आ-जा रहे थे। तभी हाथ में एक कंपन हुई और फोन की घंटी बज उठी, दहशत के मारे फोन नीचे गिर गया। किसी तरह फोन कान तक पहुँचा। फोन उसी शुभचिंतक योगेश का था, जिसने हमारी शुभ चिंता में हमें यह चेताया था कि हमारा मकान मालिक फोसुआ साइको है और ऐसे ही लोग तो सीरियल किलर होते हैं। अपने यहाँ के थ्रिलर सीरियल और रामसे-बंधुओं की डरावनी फिल्मों के सीन रील की तरह आँखों के सामने घूम गए। इधर से हैलो के जवाब में उधर से आवाज आई, 'अरे, अभी तक तुम लोग जिंदा हो?' हमने फोन काट दिया। जीते-जी अपनी मातम-पुरसी में मर्सिया सुनने की स्थिति में नहीं थे हम।

रात 8 बजे दरवाजे पर फिर दस्तक हुई।

धक्…

हे भगवान! अब कटे कि तब कटे, दूर-दूर तक हमारी आवाज सुननेवाला कोई न था। डरते-डरते दरवाजा खोला तो वह गोरा यमदूत तरह-तरह के खूबसूरत पैकेटों और थैलियों से आपाद-मस्तक ढका हुआ खड़ा था। जरूर इन पैकेटों में हमें हलाल करने के लिए औजार-हथियार होंगे। पैकेट पकड़ाने के बहाने खचाक्…

उसने फ्रेंच में कुछ कहा, सरगुन ने अनुवाद किया—ये आपकी नई रजाई, तकिया और कुशन है। गद्दा नीचे है, अगर आप थोड़ा पकड़ने में मदद करें तो मैं गद्दा भी ऊपर ला दूँ, फिर आज से आप आराम से सो पाएँगी।

आराम से सोएँ? सरगुन विवशतावाली मुद्रा में नीचे जाने लगी तो मैंने उसे आँखों से बरजा, मैं भी नीचे चलती हूँ। साथ जिएँगे, साथ मरेंगे वाले अंदाज में हम नीचे गए और गद्दा ऊपर आ गया।

पैकेट खोला।

धक्…यह क्या? यह कैसा इत्तफाक है। रजाई का रंग केसरिया, चादर का रंग केसरिया, गद्दे की खोली, तकिए का गिलाफ सब केसरिया, सबको पलंग पर रख दिया।

कमरे में पलंग पर राजपूतों के अंतिम वस्त्र केसरिया बाने की तरह सोने के सामान पड़े थे। हमें लग रहा था, हम जबरदस्ती परायी धरती पर जौहर व्रत की आग में झोंके जानेवाले हैं।

थोड़ी देर में गोरा यमदूत फिर आया और बोला, 'मैंने रसोई में देखा है, आप लोगों ने कुछ बनाया-खाया नहीं, ये खा लें।' मेज पर खाना रखकर चला गया। हमारा तो निःश्वास निकल गया, हाँ बच्चू! बलि के पहले खिला-पिला लो, हम तो

हैं ही एशियाई बकरे। मन शंकित हो गया। निश्चित ही खाने में जहर होगा। फौरन दूसरा विचार आया, नहीं-नहीं, शांति—मौत हमें नहीं मिलनेवाली। जरूर हमारा झटका या हलाल होगा, हाथ से मारने का मजा ही कुछ और है।

आरामदायक गुदगुदा रजाई-गद्दा होने के बावजूद नींद आने का नाम भी नहीं ले रही थी। बिस्तर के बासंती चोले में लिपटे हम निःशब्द-निष्पंद पड़े हुए थे। कमरे का रेडिएटर भी आवाज करता तो कँपकँपी छूट जाती।

राम-राम करके सुबह हुई। उस दिन सरगुन को यूनिवर्सिटी जाना जरूरी था। वह गई। जाहिर है, जाते-जाते यह सहेजना नहीं भूली कि अंदर से दरवाजा बंद रखना। मेरे आने के पहले कोई कितना भी दस्तक दे, मत खोलना। मैं एक-एक घंटे पर फोन करूँगी। मैंने मन में सोचा—'जाओ बेटा, मरने के लिए एक घंटे से कम समय भी लगता है। पोती का चेहरा सामने आ गया।'

अलविदा मेरी नन्ही सराहना! तुम भारत में, मैं स्विट्ज़रलैंड में, हमारे तुम्हारे साथ की उम्र केवल दो माह छब्बीस दिनों तक ही रही। दादी तो अब गई।

थोड़ी देर बाद सरगुन का फोन आया। बार-बार आता रहा और उसे मेरे सुरक्षित-जिंदा होने का समाचार मिलता रहा। उसे राहत मिली कि मैं जिबह नहीं हुई थी।

***

धीरे-धीरे वक्त गुजरता गया। वहाँ रहने के लिए हम अपने को आदी करने लगे। फोसुआ से पर्याप्त दूरी बनाए रखने के बावजूद किचन में अकसर फोसुआ से मुलाकात होती रहती थी। मैंने लक्ष्य किया, उसमें कुछ भी असामान्य नजर नहीं आता था भाषा के अलावा। भाषा भी असामान्य नहीं थी, केवल हम एक-दूसरे की भाषा से अपरिचित थे। धीरे-धीरे हमारे बीच का अजनबीपन समाप्त हो रहा था। हमारा न झटका हुआ, न हलाल। उसकी ओर से जिबह करने का कोई उपक्रम भी नजर नहीं आता था। तहखाना थोड़ा रहस्यमय अब भी लगता था। वहाँ कपड़े धोने के लिए अब भी हम अकेले नहीं जाते थे।

सबकुछ सामान्य लगने के बावजूद उस कमरे का रहस्य पता नहीं चला, जिसमें वह खुद रहता था। उस कमरे में कभी भी उसने हमें आमंत्रित नहीं किया, बल्कि हमारे सामने कभी खुला तक नहीं छोड़ा। घर में मौजूद रहने पर भी जब कमरे से बाहर होता तो दरवाजे पर ताला जड़ना नहीं भूलता था। यही हाल उसके निजी बाथरूम का भी था।

सरगुन कहती, 'माँ! इसी कमरे में वह अलमारी होगी, जिसमें उसके साइकोपन की शिकार विभिन्न देशों की लड़कियों की लाश या पिंजर टँगा होगा। एशियन लड़की का कॉलम छोड़ रखा होगा, जिसमें मेरी लाश टँगनी होगी। तुम तो उसे बोनस में मिल रही हो, लाश में तब्दील करने के लिए।'

मैंने जवाब दिया, 'हाँ! एक पर एक फ्री।' हम हँस पड़े। अब हम थोड़ा-थोड़ा सामान्य हो रहे थे।

छुट्टी का दिन था। दोपहर के 2 बजे होंगे, घंटी बजी, सरगुन सो रही थी। फोसुआ शायद कहीं बाहर गया था, क्योंकि तीन-चार बार घंटी बजने के बाद भी दरवाजा खुलने की आहट नहीं मिली। मैंने नीचे जाकर दरवाजा खोला (प्रवेश-द्वार एक ही था), एक युवती थी, जो चेहरे-मोहरे से चीनी या जापानी लग रही थी। हम दोनों ने एक-दूसरे की ओर प्रश्नात्मक नजरों से देखा।

उसने अंग्रेजी में फोसुआ को पूछा, मैंने अनभिज्ञता जाहिर की। आगंतुका ने बताया कि वह जापानी लड़की है, उसका नाम नूरिये है। कभी वह इस घर की किराएदार रह चुकी है। अंग्रेजी में ही उसने बताना शुरू किया, 'मिशियो फ्रोंसुआ बहुत ही अच्छे और उदार व्यक्ति हैं। जब मैं यहाँ रहती थी तो मेरी मदद करते ही थे, पर यहाँ से जाते समय उन्होंने मेरी जो मदद की, उसका ऋण मैं ताउम्र नहीं चुका सकती।'

हैरानी से मैंने और सरगुन ने एक-दूसरे को देखा।

हमारे दुबारा चौंकने की बारी थी। स्मृति की सुई कुछ पीछे चली गई और इस वाक्य पर अटक गई, उसके घर में नूरिये नाम की एक लड़की रहती थी, जो अचानक गायब हो गई थी।

अच्छा, तो शायद यह वही नूरिये है, जिसके बारे में नीरज ने चर्चा की थी। यह तो भली-चंगी है। लाश में तब्दील होकर फ्रोंसुआ की अलमारी की शोभा नहीं बढ़ा रही है।

नूरिये ने बताया, 'उसके पापा के साथ एक भयानक दुर्घटना हो गई थी, उनका बचना मुश्किल था। अचानक मुझे अपने वतन जाना पड़ा, पर मेरे पास टिकट के लिए पैसे नहीं थे। फ्रोंसुआ ने न केवल मुझे हवाई-यात्रा के अलावा अतिरिक्त पैसे दिए, बल्कि अपनी कार से मुझे जेनेवा एयरपोर्ट तक छोड़ा। उस वक्त वे मेरे लिए किसी मसीहा से कम नहीं थे। विदा लेते समय मेरे कंधे पर दिलासा के जो हाथ उन्होंने रखे थे, उसके स्पर्श की ऊष्मा ने मेरे अंदर एक ऐसी नैसर्गिक ऊर्जा भर दी, जिसने मेरी उस बोझिल यात्रा की बोझिलता को काफी कम कर दिया था।'

हमारा चेहरा फक था। आगे जो नूरिये से सुना तो अपने आपसे घृणा सी होने लगी। लगा, सरे बाजार हम निर्वस्त्र हो रहे हैं। अपने आपसे अपना सामना नहीं कर पा रहे थे। ऐसा महसूस हुआ कि अपने आपको छिपाने के लिए बुरका बनवाऊँ तो पूरे थान का कपड़ा कम पड़ जाएगा। शुतुरमुर्ग की तरह बालू में सिर छुपाना चाहूँ तो पूरे सहारा मरुस्थल का मरु भी कम पड़ जाएगा।

मेरी आँखों का सैलाब उमड़ पड़ा। हम माँ-बेटी आपस में नजर नहीं मिला पा रहे थे। हमारी अन्यमनस्कता देखकर नूरिये सकपका सी गई, 'क्या हुआ, मैंने कुछ... ?'

'नहीं-नहीं, कुछ नहीं।' मैंने आँसू पोंछे।

'आपके कमरे में बैठकर मिशियो फ्रोंसुआ का इंतजार कर सकती हूँ। एक बार मैं उनसे मिलकर शुक्रिया अदा करमा चाहती हूँ।' उस जापानी बाला ने किंचित् हिचकिचाहट के साथ हमसे इजाजत माँगी।

'जरूर, क्यों नहीं।'

नूरिये की दास्तान ने हमारी आँखों की पट्टी खोल दी।

अब तो हर दिन फोसुआ के स्वभाव और चरित्र की एक-एक परत खुलने लगी, जो काफी खुशगवार थे। उसकी चारित्रिक विशेषताओं की दमक से हमारी आँखें चौंधियाने लगीं। हमारे मन की शंकाओं की कालिमा धीरे-धीरे धुलने लगी।

***

एक दिन मैं रसोईघर में आई तो पूरे रसोई घर में जूठन, जूठे बरतन बहुत ही गंदे ढंग से बिखरे हुए थे। खाने की मेज का भी यही हाल था। लगता था, खाया कम गया है, खाने के साथ छीना-झपटी ज्यादा हुई है। समझ में नहीं आ रहा था कि सफाई अभियान कहाँ से शुरू करूँ। इतने में फोसुआ भी आ गया। उसने संकेतों से बताया, 'बीच वाले कमरे में रहनेवाली अठारह वर्षीया किरायेदार स्विस लड़की एलोदी कई महीनों के बाद वापस आई थी। उसने और उसके पुरुष-मित्रों ने किचेन का ये हाल कर रखा है, ऐसी गंदगी वे अकसर किया करते हैं।' बात करते-करते वह सफाई भी करता जा रहा था। कुछ बरतनों को माँजा, कुछ को डिश वाशर में डाला। मेज से मुरगे की हड्डियाँ और सिगरेटों के जले टुकड़े हटाए। यह सब करते हुए वह उस कमसिन बाला एलोदी का मकान मालिक कम, उसका बाप ज्यादा लग रहा था। उसका प्रलाप बदस्तूर जारी था, 'अभी उम्र कम है, दुनिया की तकलीफों को उसने देखा कहाँ है ?' इत्यादि, इत्यादि। यह प्रलाप

खाँटी प्यार में पगा हुआ था। ऐसा लग रहा था, जैसे यह सब वह अदृश्य एलोदी से नहीं, बल्कि अपनी सगी पुत्री इजाबेल से कह रहा हो। उस इजाबेल से, जो माता-पिता-के तलाक के बाद अपनी माँ के पास रह रही थी।

एक दिन अपने काम से शाम को घर आया तो हाथ में बड़ा सा डिब्बा था। नीचे से ही उसने सरगुन को आवाज दी। वह नहीं थी, मैं नीचे आई। उसने मुझे डिब्बा दिखाया, मैंने सोचा केक है, लेकिन वह इंटरनेट का किट था, जिसे लाने का उसने सरगुन से वादा किया था। सरगुन को पकड़ाते समय उसके चेहरे पर जो उल्लास और संतोष था, उसको बयान करने के लिए मेरे पास शब्दों का नितांत अभाव है।

सरगुन को यह कह पुष्पगुच्छ देना कि तुम अपने बॉयफ्रेंड को देना तो वह खुश हो जाएगा, उसके यह बताने पर कि उसका कोई बॉयफ्रेंड नहीं है, निराश होना, ऐसे तमाम आयाम थे, जो उसके चरित्र की कोमलता को साबित करने लगे।

एक बार दो दिनों तक वह न केवल अपने ऑफिस नहीं गया, बल्कि अपने कमरे से भी बाहर नहीं निकला। हमारी मुलाकात किचन में होती थी। दो दिनों से किचन में भी नहीं मिला था। हम माँ-बेटी परेशान क्या करें ? कमरे के दरवाजे पर दस्तक देना उसकी प्राइवेसी में दखल देना होता। स्विस लोगों को यह बिल्कुल पसंद नहीं। तीसरे दिन साहस कर सरगुन ने दरवाजे के बाहर से ही आवाज दी, 'मिशियो फ्रोंसुआ, आप ठीक तो हैं, आपको कुछ चाहिए ?'

उसने अंदर से ही जवाब दिया, 'मैं ठीक हूँ, मेरे पास सबकुछ है। मुझे कुछ नहीं चाहिए, मैक्सी (धन्यवाद)।'

चौथे दिन उसने अपने नजरबंद होने का कारण बताया, 'एलोदी ने बिना किराया दिए एक सप्ताह और घर में रहने की मोहलत माँगी थी, मैंने सहर्ष दे दी, परंतु, अपने शोरगुल, सिगरेट के धुएँ की महक से गंदगी मचाने की आदत से तंग करनेवाली एलोदी, रातोरात बिना बताए कमरा ही छोड़कर नहीं चली गई, बल्कि उसका दिया हुआ सामान भी लेकर कब चंपत हो गई, उसे पता ही नहीं चला।' सुबह अस्त-व्यस्त और अत्यंत बुरी हालत में कमरा देखा तो उसने अपना सिर पीट लिया। उससे जवाब-तलब करने की बजाय खुद को ही कमरे में नजरबंद कर मानो एलोदी को सजा दे दी। उसने बताया कि फोन करने पर नंबर पहचान लेती है और फोन नहीं उठाती।

सरगुन ने सुझाया, 'मेरे फोन से कॉल करें तो उठा लेगी।'

विस्मय से उसकी आँखें खुली की खुली रह गईं। सिर्फ इतना ही बोल पाया, 'ऐसा हो सकता है ?'

हद है मासूमियत की।

कहते हैं, स्विट्ज़रलैंड में जीरो फीसदी अपराध है। इस बात का सबूत फ्रोंसुआ की मासूमियत से मिल गया। उसको यह भी नहीं मालूम कि ऐसे-ऐसे दाँव-पेच भी हो सकते हैं। जी हाँ! उसके लिए यह दाँव-पेच ही था। ऐसा मकान-मालिक, जो अपने किराएदार का नाम-पता भी न जानता हो, हिंदुस्तान के महानगरों को छोड़ भी दें तो किसी गाँव-कस्बे में भी नहीं मिलेगा? मुझे तो नहीं लगता। मुंबई के मकान-दलाल-बुलानियो, दिल्ली के गुप्ताओं, पूना के सुशील मेननों या बंगलुरु के राममूर्तियों में से किसी में भी ऐसी मासूमियत नहीं मिलेगी।

कुछ दिनों बाद वह हमें तहखाने में ले गया। डिश वाशर और वाशिंग मशीन का उपयोग समझाया। हमने स्टील के दरवाजेवाली अलमारी के विषय में पूछा तो उसने खोलकर दिखाया। वह एक सुसज्जित बाथरूम निकला। खड़ी-पड़ी आदमकद अलमारियाँ उसकी दादी के जमाने की थीं, जिसमें अल्लम-गल्लम सामान पड़े थे, जैसे आम घरों में हुआ करते हैं। भीमकाय मशीनें, जिसे हम अपने भय के क्षणों में गला काटनेवाली गिलोटिन मशीन समझ रहे थे, वे पूरे घर को गरम रखने के सिस्टम यंत्र थे। एक दिन मौका देखकर पसलियोंवाले गोश्त के विषय में पूछा तो पता चला कि वह मसाले में लिपटा सूअर का मांस था, जो गरमी के सुहाने मौसम में बाबीक्यू पार्टी में खाया जानेवाला था। (ये पंक्तियाँ लिखते वक्त तक वह हैंगर पर नहीं है, शायद खा लिया गया था।) दूसरा बड़ा फ्रिज, फ्रीजर, डिश वाशर, इसलिए थे कि उसके स्वर्गवासी पिता का रेस्तराँ बंद हो गया और और ये सामान तहखाने में पड़े थे। कोमल हृदय होने के साथ-साथ वह विनोदप्रिय स्वभाव का भी धनी था। इसका बोध प्रायः सरगुन के साथ उसकी बातचीत से होता था।

एक बार उसके साथ वार्त्तालाप के दौरान सरगुन जोर से हँसी। पूछने पर पता चला कि घर में आने के पहले उसने सरगुन को जो साइकिल देने की पेशकश की थी। अभी उसमें सरगुन का भी कुछ योगदान चाहता था। उसने पूछा, 'तुम कितने फ्रैंक दोगी?'

'दस।' सरगुन ने कहा।

फोसुआ ने गंभीरता से कहा, 'दाकोर (ठीक है), इतने में हैंडल तो आ ही जाएगा।'

एलोदी की गंदगी फैलाने की आदत से वाकिफ और आजिज होकर उसके उस नए फ्लैट, जिसमें वह गई थी, के लिए हाथ उठाकर ईश्वर से प्रार्थना करने के साथ शुभकामना दे रहा था, 'गुडलक अपार्टमेंट'

चार खूबसूरत लकड़ी के डिब्बों के साथ एक दिन वह मेरे सामने हाजिर हुआ। उन डिब्बों को मुझे देते हुए भरे गले से कहा, 'हाल में ही मेरी स्वर्गवासी हुई माँ के हैं, ये आप लेना चाहें, तो ले लें।'

खोला तो उसमें सिलाई, बुनाई, कढ़ाई के सुंदर सामान, सुई-धागा, बटन, ऊन-सलाइयाँ इत्यादि थे।

अब उसका एक और इनसानी रूप भी उजागर हुआ, जिसे पहले हमने कभी महसूस ही नहीं किया था। उसका भीगा दिल और नम आँखें, तलाक लेकर अलग रहनेवाली जर्मन पत्नी के लिए आँसू, बेटी इजाबेल के लिए आँसू, अपनी गर्लफ्रेंड के साथ रहनेवाले पुत्र मिशेल के लिए आँसू!

सुना था, पश्चिमी देशों में रिश्तों में वजन नहीं होता, पर नजदीक से देखने पर पता लगा कि वे रिश्तों को जीते हैं, दुहाई नहीं देते। इनका दिल भी दिल है, खून-मांस में लिपटा हुआ केवल एक ऑर्गन नहीं, जो किसी के लिए रोता है, किसी के लिए हँसता है। यहाँ की तो प्रथा है—अठारह साल के होते ही संतान अपने माता-पिता से अलग रहने लगती है। फिर ये आँसू?

माँ-बाप हर हाल में माँ-बाप होते हैं। खून का रिश्ता जब टूटता है तो आँखों के रास्ते बहता है। आदमी जब अकेला होता है, गमजदा होता है। अपनों को खो देता है तो शायद गैरों में अपनों के अक्स तलाशता है। शायद ऐसा ही कुछ फोसुआ के साथ भी था।

घर का एक-एक सामान अत्यंत व्यस्थित रखनेवाले, रसोई के रखरखाव से कुशल से कुशल गृहस्थिनों को मात देनेवाले (रसोई की एक-एक शीशी-डिब्बे पर सामान का नाम, स्थान तिथि, एक्सपायरी डेट का लेबल चिपका रखा है)। हम लोग मांसाहार के नाम पर केवल चिकन खाते हैं, बताने पर आप लोग घोड़ा भी नहीं खाते? विस्मय और मासूमियत से प्रश्न करनेवाले, नकारात्मक उत्तर मिलने पर दुःखी होनेवाले, फिर सुदूर फार्म से चिकन लाकर तीन घंटे की मशक्कत से तंदूर करके, अंततोगत्वा बार्बीक्यू पार्टी में शामिल करके खुश होनेवाले, विशेष साइकिल मेले से सरगुन को साइकिल लाकर देनेवाले, बटुए में मृत माँ की तसवीर रखनेवाले, साथ में न रहनेवाली पत्नी की चर्चा पर नम आँखोंवाले फ्रोंसुआ का नाम फोसुआ मैंने चिढ़कर रख दिया था। एक तो हसुआ के तर्ज पर दूसरा जैसे, गाँव में शरद से शरदवा, हेमंतवा, शाहरुखवा, ऋतिक रोशनवा, कतरिनवा बोलते हैं, ठीक उसी की तर्ज पर।

पर हमारी कुत्सित सोच को पूर्णरूपेण बदल देनेवाले फोसुआ का नाम मैंने

फिर से उसको वापस किया। पहले फोसुआ, फिर फ्रोसुआ, फिर फ्रोंसुआ शोजों (Francois Saujean)—

यह नाम तो उसके माता-पिता का दिया हुआ है, पर मैंने उसका एक और नामकरण किया। फ्रेंच भाषा की जानकार मेरी बेटी को यह नाम बहुत गँवारू लगा पर मुझे सार्थक लगा। जब मैं किचन की मेज पर उन पंक्तियों को लिखने में मशगूल थी, जिनमें मैं उसको जल्लाद, गोरा यमराज साबित करने में आमादा थी, कब अँधेरा हो गया था, पता ही नहीं चला, उसी समय वह आ गया था। मेरी आँखों पर जोर पड़ेगा, सोचकर उसने बत्ती जला दी। रोशनी फैल जाने पर बच्चों-सा खुश होकर बोला, 'अब आप आराम से लिखें।' उसकी भाषा का भाव समझकर मेरा वह कुत्सित विचार फुस्स हो गया और मैंने उसको लाड़-दुलार मिश्रित एक नया नाम दे डाला—'फोस्सू'।

□

कहानी 8

सराहना तेरो कितनो नाम!

जब से बहू के गर्भवती होने की खबर मिली है, तभी से अम्मा नामों की फेहरिस्त बनाने में जुटी रहती हैं। सुवास, उनकी बेटी भी उनके इस काम में बढ़-चढ़कर हिस्सा लेती है। कभी हिंदी तो कभी संस्कृत का शब्दकोश खँगाला जाता है। इन शब्दकोशों में अकसर नायाब नाम मिल जाते हैं। माँ-बेटी दोनों का खूब मन लगता था इसमें। घंटों बीत जाते, जरूरी-से-जरूरी काम पड़े रह जाते, नाम अनुसंधान जारी रहता। कोई बात नहीं, बाकी काम फिर हो जाएँगे।

नए मेहमान के आने की खुशी सँभाले नहीं सँभल रही थी, मन में उछाह ही उछाह था। तीस वर्षों के बाद घर की छत के डारे पर छोटे-छोटे झबले-पोतड़े सूखेंगे, नन्ही किलकारी से घर-आँगन किलकेगा और अम्मा की छाती हरी होगी। कानों में सोहर की आवाज और गले में बोल ने अपना स्थायी निवास बना लिया था, हर समय गुनगुनाती रहती थीं।

उमंग में आकर अलमारी से शब्दकोश निकालने के लिए उठीं।

"हाय!" एक चीख सी निकल गई, दाएँ घुटने में दर्द की लहर उठी, अर्राकर बिस्तर पर आड़े-तिरछे गिर पड़ीं।

कराह सुनकर शशि दौड़कर आई।

"यह क्या अम्मा? अभी तक तो गठिया से गाँठ जोड़कर बैठी हुई थीं, दरवाजा खोलने के लिए भी नहीं उठ पा रही थीं, बाथरूम तक तो दीदी पकड़कर ले जाती थीं, अचानक क्या काम आ गया! मुझे बुला लेतीं।"

शशि उनके यहाँ वर्षों से काम करती आ रही है। अम्मा के ऊपर उसकी अपार श्रद्धा है। थोड़ी गुस्ताख भी है, घर के कामों के साथ-साथ उन्हें डाँटने-डपटने का काम भी पूरी श्रद्धा और हक के साथ करती थी।

अम्मा झेंप गईं।

"अच्छा आ गई है तो अलमारी से वह मोटीवाली किताब ला दे।" शीशे वाली अलमारी में रखे शब्दकोश की तरफ इशारा किया।

हाथ पोंछकर शशि ने शब्दकोश उनके हाथ में थमा दिया।

अम्मा की उँगलियाँ कोश पर बेताबी से नाचने लगीं, जैसे एक अभ्यस्त खिलाड़ी की उँगलियाँ शतरंज, कैरम या फिर कंप्यूटर पर थिरकने लगती हैं।

शब्दकोश में नाम के लिए भटकना अच्छा लगता था उन्हें। उनका यह शगल जुनून बन चुका था। जब भी खाली बैठी होतीं, शब्दकोश खँगालने लगतीं। नए-नए नामों की लिस्ट बनाकर रखतीं, न जाने कब कौन अपने बच्चे के लिए नाम माँग बैठे। अभी कुछ दिन पहले ही अमेरिका में बैठे सुवास के मित्र कुणाल का फोन आया था कि उसकी बहन को लड़की हुई है, आप उसके लिए कोई अच्छा सा नाम बताएँ, मैंने सुना है, आप बहुत अच्छे नाम देती हैं।

मोटे शब्दकोश का पन्ना खोलकर जैसे ही चश्मा चढ़ाया। चौंक गईं, अरे! यह क्या? हरफ तो काली मक्खियों का रूप धरे बैठे थे। सफे-पर-सफे पलटती रहीं, पर एक सतर भी नहीं पढ़ पाईं। चश्मे का नंबर बढ़ गया है शायद, डॉक्टर के पास जाना है, पर गठिया की गाँठ खुले तब न! अब तो भित्ति के पुराने पलस्तर की तरह अंग साथ छोड़ते जा रहे हैं। मायूस हो गईं।

वक्त-वक्त की बात है। एक जमाना वह था, जब वे खुद दस वर्ष की थीं, तभी से अपने तथा पड़ोस के भतीजे-भतीजियों, भानजे-भानजियों के नाम रखती आ रही थीं। बिना चश्मे के शब्दों को खँगालने की भी जरूरत नहीं पड़ती थी, जो नाम देती थीं, बच्चों के माता-पिता सहर्ष स्वीकार करते, "कैसे तुम्हारे जेहन में नए-नए नाम आते हैं बच्ची?"

बच्ची अब बच्ची कहाँ रह गई थी! खैर, अब तो दादी बननेवाली थीं।

धीरे-धीरे नायाब नाम रखने में पारंगत मानी जाने लगी थीं। मोहल्ले के लोग भी बच्चों के नामकरण के लिए पंडित से पहले उनके पास आ जाते थे। भतीजे-भतीजियाँ जब माँ-बाप बनने की प्रक्रिया में आते तो उनके पत्र आना शुरू हो जाते, 'मौसी! मेरे बच्चे का कुछ अच्छा और नया नाम सोचकर रखिए।'

एक बार भानजी की बेटी मिली तो ठुनकते हुए बोली, 'नानीजी, आपने मेरा कैसा नाम रख दिया है! कक्षा के सब बच्चे मुझे चिढ़ाते हैं।' 'भगौना,' वे हँस पड़ीं, 'अभी नहीं, जब बड़ी होगी, तब अपने नाम की नवीनता को पहचानोगी।'

कुछ सालों बाद राजधानी के एक कॉलेज से स्नातकोत्तर कर रही उसी

भगौना का फोन आया था, 'नानीजी, कल कॉलेज के एक समारोह में मुझे लेखन पुरस्कार देते समय सुधी विद्वान्, गण्यमान्य लेखक ने कहा, तुम्हारा नाम 'विभावना' अभिनव नाम है। मेरे खयाल में अब तक और आनेवाले सालों में यह नाम एकलौता तुम्हारा ही होगा। हाँ, तुम्हारा सुनकर दूसरा कोई रख ले तो और बात है, अन्यथा तुम अद्वितीय हो।'

पुरस्कार से ज्यादा उनका कॉम्प्लीमेंट अच्छा लगा मुझे।

उन्होंने पूछा, 'अपने नाम का अर्थ जानती हो?'

'मैंने बताया तो खुश हो गए नानीजी! आज से मुझे अपना नाम अच्छा ही नहीं बहुत अच्छा लगने लगा है।'

उनके अपने बेटे का नाम न तो नायाब है न काबिले-तारीफ पर जिस कैलकुलेशन से रखा था, उसकी तारीफ है। उनके दिवंगत पति 'तपन' के नाम का पहला और दूसरा अक्षर 'तप' फिर स्वयं के नाम 'धृति' का पहला अक्षर 'ध' फिर पति के नाम का अंतिम अक्षर 'न' के योग से पुत्र का नाम रखा—'तपोधन'।

फिल्मी अभिनेता-अभिनेत्रियों, फिल्मी पात्रों के नाम से उन्हें कभी लगाव नहीं रहा। अनर्गल नामों, जैसे—मोंटी, बबलू, बॉबी से सख्त परहेज था।

नाम की सार्थकता और कर्णप्रियता की हिमायती उन्हें याद आया कि कैसे बचपन में उनके एक बाल-सुलभ नामकरण ने उनकी मुँहबोली भाभी को असमंजस की स्थिति में डाल दिया था।

शायद वे सात-आठ साल की थीं। उनकी अत्यंत प्यारी मुँहबोली भाभी की बहुत ही प्यारी दूध-सी गोरी गुलगोथनी बच्ची को हमेशा गोद में टाँगे रहती थीं, कलेजे से लगाए रहतीं। एक दिन उनके मुँह से निकल गया, 'इसका नाम होगा, कलेजमानी।' पता नहीं दिमाग में कहाँ से यह हास्यास्पद नाम आ गया।

लोगों के लाख समझाने के बावजूद पी.डब्ल्यू.डी. में ऊँचे पद पर कार्यरत, अर्थशास्त्र में बी.एच.यू. के टॉपर रहे कलेजामणि के पिताश्री इसी नाम पर अड़े रहे, 'मेरी बहन ने जो नाम रखा है, वही रहेगा।'

बेचारी भाभी! उम्र में पति से काफी छोटी भाभी सदा अपने पति से खौफ खाती थीं। इस मामले में भी खौफ खा बैठीं। मन मसोसकर रह गईं। जब तक वे लोग हमारे किराएदार रहे और कलेजामणि के स्कूल में दाखिल होने के पहले तक कलेजामणि, कलेजामणि ही रहीं।

तबादले के बाद हमारे शहर से वे लोग चले गए थे। धीरे-धीरे संपर्क और संबंध क्षीण होते गए। वर्षों बाद पता चला, बड़ी होने पर मणि नाम से कलेजामणि

आकाशवाणी की उद्घोषिका बनीं। मेरे धर्मभाई, मेरे दिए नाम से आधे नाम को कसकर पकड़े ही रहे। यह अच्छा लगा, चलो, कलेजा तो छोड़ दिया, वरना वह बच्ची मणि कभी उन्हें माफ न करती।

राहत महसूस की।

पचास साल पहले की बातें सोचते-सोचते न जाने कब आँख लग गई थी। शशि दरवाजा भेड़कर कब चली गई, पता ही नहीं चला। मोबाइल की घंटी से हड़बड़ाकर उठीं। बेटे का फोन थामा—तुम्हारी बहू को अस्पताल में भर्ती किया है नॉर्मल चेकअप के लिए; तुम आराम से आना, हड़बड़ाना नहीं।''

'कैसा बेवकूफ है! हुँह, हड़बड़ाना नहीं, घबराना नहीं, आराम से आना, अब भला उनका जाना रुक सकता है? ठीक है, बहू की माँ कल आ गई हैं। पास में हैं तो क्या? नौ महीने तो उन्होंने ने ही देखभाल की थी, वैसे भी कल तो मुझे जाना ही था।' गठिए से जकड़े घुटनों के दर्द को धता बताती हुई जाने की तैयारी करने लगीं। तब तक बेटे का फोन आ गया था—'लड़की हुई है।'

हैं, यह कैसे? डॉक्टर के दिए डेट से तीन हफ्ते पहले? बड़ी जल्दी थी बिटिया को आने की, पर वे जल्दी कैसे पहुँचे? पुणे से मुंबई पहुँचने में वक्त तो लगेगा? आज क्रिसमस के दिन बसों में जगह मिलना भी मुश्किल ही है।

उनकी मुश्किलों को देखकर उनकी सहेली अंजलि ने कहा, ''ठीक है, कल चली जाना। बेटा और बहू की माँ तो उसके पास हैं, अकेली तो नहीं है, अलबत्ता तुम यहाँ अकेली हो। तुम्हें अपनी यात्रा मैनेज करने में मुश्किल हो रही है।''

''कैसी बातें कर रही हो अंजलि? बहू अस्पताल में है और मैं कल जाऊँ? मुझे पुणे में इतना जरूरी काम न होता तो मैं आती भी नहीं। प्रसव अभी तीन हफ्ते बाद होना था। सो मैं आ गई, वैसे तो दो-दो बाइयों को रखकर बहू की सेवा की हिदायत देकर आई थी। अब जब यह खबर सुन ली है तो मैं कैसे रुक जाऊँ? नहीं भई, मुझे जाना होगा, कैसे भी!''

अंजलि ने उनका उतावलापन और निश्चय देखा तो खुद अपनी गाड़ी से बस अड्डे तक पहुँचा दिया।

घंटे भर खड़े रहने के बाद बस के दर्शन हुए। बस की बेतहाशा भीड़ में तिल रखने भर को भी जगह नहीं थी। उनके चढ़ने के लँगड़े प्रयास को कंडक्टर ने बस की सीढ़ियों पर ही निरस्त कर दिया।

''हे भगवान! अब क्या करूँ?''

अपने से ही जवाब मिला—इंतजार।

अंटी में इतने पैसे भी नहीं थे कि टैक्सी से मुंबई तक जाया जाए।

जैसे-तैसे दूसरी बस में चढ़ीं। जोड़ों का दर्द शबाब पर था। भला हो उस लड़की का, जिसने तरस खाकर अपनी सीट उन्हें दे दी। रोम-रोम से असीसा उसे।

दादर में टैक्सी लेकर मय सामान गिरती-पड़ती सीधी अस्पताल में ही पहुँची थीं।

बस में जब सीट मिल गई तो आँख मूँद दर्द को दरकिनार कर नाम-धराई के शगल से खेलने लगीं। नवजात बच्ची का नाम जल्द-से-जल्द रखना होगा।

उनकी नीरस जिंदगी को रसीला बनानेवाला रस आ गया।

रस, सरस अरे यही नाम रख दूँ तो? सरस अच्छा रहेगा। ऊँह! नहीं, ये कोई खास नहीं है। रस, रस, रसगुनी! हाँ, यही ठीक होगा।

मन ने जवाब दिया—हाँ, बिल्कुल नूतन नाम है।

लो, बस में ही नामकरण संस्कार भी हो गया। 'रसगुनी' हाँ यही नाम होगा, उनकी बागों की जुगनू बगजुगनी का। अरे! 'बगजुगनी' भी तो रखा जा सकता है, कितना नायाब नाम है। लोक-परंपराओं, लोककलाओं से बेहद प्यार करनेवाली वे आनन-फानन में नवजात का नामकरण करके बेहद खुश थीं। बगजुगनी नाम रखते ही उनकी नासिका-रंध्र में समाई सोंधी मिट्टी और फूलों की महक से अपने पूरे अस्तित्व को सुवासित पाया। उनकी छोटी सी बगिया, जो पति की मृत्यु और बेटी-बेटों के बाहर चले जाने से शुष्क और वीरान सी हो गई थी। वही बगिया अब जुगनुओं की छोटी-छोटी रोशनी से टिमटिमाने लगेगी।

'मेरी बगजुगनी!'

बगजुगनी या रसगुनी दोनों ही अच्छे और नए हैं। कौन सा फाइनल करूँ मन फिर से द्वंद्व से घिर गया। मुश्किल हो रही है, जुड़वाँ होतीं तो कितना अच्छा होता, दोनों नाम काम आ जाते।

मन-ही-मन बच्चों सी खुश हो रही थीं, 'वाह क्या बात है! अपनी नामकरण की प्रतिभा की दाद देने लगीं—'हलदी लगी, न फिटकरी रंग चोखा हुइ गवा' शब्दकोश में या और कहीं माथा-पच्ची करने से निजात मिली।

'आपे बीबी मत्था टेकें, आपे तेरे बच्चे जीवें वाली बात हो गई' अपने में ही हँस पड़ीं।

रसगुनी को पहला और बगजुगनी को दूसरा क्रम दिया। दिमाग में दोनों नाम इसी क्रम से आए थे।

सुबह की सैर में मिलनेवाली निम्मो ने बताया था कि नाम रखने का हक

दादी और बुआ को होता है। लो भाई! दादी का धर्म तो पूरा किया मैंने, पर बच्ची के माता-पिता, नानी से भी तो राय लेनी है। उन्हें विश्वास था कि इतने सुंदर, नूतन अपरिचित और सार्थक नाम को वे रिजेक्ट ही नहीं कर सकते। उहूँ, सवाल ही नहीं है, फिर वे दादी हैं, पहला हक उनका बनता है, उनके हक का एहतराम तो होगा ही। क्या हो गया है उन्हें ? शक क्यों हो रहा है अपने अद्‌भुत, अभिनव नामकरण पर, हाथोहाथ लेंगे सब इस एकलौते नाम को।

'रसगुनी' ओहो! नाम लेते ही गुलाब के सत्त्व में सुवासित रसभरे रसगुल्ले की मिठास से मुँह भर जाता है। मधुमेह से ग्रसित उसके पापा और दादी को मिठास का आभास देता रहेगा। यही नहीं, दादी की साहित्यिक अभिरुचि से मेल खाता अर्थ भी तो निहित है इस नाम में, साहित्य, संगीत-कला की ज्ञाता, मर्मज्ञ।

बस ईश्वर से यही प्रार्थना है कि आगे चलकर नाम को सार्थक करे, अपनी बुआ की तरह नहीं। नाम सुवास और हर सुगंध से एलर्जी, चाहे धनिया, पुदीने की चाहे 'कोकोशनेल' का शनेल नं. 5।

नहीं-नहीं! मेरी रसगुनी ऐसी नहीं होगी।

अपने दिमाग से इस नकारात्मक विचार को परे झटका।

और कल्पना की पगडंडियों पर मन आड़ी-तिरछी चाल से चल पड़ा।

कल की पैदा हुई रसगुनी अचानक बड़ी लगने लगी। तालियों की गड़गड़ाहट कहाँ से आ रही है ? अच्छा तो यह मेरी रसगुनी के लिए है।

दर्शकों और विद्वानों से खचाखच भरे हॉल में मेरी रसगुनी को साहित्य-संगीत कला विशारद के सम्मान से सम्मानित किया जा रहा है। वाह! लक्ष्मी निवास मित्तल की तरह सार्थक किया इसने अपने नाम को।

आँखों के परनाले बह निकले।

अपने कॉलेज के दिन याद आ गए। एक नाटक में भाग लेने के लिए अपने पिता तुल्य जीजा से कितनी लताड़ पड़ी थी। भद्‌दे कमेंट सुनने पड़े थे। स्वजातीय प्रोफेसर से भी बरदाश्त नहीं हुआ था उनका मंच पर जाना। संगीत सीखने की तड़प तो अभी तलक है इस बूढ़े दिल में।

'आप गातीं तो आपकी गजलें बहुत मशहूर होतीं रेशमा की तरह। आपकी आवाज बिल्कुल रेशमा से मिलती है।' उनके कुछ परिचितों का कहना था। तत्कालीन दकियानूसियों ने निगल लिया था उनकी ललित-कलाओं को सीखने की साध को।

एक कद्रदान मिले थे उनके पति, पर वे तो आधा रास्ता भी तय नहीं कर पाए साथ में। बत्तीस साल की उम्र में ही वैधव्य थमाकर चले गए।

सोच का धागा लंबा ही होता जा रहा था। अचानक उनकी समधनजी आ गईं, धागा टूट गया, हुलसकर उन्होंने रसगुनी का नाम बताया। 'हत्थे से उखड़ना' मुहावरे को समधनजी की प्रतिक्रिया ने साकार कर दिया।

"रसगुनी? यह कैसा नाम है?" मुँह बिचकाया, "कुछ तो सोचा होता बहनजी, नाम रखने से पहले। किसी का भी यह नाम नहीं सुना, रसगुनी, हुँह! दुनिया में इतने नाम हैं, यही नाम आपको मिला? सूझा कहाँ से?"

"यही तो विशेषता है, इस नाम की। बिल्कुल नया है।"

"ऐसा भी नयापन क्या?"

ऐसी डाँट लगाई, जैसे उनके सामने बेटी की सास नहीं, नौकरानी लीलाबाई खड़ी हो। वे हैरान थीं, समधन उनके घर आई हैं या वे उनके घर में आई हैं। वे हक्की-बक्की सी रह गईं। दूसरा नाम बगजुगनी बताने का साहस ही नहीं जुटा पाईं। रसगुनी नाम, जो उनके लिए गुलाबजल से सुवासित रसगुल्ले के शीरे जैसा था, समधनजी के मुँह पर कच्चे करेले के स्वाद जैसा भाव ले आया था। हरीरा खाते हुए नवप्रसूता बहू ने अपनी माँ का पक्ष लेते हुए ऐलान किया, "मेरे पापा ने प्रियंका और मेरी बहन ने सेनोरिटा नाम भेजा है। मैं इन्हीं में से एक नाम रखूँगी।"

उन्होंने प्रियंका जैसे चलताऊ नाम पर अपना सिर धुना।

बात-बात में अंग्रेजी झाड़नेवाली उसकी बहन को अंग्रेजी नामों से बहुत लगाव है। अपनी बेटियों का नाम उसने हनी और सिल्की रखा है।

उनको अपनी एक छात्रा का नाम याद आ गया, 'श्रीमती' नाम का अर्थ तो बहुत अच्छा था, पर शादी के बाद वह श्रीमती श्रीमती लिखा करती होगी? सेनोरिटा के साथ भी कुछ ऐसा ही है।

उनके दिए नाम को खोटे सिक्के-सा वापस करके बहू ने कोई नया काम नहीं किया था।

मेरे दिए उपहार उसे कभी पसंद नहीं आए तो फिर बेटी के लिए दिए मेरे नाम स्वीकार कर अपना रिकॉर्ड तोड़ेगी? वे अपने आपसे बतियातीं।

कुछ दिनों बाद बेटे का फोन आया, "माँ! हम लोग बेटी का नाम ऐश्वर्य रख रहे हैं।"

"फिल्मी अभिनेत्री का नाम? हे भगवान!" एक अवश निःश्वास छोड़ा।

होता है ऐसा, जिससे आप परहेज करो, वही आप से बार-बार टकराएगा।

बाद में पता चला, ऐश्वर्या नाम भी खारिज हो गया। पता नहीं किसकी सलाह पर दो महीने की मेरी रसगुनी अभी तक अनामिका ही है, वे अफसोस करतीं।

उन्होंने हिम्मत करके एक नाम और सुझाया—'सराहना'।

आश्चर्य! सबको पसंद आ गया। बेटे ने घोषणा कर दी, "अब 'सराहना' नाम फाइनल है। अब दूसरा नाम नहीं रखा जाएगा।"

दूसरे ही दिन बहू की तरफ से दूसरी घोषणा हुई, "सुनो! नानीजी का फोन आया है, सराहना नाम, रेहाना, शबाना, फरजाना की बहन जैसा लगता है। जाहिर है, यह नाम मैं नहीं रख सकती।" यह उद्घोषणा नाप-तोलकर इतनी ऊँची आवाज में की गई थी, ताकि उनके कानों तक पहुँच जाए। बहू की नानी का एक तर्क यह भी था कि बड़ी होकर यदि सराहना ने कोई सराहनीय काम नहीं किया तो? यह नाम 'अपने मुँह मियाँ मिट्ठू' नहीं लगेगा?

वे मन मारकर रह गईं। नानी को न तो सराहना का व्याकरणात्मक पक्ष समझा सकती थीं, न उनकी नकारात्मक सोच को बदल सकती थीं। पुत्र सराहना नाम न बदलने पर अड़ा रहा। पुत्रवधू बदल देने पर अड़ी रही, लेकिन जीत बहू, उसकी माँ और नानी की ही हुई। त्रिया हठ के आगे भला कौन टिक पाया है! वो भी तब, जब त्रिया पत्नी और सास के रूप में हो।

बहू के मायकेवालों का पलड़ा भारी हुआ।

पता नहीं क्या हुआ, एक दिन मिनमिनाती आवाज में बेटे ने कहा, "माँ, सराहना के अलावा कोई दूसरा नाम सोचो न!"

धक्का लगा।

बहुत कुछ कहना चाहती थीं, पर बेटे की आवाज की किस्म ने उनका इरादा बदल दिया। उन्हें भाँपते देर नहीं लगी, पत्नी के साथ रात भर चले विवाद में हमेशा की तरह पत्नी की जिद जीती है। जिद्दी बहू का मायका-प्रेम और समधिन की खुले रूप में बेटी के घर में जबरदस्त दखलंदाजी ढकी-छुपी नहीं थी।

विगलित होकर इतना ही कह पाईं, "अच्छा सोचूँगी।" बेटे से कह दिया। साथ ही अपने से एक वादा भी किया। अब उन्हें नाम-धराई के अपने इस शौक की तिलांजलि देनी होगी। अफसोस यही था कि तिलांजलि अपने ही घर में देनी पड़ रही थी।

बारहा इस घर में उम्मीद की डोरी टूटी है और उन्होंने हजारहा गाँठ लगा-लगाकर उस डोरी को जोड़ने की कोशिश की है। जोड़-तोड़ की इस कोशिश में डोर छोटी होती जा रही है और निराशा बड़ी। अब उन्हें समझना होगा जहाँ कोई उम्मीद न हो, वहाँ नाउम्मीदी का डर नहीं रहता।

मन कुछ हलका हुआ।

साज पाते ही साजिंदे की बेचैन उँगलियों की तरह नाते-रिश्तेदारी में बच्चे के जन्म लेते ही दिमाग के नाम खोजने की कवायद को अब खत्म करना होगा।

पिछले दिनों उनके मुँहबोले भाई की बहू का फोन आया था, ''बुआ! मेरे दोनों जुड़वाँ बच्चों के लिए बहुत सारे नामों के सुझाव आए, पर हमने आप ही का दिया हुआ नाम रखा, 'कुशाग्र' और 'प्रखर'। उसने बताया, अपने नामों के अनुरूप दोनों के क्रियाकलाप भी हैं।''

सुनकर अच्छा लगा।

मराठी-भाषी सुजाता ने तो सराहना नाम की कितनी तारीफ की थी, ''सराहना शब्द तो सुना था, पर नाम के रूप में सुनूँगी, सोचा न था। बहुत ही लयात्मक है। मेरी भाभी गर्भवती हैं, उनके बच्चे का नाम भी सोचकर रखिएगा।''

उनके होंठों पर फीकी मुसकान आ गई, मेरा यह शौक दूसरों के बच्चों से ही पूरा होता रहेगा शायद।

अपने ही घर में अपनी अवहेलना से आँखों की कोरें भीग गईं।

जाहिर है, आँखों की नमी के पीछे रसगुनी, सराहना नामों का खारिज होना ही नहीं है।

सराहना के नानाजी आए, आते ही उन्होंने बच्ची को सराहना नाम से ही पुकारा।

''अरे! मैं यह क्या सुन रही हूँ'' कानों पर यकीन ही नहीं हुआ, इन्होंने तो ऐश्वर्या रखा था। उनकी इस इज्जत-आफजाई ने बहुत दिनों बाद उन्हें महसूस कराया कि वे उनके दामाद की माँ हैं। ऐसा महसूस हुआ, जैसे चंद लम्हों के लिए वजारत मिल गई हो!

''डैड! नानीजी ने कहा है, यह नाम मुसलमानी लगता है, इस नाम से न पुकारें।'' बहू ने दृढता से अपने पापा को बरजा।

समधी द्वारा दिए गए मान से मानित होकर पिछला सब भूल गईं। यही नहीं, थोड़ी ढिठाई पर उतर आईं, ''अरे बहू! बच्चों के घर में भी बुलाने के बहुत नाम होते हैं। ढेरों निरर्थक भी होते हैं—बबली, रिंकी, रिम्मी, दुल्लू। सराहना तो शुद्ध हिंदी का शब्द है, तुम घर का ही रख लो।''

''कहा न, यह नाम नहीं रहेगा।'' उसने निर्णयात्मक स्वर में कहा।

उन्होंने सोचा, 'राख पत रखाव पत'। अपनी इज्जत अपने हाथ है, अब नहीं बोलेंगी। जो चाहो रखो, उनका क्या! बहुत होगा, लोग मजाक ही बनाएँगे न उनकी अपने ही घर में नहीं चली। अपनी संतान से तो सभी हार जाते हैं। मैं कोई अनोखी तो नहीं हूँ!

अंततोगत्वा उनकी रसगुनी, बगजुगनी, सराहना ने अपनी माँ से खुशी नाम पाया। वे समझ नहीं पा रही थीं कि खुशी हिंदी भाषा के समीप है या सराहना?

फोन की घंटी से ध्यान टूटा। फोन बेटे का था, ''माँ, मुकुल भैया का फोन आया था कि उन्होंने अपनी बेटी उज्ज्वला का नाम बदल के लोपामुद्रा रख दिया है। अभी उज्ज्वला नाम खाली है। हम दोनों को पसंद है, यही नाम रख देते हैं।

वे सन्न रह गईं—'मेरी सराहना की ऐसी किस्मत। मुकुल की बेटी का छोड़ा हुआ नाम उसको दिया जाएगा। उस मुकुल का, जिसके घर के चार बच्चों के नाम सराहना की दादी के दिए हुए हैं। नामधारी बच्चों के माता-पिता द्वारा साग्रह माँगे गए थे ये नाम और सहर्ष अभिधानित भी हुए थे।'

मुकुल की माँ सारे परिचितों में डंका पीटती फिरेंगी, 'मेरी पोती का छोड़ा हुआ उज्ज्वला नाम उनकी पोती को मिला।' हमेशा उनको नीचा दिखाने की फिराक में रहनेवाली मुकुल की माँ भला इतनी आसानी से मिले मौके को कहाँ छोड़नेवाली थी!

एक ठंडी आह निकल गई। अपनी तौहीन को भूल भी जाएँ, पर यह भूलने में तकलीफ हो रही थी कि उनकी रसगुनी, बगजुगनी, सराहना पाँच महीने की हो गई, लेकिन अभी तक अनामिका ही है।

वे अतीत के पन्नों में खो गईं। होंठों पर एक मुसकराहट आ गई, ''माँ-माँ, किसी को बताना मत तुमको कसम है, किसी को लीक मत करना। मैंने भैया की बेटी के लिए भैया के नाम से मिलता हुआ नाम सोच लिया है। एकदम नया नाम है।'' बेटी सुवास ने धीरे से कान में नाम ऐसे सुनाया, मानो पास में अनेक लोग बैठे हैं, जो सुन लेंगे तो अपनी बेटियों का नाम रखकर उसकी भतीजी का नाम पुराना कर देंगे।

हँसते-हँसते उनके पेट में बल पड़ गए। अभी तो उसका भैया उस समय ग्यारहवीं और खुद छठी कक्षा में पढ़ रही थी, पर कह ऐसे रही थी जैसे उसकी भाभी प्रसूति-घर में अपने नवजात शिशु के साथ सोई है।

मेरी रसगुनी जन्म से पहले बुआ के दिए उस नाम से भी वंचित रह गई, क्योंकि उससे दस महीने पूर्व जन्मी उसकी एक करीबी रिश्ते की बहन का वह नाम पड़ गया।

कुछ दिनों तक सुवास को खटकता रहा, पर उसने संतोष कर लिया। रसगुनी के आठ साल की हो जाने के बाद भी सुवास का यही विश्वास है कि मैंने ही उसका सोचा हुआ नाम लीक कर दिया था।

उन्होंने सुवास को समझाया—''पछताओ मत, तुम्हारा सोचा हुआ सँभाल-सँजोकर रखा नाम घर से बाहर नहीं गया, घर में ही रह गया।''

जब सराहना ने जन्म लिया तो फिर से सराहना की बुआ उस नाम के लिए पछताने लगीं, उन्होंने सुझाया, "अगर तुम्हें यह नाम बहुत पसंद है तो इसका भी यही नाम रख दो। जॉर्ज तृतीय, जॉर्ज चतुर्थ, पंचम की तरह दस महीने पहले पैदा होनेवाली बच्ची के साथ प्रथम और इसके साथ द्वितीय लगा दो।"

उन्हें खल रहा था। नाम-धराई की इस उठा-पटक में अभी भी उनकी बच्ची अनामिका ही बनी रही।

उज्ज्वला नाम को चुपचाप उन्होंने स्वीकृति दे दी।

नौ महीने तक गर्भ में धारण करनेवाली धात्री का बच्ची पर पहला अधिकार है। उसका हक बनता है, उसकी पसंद का नाम रखने का। चाहे तेजस्विनी हो या ऐश्वर्या, अंकिता, सेनोरिटा या कुछ भी, नाम रखने का अधिकार उनका अपने बच्चों तक था, बच्चों के बच्चों पर नहीं, अपने इस संतोष से संतुष्टि मिली उन्हें।

अपने पैरों पर सुलाकर बच्ची की बहुत मनोयोग से मालिश कर रही थीं। जैसे-जैसे उनके हाथ बच्ची के बदन पर ऊपर से नीचे आ जा रहे थे, वैसे ही मन में विचारों की लहरें भी ऊपर-नीचे हो रही थीं।

समधन, आँखों में विदा के आँसू लिये, जाते-जाते भर्राए गले से अपनी बेटी को आश्वस्त कर गईं, 'जाते ही मैं मंजूषा से नामों की लिस्ट माँगकर भेज दूँगी, तुम चुन लेना।'

जाने के बाद समधनजी ने बहुत मुस्तैदी से अपने वादे को अंजाम दिया। तीसरे ही दिन समधनजी फोन से अपनी बेटी को नाम नोट करवा रही थीं। उनकी ओर उपेक्षा और व्यंग्य-मिश्रित नजरों से देखती हुई बहू नाम नोट करते समय जोर-जोर से दुहराती भी जा रही थी, जिससे वे भी सुन लें।

साधना, कृतिका, काकुल और न जाने क्या-क्या! धीरे-धीरे उनके कानों में केवल संज्ञाहीन आवाजें ही घुस रही थीं। लक्षित हो रही थी तो व्यंग्य, उपेक्षा, अवहेलना और लापरवाही से भरपूर एक नजर, जो उनके चेहरे का जायजा तो ले ही रही थी, साथ ही हृदय को भी गहरे तक भेदती जा रही थी। हाथ यंत्रवत् बच्ची के बदन की मालिश कर रहे थे और मस्तिष्क लगा हुआ था यह विमर्श करने में कि उन्हें बार-बार क्यों लगता है कि यह उनका घर है। जबकि इस घर का व्यवहार हजारों बार उन्हें एहसास करा चुका है कि यह उनका घर नहीं है। वे अपने काम से काम रखा करें, दखलंदाजी न किया करें। समधनजी भी यह एहसास डंके की चोट पर कराती थीं। क्यों न कराएँ? उनका अस्तित्व बेटी और पति जैसे दो मजबूत स्तंभों पर टिका था। और वे···

बच्ची को नहला-धुलाकर दूध पिलाने के लिए बहू की गोद में डाल कमरे में बैठी ही थीं कि लीलाबाई ने एक सुंदर पुष्पगुच्छ और करीने से पैक एक पैकेट थमाया।

"मेरे लिए? किसने दिया?"

"पता नहीं, एक आदमी आपके लिए देकर गया है।"

"चला गया?"

"हाँ।"

चकित भाव से जल्दी-जल्दी पैकेट खोला, हाथ काँपने की वजह से जल्द पैकेट खुलने में व्यवधान आ रहा था। जैसे-तैसे राम-राम करके पैकेट खुला। चकित भाव दुगुना हो गया।

साड़ी? ओडिशा हैंडलूम की साड़ी? घी के रंग पर कत्थई टेंपल बॉर्डर की साड़ी हाथ में लिये विस्मित-सी थोड़ी देर तक खड़ी रहीं। "किसने भेजी मेरी फेवरिट साड़ी?" पैकेट को घुमा-फिराकर प्रेषक का नाम देखा, नहीं मिला। सुंदर-सा एक कार्ड केवल इबारत के साथ मिला।

"आदरणीया आंटी को सादर भेंट!"

लाख सिर खपाने पर भी वह सूत्र न मिला, जिसका सिरा पकड़ अनुमान लगा सकें प्रेषक का उनकी अनुमानित सूची में कई नाम आए, पर वे विश्वास न दिला पाए।

पाँचवें दिन पैकेट का रहस्य खुला। शाम को शिशिर को अपने ड्राइंगरूम में देखकर चेहरा विस्मय और खुशी से चमक उठा। उनकी प्रिय सखी के जमाई थे शिशिर। बीस साल हो गए थे उस शहर को छोड़े, जिसमें मैं और मेरी सहेली रहा करते थे। सालों बाद उन्हें देख रही थी बालों में गंगा-जमुनी सफेदी आ गई थी, चेहरे पर प्रौढ़ता कदम पसार रही थी।

"अरे आप! कोयल कैसी है? मेरी सखी कैसी हैं? बच्चे कैसे हैं? हमारा पता कैसे मिला? अचानक कैसे आना हुआ?"

उनके प्रश्नों की झड़ी को बीच में ही विराम देकर शिशिर ने जवाब दिया, "आंटी मैं तो अचानक आया हूँ, पर हमारा संदेश लेकर हमारा दूत बुके तो पहले ही आ चुका था। आपको वह मिला होगा और आज के इंटरनेट के जमाने में आप लोगों को खोजना कोई मुश्किल काम नहीं है।" शिशिर ने अपने चिर-परिचित शरमीले अंदाज में कहा।

"ओह! अच्छा तो वह साड़ी कोयल ने भेजी थी, पर क्यों भाई! मैं बेटी की साड़ी क्यों लूँ भला!"